시
인

시인

詩人

이문열 장편소설

RHK
알에이치코리아

소설 『시인』의 기구한 행로

『시인』은 내 젊은 날의 마감이자, 그 문학의 첫 번째 뜻있는 결실로 은근히 내세우기도 하는 40대 초반의 전작(全作)소설이다. 이제는 그 연기도 불꽃도 사라졌지만 한때는 무슨 백열의 잉걸불처럼 나를 단근질하던 억압과 고뇌를 마침내 소설적 사유와 인식으로 형상화한, 위장된 자서전 혹은 고백록이기도 하다.

꼭 10년 가까이 머릿속을 떠돌던 구상을 석 달 만에 『시인』이란 경(輕)장편으로 완성한 것은 1991년 1월 15일경이었다. 계간 〈세계의 문학〉 1991년 겨울호에 전작으로 발표하기로 한 것이었으나, 원래 두 달을 기한하고 시작해 겨울호 마감인 12월 중순에 마감하기로 약속한 것이 하루하루 밀리다가 그렇게까지 밀리고 말았다. 당시 계간지 겨울호 원고는 12월 초순이 마감이고 늦어도 12월 말에는 서점에 깔려야 했는데 계간지 출간까지 미뤄가며 기다려준 〈세계의 문학〉에 그때는 물론 지금까지도 감사와 감탄을 거둘 수가 없다.

원래 당연히 시인을 단행본으로 출간할 준비를 하고 있던 출판사에 사정과 사죄를 하고 갑자기 『시인』을 다른 출판사에 내게 되면서 장편 시인의 기구한 행로는 시작되었다.

초판을 낸 출판사는 그로부터 2년 만에 파산하고, 그 뒤 꼭 10년 만에 그때 그 출판사가 초판만 한꺼번에 38만 부를 찍었다는 사실을 그 인쇄업자에게 들은 적이 있다. 새로운 출판사에서의 재판은 그로부터 8년 뒤에 있었다. 그러나 그 출판사 역시 짧은 성세를 끝내고 2천 년대 초에 파산해, 초기 성세 때 몇 만부 찍었고 뒤에 선집으로 내었다는 말은 들었으나 인세를 제대로 지급받은 기억은 없다.

그리고 2008년 『시인』은 돌고 돌아 원래 그가 단행본으로 태어났어야 할 곳으로 돌아갔다. 그리고 꼭 10여 년 된 그 출판사 2018년 최신판을 보니 판은 1판 그대로고 쇄만 9쇄로 되어 있다. 이번에는 확실하게 인세를 받았는데, 1쇄가 몇 부인지 물어보지 않아 출간 부수는 확인하지 못했다.

하지만 해외 출판으로 보면 『시인』은 내 여러 작품 중에서 가장 화려한 이력과 많은 호평을 거둔 작품이 된다. 언어로는 대강 열 두엇, 나라로는 스물이 훨씬 넘을 듯하다. 이를테면 미국, 서유럽, 중국, 러시아, 일본 말고 동구로는 체코, 폴란드, 터키, 루마니아, 그리스 같은 나라들이 있고, 중남미에서는 멕시코, 칠레, 콜롬비아, 아르헨티나에 스페인어로 팔렸다.

우리 『시인』이 여러 나라 수많은 출판사를 돌아 이제 알에이치 코리아(RHK)에서 마지막 발길을 멈추었다.

출판사에서 마지막 교정과 추고를 요청받았으나 이번 판에서는 엄격한 의미에서 추고나 개작을 의도한 적은 없다. 이게 결정판이란 뜻이 되겠다.

2021년 9월 부악(白虎)에서
이문열

책 머리에

발표한 지 17년 만에 새삼스레 장편소설 『시인』 개고판(改稿版)을 낸다. 원고지 백 매 정도의 보충과 장절(章節)을 새롭게 배치한 것이지만, 나름으로는 텍스트 확정의 의미가 있다. 그동안 『시인』은 아홉 나라에서 번역 출간되어 호평을 받았으나 늘 마음에 걸리던 일이 둘 있었다. 하나는 초판에 넣지 못해 따로 발표한 단편 「시인과 도둑」의 배치이고, 다른 하나는 써 놓고도 마땅치 않아 내팽개쳐 둔 단편 「시인의 사랑」 추가 문제였다. 이제 『시인』 외국어 판으로는 열 번째가 되는 독일 주어캄프 출판사의 번역 출간을 앞두고 작품을 원래의 구상대로 되돌려 텍스트를 확정한다. 「시인의 사랑」을 추가하고 「시인과 도둑」, 「시인의 사랑」은 제목을 부기해 외전(外傳) 형태를 살렸다. 이제 다시는 책을 내놓고도 마음에 걸려 하는 일이 없기를 빈다.

2008년 10월 초순
이문열

초판 서문

　내가 김삿갓이란 한 특이한 시인의 생애에 문학적 관심을 가지게 된 것은 1984년 여름부터였다. 그전에도 그에 대해서는 읽고 들은 게 적지 않았으나 그해 들어 새삼 문학적 관심으로 다가가게 된 것은 아마도 졸작 『영웅시대(英雄時代)』의 출간과 관계된 시비 때문이었던 성싶다. 지나친 단순화의 위험은 있지만 『영웅시대』는 본질적으로 아버지를 부인하는 감정이 있는데, 일반적으로 믿어지는 바로는 김삿갓을 방랑으로 내몬 최초의 동기와 유사한 데가 있다.

　한번 관심을 가지고 살피기 시작하니 김삿갓의 일생에는 생각보다 훨씬 흥미 있고 인상적인 부분이 많았다. 특히 설화 속에 감춰진 정치적·사회적 의미들은 때로 내게 전율과도 같은 감동까지 주었다.

　그중에서도 무엇보다 먼저 내 주의를 끈 것은 그의 초기 방랑지였다. 그는 스물대여섯에 집을 나선 뒤부터 삼십 대 중반까지 줄곧 함경도와 평안도를 떠돌며 보낸 걸로 되어 있는데, 그것도 주로 홍경래가 활동의 근거지로 삼던 곳이 많았다. 다른 아무런 설명이 없어도 젊은 그의 고뇌와 절망이 어디에 근거하고 있는가를 넉넉히 짐작할 수 있게 해 주는 일이었다. 거기다가 마침내 다복동(多福洞)을 찾은 그가 자신이 김익순의 손자임을 밝히며 목 놓아 울었다는 기록을 보게 되었을 때는 절로 콧머리가 시큰해 왔다.

하지만 내가 그의 생애를 다시 한 번 소설화해 보기로 마음먹은 것은 젊은 날의 그가 출세를 위해 권문세가에서 문객 노릇을 한 적이 있다는 기록을 보게 된 뒤였다. 물론 그 기록은 모든 연구가의 공인을 받은 것도 아니고, 세상의 온갖 집착과 구속에서 벗어난 듯 보이는 설화 속의 삶과도 어울리지 않지만, 나는 아무런 주저 없이 그 기록을 내 자료로 선택했다. 오히려 그에 관한 설화를 읽을 때마다 늘 석연찮던 부분이 그 기록에 의해 비로소 환히 이해되는 느낌이었다.

처음 나는 대략 삼백 매 내외의 중편 한 편과 네댓 편의 단편으로 그의 생애를 엮어 보려 했다. 굳이 장편 형태를 피하려 한 것은 김삿갓의 삶을 소재로 한 장편이 많아 독자들에게 반복의 지루함을 끼칠까 염려한 까닭이었다.

그러나 쓰다가 보니 욕심이 자라나고 단일한 효과보다는 종합적인 감동 쪽에 더 마음이 기울어 결국은 장편이 되고 말았다. 이러한 구도의 변화가 작품에 너무 부담이 되지 않았기를 빌 따름이다. 더군다나 그 변화는 집필 중에 일어난 것이라 잡지사의 마감 기일과 늘어난 양 사이에 끼인 나는 부득불 무리를 하지 않을 수 없었는데, 그 또한 여간 걱정스러운 일이 아니다. 언제나 그러했듯, 부디 너그럽게 읽어 주시기를.

1991년 2월 초순
이문열

차
례

1

그의 일탈된 삶을 추적하는 일은 기억의 문제에서 출발함이 좋을 듯싶다. 늘그막에 그는 자신의 한 살이[生]를 긴 노래로 요약하면서 다음과 같은 구절을 남겼다.

머리터럭 자라면서
명운(命運) 점차 기구해짐이여.
가문은 결딴나고
뽕밭은 푸른 바다가 되었네.

뒷사람들은 통상으로 그 구절을 구체적인 기억의 시적(詩的) 변용으로 여겨 주지 않았다. 기껏해야 의식 밑바닥에 깊이 묻혀 버린 유년의 체험이 뒷날 남에게 들어서 알게 된 그 자신의 내력과 어울려 조작해 낸 유사(類似)기억이라는 게 일반적인 믿음이었다.

그의 삶 자체보다는 민담(民譚)의 진진함이 더 중요한 이들에게는 그럴 법도 하다. 그는 적어도 스무 살이 넘어 어떤 시골 백일장에서 장원할 때까지는 자신의 가문이나 출신에 대한 기억을 가져서는 안 되었다. 그래야만 그의 삶을 바탕으로 엮은 설화가 가장 극적이고도 효과 높은 발단을 얻을 수 있기 때문이다.

하지만 유감스럽게도 우리 삶의 진실은 그런 설화적인 요구와는 무관하다. 일반의 믿음과는 달리, 그의 기억은 오히려 여느 사람보다 훨씬 멀리 거슬러 올라가고 있다. 특히 그의 나이 다섯 살이던 해 섣달 어느 밤은, 살아 고단하고 외로웠던 그가 세상을 뜨던 마지막까지도, 방금 눈앞에서 벌어지고 있는 것만큼이나 생생하게 떠올릴 수 있었다. 그 밤, 그야말로 뽕밭이 푸른 바다로 변하듯 그의 삶이 뿌리째 뒤집히던 그 운명의 밤.

비록 어렸지만 그가 심상치 않은 집 안 분위기를 어렴풋하게나마 느끼기 시작한 것은 그 며칠 전부터였다. 언제나 집 안 가득하게 느껴지던 연놈(계집종과 사내종)들이 눈에 띄게 줄어들고, 남은 것들은 또 그것들대로 일손을 놓고 집 안 구석에서 끊임없이 무언가를 쑤군댔다.

자신 없는 기억이긴 하지만 '난리'니 '사랑영감마님' 같은 소리도 이따금 그들의 쑤군거림 속에서 흘려들은 것 같았다. 평소에는 사랑방에 나와 앉았을 때보다 자리보전하고 누웠을 때가 더 많던 아버지가 삼엄하게 의관을 차리고 자주 바깥나들이를 하던 것도 그 무렵의 별난 기억 중의 하나였다.

그날도 아버지는 어디선가 황급히 돌아온 청지기의 귓속말을 듣고 의관조차 바로 하지 못한 채 이미 저물어 오는 거리로 종종걸음 쳐 나갔다. 그러잖아도 무언가 금세 큰소리를 내며 터질 듯 느껴지는 집 안 분위기를 더욱 어둡고 무겁게 만드는 아버지의 황망한 뒷모습이었다. 그 바람에 그는 날이 온전히 저문 뒤에도 형과 함께 쓰는 건넌방으로 가지 않고 안방에 눌러앉았다. 저녁상조차 받지 않고 젖먹이 아우를 꼭 껴안은 채 가늘게 떨고만 있던 어머니 곁이었다.

하지만 그가 다른 아이들보다는 좀 영리하고 민감했다 해도 다섯 살의 나이는 어쩔 수 없었다. 잡고 있는 어머니의 치맛자락을 통해 전해 오는 불길한 떨림에도 불구하고, 이윽고 밤이 깊어 가자 아슴아슴 잠이 오기 시작했다. 숨 막힐 듯한 집 안의 정적과 알지 못할 불안에서 달아나고 싶어 스스로 잠을 청한 것 같기도 하지만, 그거야말로 나이 든 뒤에 끼워 맞춰진 기억일 것이다.

아버지가 돌아온 것은 끝내 졸음을 이기지 못한 그가 막 어머니의 무릎을 베고 누우려 할 때였다. 바깥에서 도포 자락에 품고 온 듯한 찬 기운을 방 안에 풀어 놓으면서 아버지가 그에게 짧게 말했다.

"병연이는 건너가 있거라."

펄럭이는 촛불에 비친 아버지의 얼굴이 희다 못해 푸르기까지

했다. 응석은커녕 그럴 때 있을 법한 반문조차 막아 버릴 만큼 섬뜩한 빛깔이었다.

그가 장명등(長明燈)이 희미하게 비치는 여섯 칸 대청을 건너갈 때 안채 뜰을 쓸고 가던 을씨년스러운 바람 소리며, 이미 버선을 벗고 있던 터라 발바닥에 와 닿던 마룻장의 차가움도 오래오래 선명하던 그 밤의 기억들 중 하나였다. 문을 열자 까닭 없이 썰렁하게 느껴지는 방 안에 혼자 오도카니 앉아 있던 형 병하의 모습도. 그때 일곱 살이었던 형에게는 그 자신과 다른 무슨 느낌이 있었던 것일까.

"아버지 돌아오셨어?"

들어서는 그를 보고 형이 제법 깊은 생각에서 깨난 사람처럼 물었다. 왠지 소리 내어 대답해서는 안 될 것 같은 기분에 그는 가만히 고개만 끄덕였다. 그의 기분이 전해졌는지 형도 한동안은 입을 열지 않았다. 그러나 형에게는 가슴에 묻어 두고는 배기지 못할 말이 있었던 듯했다.

"연눔들이 벌써 반이나 달아났대."

갑자기 형이 무슨 큰 비밀이나 털어놓듯 소리 죽여 말했다. 그도 어느 정도는 알고 있는 일이었으나 형이 그렇게 말하자 문득 그 까닭이 궁금해졌다.

"왜 달아났대? 어째서 연눔들이 달아나는 거야?"

그가 역시 목소리를 낮추어 그렇게 묻자 형은 잠시 난처한 표정을 지었다. 나중 돌이켜 보니 알고 있지만 말해 줄 수 없어, 또는 말해 봤자 네가 알아들을까, 따위 약간의 우월감이 곁들여진 난처함이었던 듯싶다.

얼마 뒤 형은 드디어 마음을 정한 듯 무언가를 설명하려 입을 열었다. 그러나 그가 기억할 수 있는 말은 한마디도 없었다. 형이 입을 여는 그 순간, 참다 참다 터져 나온 듯한 어머니의 흐느낌 소리가 대청을 건너온 까닭이었다.

갑자기 몇 년씩은 더 철이 들어 버린 것처럼 그들 형제가 불안한 침묵으로 귀 기울이고 있는 사이에 어머니의 울음소리는 차츰 소리 죽인 곡성으로 변해 갔다. 그러나 오래잖아 아버지의 나지막한 호통 소리에 이어 안방 문이 세차게 여닫히는 것 같더니 어머니의 울음소리는 조금씩 잦아들기 시작했다.

다시 불길한 정적이 무겁게 집 안을 짓눌렀다. 턱없이 심각해져 안방 쪽으로 귀를 모으고 있는 그들 형제에게 이따금 들려오는 것은 장롱 문의 돌쩌귀 소리와 서랍을 빼고 끼우는 삐걱거림뿐이었다.

한참 뒤 대청을 건너오는 어머니의 발짝 소리가 다가왔다. 문을 연 어머니의 얼굴에 눈물 자국이 없는 게 어찌도 그리 신기하던지.

"병하야, 이걸로 갈아입어라."

어머니는 형에게 두툼한 바지저고리 한 벌을 내밀고, 그에게는 손수 옷을 갈아입혀 주었다. 입을 때는 찬 느낌이 싫었으나, 입고 나자 금세 따뜻해지는 명주 핫옷이었다. 버선까지 솜 넣은 무명

겹버선으로 갖춰 신은 그의 머리에 어머니가 깁 수건을 두르고 있을 때 다시 방문이 열렸다. 허연 입김을 뿜으며 아버지가 수만이를 데리고 방 안으로 들어섰다.

수만이는 할아버지가 경직(京職)에 계실 때는 교꾼이었으나 그 무렵은 사랑채 시중을 도맡아 하던 젊은 눔(남자 종)이었다. 파리하기만 하던 아버지에 비해 줄줄이 흐르는 눈물로 번질거리던 수만의 검붉은 얼굴이 왠지 짐승스럽게 느껴졌다.

"곡산(谷山)에 이르거든 성수(金聖秀)에게 전해라. 저는 이미 우리 김문(金門)의 외거노비(外居奴婢)가 아니라 어엿한 양민이 되었다고. 그곳의 땅도 모두 우리 것이 아니고 저의 것이라고. 그리고 또 일러다오. 이 두 아이를 기르는 일을 너무 짐스러워 하지 말고. 어떻게든 목숨만 이어 나로 하여금 대(代)를 끊은 죄만 면하게 해 준다면 더는 바랄 게 없다고."

아버지는 이미 수만에게 여러 번 한 듯한 말을 한 번 더 되풀이하고는 그들 형제를 돌아보았다.

"너희들은 이미 세도가의 도련님들이 아니고, 이 김 아무개의 자식들도 아니다. 이제부터는 다만 면천(免賤) 노비 김성수의 아들로 살아가야 한다. 그리고⋯⋯ 지금 너희 둘은 황해도 곡산의 집으로 간다. 여기 이 천수만(千壽萬)의 생질들로 외가엘 왔다가 집으로 돌아가는 길이다. 알겠느냐?"

아버지의 목소리가 평소와 달리 조금 축축한 느낌이었다. 말도 거기서 끊겼지만 모두가 잠시였다. 아버지는 이내 목소리를 가다듬어 원래의 차분함을 되찾았다.

"알겠느냐? 너희들의 아버지는 황해도 곡산 땅의 김성수다. 너희들은 용인(龍仁) 외가에 왔다가 이제 외숙부와 함께 설을 쇠러 집으로 돌아가는 길이다. 일후 다시 이 아비나 큰아버지(할아버지)의 이름을 너희 아비, 할아비의 것으로 대어서는 아니 된다."

헤아려 보면 그때 아버지의 나이는 아직 서른을 채우지 못하고 있었다. 감정을 다스리기 쉽지 않은 그 나이에 어린 아들들과 두 번 다시 못 볼 이별을 하면서도 그토록 침착할 수 있었던 것은 무엇 때문이었을까. 얕지 않은 수양 덕분이었을까. 곧 죽어도 벗어던질 수 없는 사대부의 체통 때문이었을까. 아니면 엄중한 자신의 말과는 달리 그때 이미 그들 부자간의 머지않은 재회를 내심 믿고 있었던 것일까.

어쨌든 그와 같은 아버지의 말에 실린 무게와 위엄은 어린 그들 형제를 압도하기에는 넉넉했다. 막연한 분위기뿐, 그 돌연한 출발에 대해 아무것도 아는 바 없는 그조차도 그런 아버지의 말투에서 어떤 거역 못할 숙명 같은 걸 느꼈다.

애써 억눌러도 치솟는 눈물을 옷고름으로 찍어 내고 있는 어머니를 힐끗 쏘아본 아버지가 다시 수만이를 향했다. 그는 아버지가 그때 한 말도 뒷날까지 대강은 기억했다.

"너도 다시는 돌아올 거 없다. 성수에게 이 아이들을 맡긴 뒤에는 곧 네 갈 길로 가거라. 네 종 문서는 성수의 것과 아울러 불태웠으니 누구도 너를 쫓지는 않을 것이다. 아까 준 금붙이면 어디 가도 먹고살 만한 논마지기는 될 것인즉 행여라도 이 망해 가는 집안에 연연하지 마라."

신양(身恙)으로 몸져누운 날을 빼고는 언제나 단정한 차림으로 사랑방에 높게 앉아 있던 아버지였다. 아버지에 대한 그 이전의 기억은 어쩌다 사랑 뜰에서 좀 시끄러운 놀이라도 벌일라치면 장지문을 열고 가만히 손을 내저어 쫓던 모습밖에 없었다. 따라서 그 밤마저 그대로 헤어졌다면 아버지는 그 뒤 한동안 자칫 비정함으로만 그에게 기억됐을 것이다.

그러나 아버지도 애끓는 자정(慈情)을 끝까지 숨기지는 못했다. 그가 수만의 등에 업혀 중문 솟을채를 지날 무렵이었다.

"몸 성히 가거라. 가여운 것들아. 하늘이 무심치 않으면 살아서 다시 만날 날도 있으려니……."

거기까지 뒤따라와서 마지막으로 덧붙인 그 한마디는 어떤 울음소리보다 더 비통하게 들렸다. 그러는 아버지의 등 뒤에서 기어이 다시 터지고 만 어머니의 흐느낌이 언제까지고 그를 뒤따라왔다.

2

그런데 참으로 알 수 없는 것은 그들 형제가 수만과 함께 떠난 그 밤 그를 지배했던 감정이었다. 뒷날 아무리 기억을 들추어 봐도, 그는 그렇게 아버지와 어머니를 떠나면서 가지 않으려고 떼를 쓰거나 눈물을 쏟은 일은 찾아낼 수 없었다. 다섯 살의 아이가 뚜렷한 까닭도 모른 채, 갑자기 아버지 어머니를 한꺼번에 떠나 낯선 곳으로 가면서, 그것도 다시는 그들을 못 만날지 모른다는 예감까지 품었으면서.

놀랍게도 그때 어린 그의 영혼이 사로잡혀 있었던 것은 어쩌면 바로 죽음의 공포는 아니었던지. 단 한마디, 누구에게서도 죽음을 뜻하는 말은 들은 적이 없지만 이제 자신이 도망치려 하는 것은 바로 그 죽음으로부터라는 걸 그때 그는 본능적으로 느끼고 있었던 것은 아니었던지.

무언가에 잔뜩 질려 있기는 해도 형 병하가 느낀 공포의 대상
은 그만큼 뚜렷하지는 못했던 듯하다. 그를 업고 뛰듯이 동네를
벗어나는 수만이를 말없이 뒤따르던 형이 어두운 시전(市廛) 거리
로 접어들면서 불쑥 물었다.

"우리가 왜 이렇게 달아나야 하지?"

"그건 말입니다요, 도련님······."

수만이 문득 걸음을 멈추고 거친 숨결을 죽이면서 대답을 망설
였다. 아직 아버지의 말이 실감 나지 않는지 형이 아무것도 달라
지지 않은 목소리로 떼쓰듯 말했다.

"말해 봐라. 무슨 일이냐?"

"어리신 도련님들이 알아들으실까······."

"말하라니까?"

"북쪽에서 큰 난리가 난 건 아시는지요? 평치(平治, 평안도 사람
을 낮춰 부르는 말)들이 역모를 꾸며 들고 일어난······."

"연놈들이 수군거리는 말 중에서 들은 것도 같다."

"그런데 선천(宣川)에서 벼슬 사시던 사랑영감마님께서."

"큰아버지(할아버지)가 무얼 하셨는데?"

"역적들에게 사로잡혀 항복을 하셨답니다요. 역적에게 항복하
면 그 또한 역적이 되는 법이지요."

"그런데 왜 우리가······?"

거기까지 묻는 걸로 보아 형은 나이에 비해 조금 아둔했던 것

같다. 아니면 그가 너무 예민했거나. 배운 것이라고는 할머니의 무릎 위에서 재롱 삼아 천자문을 왼 것밖에 없지만 그는 그때 이미 알고 있었다. 역적은 그 삼족을 죽여 없앤다는 걸. 그리고 그 삼족의 맨 앞머리에 자신이 들어 있다는 걸.

하지만 형은 갑자기 심하게 더듬거리는 수만의 말을 다 듣고서야 겨우 묻기를 멈추었다.

"역적은…… 이거 송구스럽습니다요, 큰도련님, 나랏법으로 씨를 말리게 돼 있으니까요. 도련님들은…… 지금 바로 그걸 피해 달아나는 거구요. 새서방님 분부…… 잊지 않으셨겠지요? 이제부터 도련님들은? 새서방님 자제분도 아니시구요…… 사랑영감마님 손주분도 아니십니다. 이제 우리가 찾아가는 사람을…… 아버님으로 모시고 살아야 합니다요. 그래야만…… 목숨이 붙어 남습니다요."

그들이 소의문(昭義門) 가까이 이르렀을 때 은은히 바라[罷漏] 소리가 들렸으나 긴긴 섣달 밤은 아직 깜깜하기만 했다. 성문 부근에는 군데군데 화톳불이 피워져 오락가락 파수하는 군졸들을 멀리서도 알아볼 수 있었다. 수만의 몸이 움찔하더니 갑자기 긴장한 목소리로 소곤거렸다.

"장안에도 역적과 내통하는 자가 있다 하여 여간 경계가 엄하지 않습니다요. 도련님들, 저어기 주막에서 쉬다가 날이 밝거든 성을 빠져나갑시다. 바라[파루: 통금해지를 알리는 북소리]는 쳐도 꼭두새벽에 어린 도련님들을 업고 성문을 나가면 군졸들이 수상히 여

길 테니……."

그리고 가까운 주막으로 형제를 이끌면서 죄스러운 듯 덧붙였다.

"저어…… 새서방님 분부대로 이제부터 이놈은 도련님들의 외아재비가 되는 겁니다요. 이놈이 '해라'를 하고 도련님들은 '합쇼'를 해야 합니다. 우선 주막 아낙네부터 속이고, 성문을 나갈 때는 파수 보는 군졸들도 그리 속여얍지요."

하지만 그 등에 업힌 그에게는 그런 수만의 말이 고깝기는커녕 작은 거부감조차 일지 않았다. 형도 마찬가지인 듯했다. 수만이가 갑작스레 하대를 하며 주막으로 들어서는데도 형은 전부터 그래 온 사람처럼 예, 예, 하며 그 뒤를 따랐다. 형도 그와 마찬가지로 조금 전 화톳불에 번쩍거리던 군졸들의 창날에서 자신이 쫓기고 있는 공포의 실체를 보았던 것일까.

3

곡산(谷山)에 이르는 그 열흘 길을 그는 늙어서까지 언제든 마음만 먹으면 눈앞에 선연히 그려 낼 수 있었다. 소의문을 나설 때부터 흩뿌리던 싸락눈은 고양군으로 접어들 때쯤부터 함박눈이 되어 퍼부었다. 벽제의 주막에서 하룻밤을 자고 나도 눈은 그치지 않았다. 다음 날도 그다음 날도 눈은 내려 그들이 황해도로 접어들었을 때는 세상이 온통 눈에 덮여 있었다.

눈에게는 모든 걸 풍성하고 화려하게 꾸미는 힘이 있는 것인지, 여러 해 흉년이 겹치고, 마침내는 그게 그처럼 큰 모반의 한 중요한 원인이 되기까지 했건만 눈 덮인 연백(延白) 평야는 메마르고 황량한 빛이 전혀 없었다. 수만이 턱없이 길을 재촉하는 바람에 그토록 고달프지만 않았더라면, 그 순백의 들판은 언제까지고 아름다움과 그리움만으로 그의 머릿속에 남을 수도 있었을 것이다.

그러나 인가가 모여 있는 마을에 이르면 그의 기억은 또 달라졌다. 분명 사람들이 살고 있는 집들로 이루어져 있었지만 들어서기가 어찌도 그리 썰렁하고 고요하던지. 개 소리조차 들려오지 않는 마을을 지나노라면 무언가에 잔뜩 지치고 겁먹은 사람들이 말없이 흘금거릴 뿐이었고, 주막이라고 찾아들어도 반색하는 주모는커녕 밥 한 그릇 제대로 내놓을 수 있는 곳이 드물었다. 나중에 안 일이지만, 겹친 흉년과 지방 수령들의 수탈로 가뜩이나 피폐해 있는 마을을 관군의 대부대가 몇 번이나 훑고 지나간 탓이었다. 반란군의 마지막 숨통을 끊어 놓기 위해 거듭 평안도로 증원 가던 경군(京軍)들은 마을의 소나 닭, 개뿐만 아니라 몇 됫박 감추어 둔 농가의 봄 양식까지도 서슴없이 털어 갔다.

그렇지만 무엇보다 그의 기억에 선명한 것은 그들 세 사람이 길 위에서 겪은 어려움이었다. 수만이가 아무리 건장한 젊은이라 해도 여섯 살, 여덟 살을 며칠 안 넘긴 두 사내아이를 데리고 오백 리 가까운 겨울 길을 가기는 쉽지가 않았다. 하루를 잘 배겨 낸 형 병하도 그 이튿날부터는 다리가 아프다고 보채 수만이는 그들 형제를 번갈아 업고 남은 길을 걷지 않으면 안 되었다. 업히면 발이 시리고 내려 걸으면 다리가 아프던, 그 멀고 지긋지긋하던 길. 산모퉁이를 돌았을 때 저만치 주막으로 여겨지는 초가가 나타나면 느끼는 반가움은 뒷날의 떠돌이 시절보다 그때가 오히려 더했다.

거기다가 그 같은 길 걷기의 괴로움에 못지않던 게 나루나 관문을 지날 때의 마음 졸임이었다. 기찰(譏察) 나선 포교나 군관들의 매서운 눈길을 피하기 위해 그들은 때로 이십 리, 삼십 리 길도 마다 않고 돌았다. 역시 뒷날의 얘기지만, 떠도는 게 삶의 한 중요한 양식이 되고 나서도 나루터나 관문을 지날 때면 언제나 그는 가슴 서늘해짐을 느껴야 했는데, 아마도 그것은 그의 영혼 깊이 새겨진 어린 날의 기억 때문이었을 것이다.

수만이는 과연 아버지가 사랑하는 두 아들을 믿고 맡길 만한, 충직하면서도 영리한 종복(從僕)이었다. 그들 형제를 번갈아 등에 업고서도 쉼 없이 오백 리 가까이를 걸은 그는 섣달도 다해 가는 어느 날 해 질 무렵 곡산 화촌(花村)의 외거노비 김성수의 집에 아무 일 없이 그들 형제를 데려다 주었다.

무슨 값지고 무거운 짐을 벗어 넘겨주듯 그들 형제를 김성수에게 넘긴 수만이는 그 집 아래채 봉당에서 꼬박 하룻밤 하루낮을 내처 자고야 제 갈 길을 갔다. 그 뒤 그는 꼭 한 번 수만이를 만났는데, 그것은 그로부터 이십 년이 훨씬 지난 뒤였다. 그가 함경도 지방을 떠돌 때로, 통천(通川) 어느 산골에서 이미 한 중늙은이가 되어 있던 수만은, 그가 만류에 못 이겨 그 집에서 닷새나 묵다가 떠나는데도, 십 리 길을 따라오며 잡고 있던 그의 옷깃을 종내 놓지 못했다.

4

남의 종복 되어 충직하기로는 김성수도 수만이에 못지않았다. 그때는 이미 사회의 기강이 풀릴 대로 풀어져, 외거노비가 멀리서 찾아온 주인을 몰래 죽여 버렸다는 끔찍한 얘기들이 무성히 나돌던 조선조 말기였다. 수만이로부터 자신의 노비 문서가 벌써 불태워졌다는 얘기를 들은 데다 맡아 짓던 논밭의 문서까지 전해받은 김성수로서는 얼마든지 그들 형제를 달리 대할 수도 있었다. 비용이 들면서도 귀찮기 짝이 없는 두 아이의 양육을 강제할 법적인 근거나 장치는 아무것도 없었고, 설령 있다 쳐도 그걸 요구할 옛 주인은 이미 법과 제도의 비호 밖에 있는 대역 죄인의 아들에 지나지 않았다. 더군다나 그때만 해도 아직 모반이 다 진압되지 않은 터라 그들 형제를 잡아다 관가에 바치면 어지간한 상까지 바랄 수도 있었다.

그런데도 김성수는 군소리 한마디 없이 그때껏 살아 있는지조차 의심스러운 옛 주인의 당부를 충실히 지켰다. 나중 양친의 집으로 돌아간 뒤에도 그들 형제는 한동안 김성수를 '곡산 아버지'라 부르며 제법 그리움으로 회상하곤 했는데, 그것은 아마도 그 같은 김성수의 충직함이 어린 그들의 가슴에도 깊이 와 닿은 까닭이었다.

하지만 그렇다고 해서 곡산에서의 두 해 남짓이 파멸된 가문의 후예로서 겪어야 할 모든 가치 박탈의 체험으로부터 그들 형제를 온전히 보호해 준 시기는 못 되었다. 한편으로는 수만이로부터 전해 들은 아버지의 당부를 너무 곧이곧대로 지키느라, 다른 한편으로는 비천하게 살아온 한낱 외거노비의 좁은 안목 때문에, 김성수는 종종 그들 형제에게 상처를 주었고 어떤 때는 깊은 원한까지 품게 만들기도 했다.

그중에서도 처음 한동안 그들 형제에게 싫기 그지없던 것은 김성수가 정말로 아버지처럼 굴던 일이었다. 자신을 아버지라 부르게 하고, 새로 얻어 살고 있던 할멈에게조차 그들 형제를 죽은 전처의 소생이라 속이는 것까지는 좋았다. 그러나 입고 간 명주 솜옷이며 무명 버선까지 벗기고 거친 베옷에 맨 짚신으로 겨울 마당을 뛰놀게 할 때는 그 참뜻에 절로 의심이 일었다. 가문의 항렬에 맞춰 지은 이름 대신 형에게는 점쇠, 그에게는 개똥이란 천한 이름을 붙여 줄 때는 어린 맘에도 굴욕감이 일었고, 거친 음식에 길들지 못해 밥상머리에서 께적거리는 그에게 내지르던 호통은 속으로 이를 악물게까지 했다.

이미 오는 길에 수만에게서 단련된 터라 김성수의 '해라'는 견딜 만했다. 하지만 대수롭지 않은 잘못에도 남이 있거나 말거나 여느 민촌의 무지렁이 아버지처럼 상스러운 말로 꾸중을 퍼부을 때는 야속하다 못해 눈물까지 핑 돌았다.

김성수의 아들 노릇이 괴로웠던 것은 그 밖에도 더 있었다. 함께 살게 된 지 사흘 만에 쇠죽솥 불 때는 일이 그들 형제에게 맡겨졌으며, 열흘쯤 뒤에는 여물 썰어 쇠죽 끓이는 일 모두가 할멈에게서 그들 형제에게 떠넘겨졌다. 그러다가 봄이 오자 김성수는 형제를 앞세우고 들로 나섰고, 오히려 다른 농사꾼 아버지보다 더 일찍부터 그들을 농사꾼으로 기르려고 서둘렀다.

만약 김성수가 부치는 땅이 실은 모두 윗대부터 물려받은 재산의 일부였고, 김성수 자신도 수만이와 마찬가지로 윗대부터 부리던 종에 지나지 않았음을 그들 형제가 좀 더 뚜렷이 알았더라면, 그들이 아무리 어렸다 해도 가슴속에 원한을 기를 없이 그런 대우를 받아들이기는 어려웠을 것이다. 아니 그 이상, 때로 추상적이어서 더 클 수도 있는 죽음의 공포가 무슨 본능처럼 어린 영혼을 휘어잡고 있지 않았던들, 달리 단 한 갈래라도 그렇게 사는 길 이외의 다른 선택이 있었던들, 세도가의 도련님들로 아낌과 섬김을 받으며 자라 온 그들 형제로서는 그 참담한 영락을 끝내 참아 내지는 못했을 것이다.

하지만 김성수는 그러한 대우만이 옛 주인의 아들들을 이웃의 관찰과 의심으로부터 지켜 내는 길이라고 믿었으며, 다행히도 그런 그의 진심은 어린 그들 형제에게도 어렴풋이 전해져 돌이킬 수 없는 일은 벌어지지 않았다. 그러다가 다시 한 계기가 있어 앞서 말했듯 김성수는 잠시나마 어린 그들의 추억 속에서 가슴 뭉클한 부성(父性)까지 획득하게 된다.

그 계기는 그들 형제가 곡산으로 옮겨 온 지 이태를 갓 넘긴 이른 봄에 있었다. 자신은 곰배 놓고 정(丁) 자도 모르는 김성수가 어느 날 갑자기 그들 형제를 마을의 서당으로 데려갔다. 호포(戶布)다 군포(軍布)다 또 뭣, 뭣이다 토색질에 뜯기느라 늘 계량(計量)마저 빠듯한 처지이면서도 예조(禮租)만 벼 두 섬인 서당에 형제 모두를 보내기로 한 것은 같은 처지의 이웃들이 보기에는 변괴에 가까운 일이었다.

김성수의 심경에 왜 그렇게 갑작스러운 변화가 오게 되었는지는 뒷날의 그에게도 분명하지 않다. 굳이 헤아려 본다면, 그때를 전후해서 그의 집안이 조정으로부터 멸문(滅門)만은 겨우 용서받았다는 걸 김성수가 어찌 전해 들었거나, 자신의 방식이 진정으로 옛 주인의 은혜에 보답하는 데는 미흡하다는 걸 나름으로 깨달아서였을 것이다. 그저 그들 형제의 목숨만 지켜 주는 게 아니라 정신까지 길러, 가문의 옛 영광을 되찾을 수 있도록 기르는 게 참다운 은혜 갚음이 되리라는 깨달음에서 비롯된 일이라면, 일생을 남의 종(외거노비)으로만 살아온 김성수로서는 대단한 안목의 발전이 있었다고 아니할 수 없다.

5

그는 뒷날의 희시(戲詩)에서 눈에 띌 만큼 자주 시골 서당의 훈장들에게 조롱과 야유를 보내고 있다. 찬찬히 짚어 보면, 그들 훈장들에 대한 그의 악의나 경멸이 어디서 온 것인가를 짐작하기는 어렵지 않다.

조선조 서당의 훈장은 이런저런 사유로 중앙 무대에서 도태된 지식층이나 더 이상의 신분 상승이 불가능해진 향리의 독서인(讀書人)에게 주로 맡겨져 왔다. 하지만 그런대로 일차적인 학문 전수 기관으로서의 품위를 지켜 왔는데, 조선 후기로 다가갈수록 격하되어 갔다. 그 본래의 기능보다 학문에 기생하는 하류(下流) 지식인들의 손쉽고도 거의 유일한 밥벌이 터로 변질되어 간 까닭이었다.

그러다가 세도정치로 과거제도마저 부패하면서 그러한 격하는 한층 심해졌다. 세도가에 끈이 닿지도 않고 시험관을 매수할 재력도 없어 관리로서의 입신을 포기한 소(小)지식인 계층이 걷잡을 수 없이 늘어난 탓이었다. 그들은 시골 구석구석까지 글방을 차리고 설익은 학문을 헐값으로 팔아넘기기 시작했다. 그리하여 마침내 서당의 훈장은, 한 해의 수업료 조로 많지도 않은 '조(租) 한 섬, 돈 한 냥'을 받으러 갔다가, 학동의 아비 되는 여(余)첨지 김첨지가 '어깨를 걷어붙이고 눈을 부라리며 욕질하는' 바람에 '호랑이가 등 뒤에 따라오는 듯' 쫓겨나는 꼴까지 보게 되고 만다. 그게 바로 그가 산 시대였던 만큼 그 또한 그런 사회적 인식의 영향을 다소간은 받지 않을 수 없었을 것이다.

성년의 대부분을 정처 없이 떠돌며 지낸 그의 생활양식이 그들 시골 서당의 훈장들과 경쟁 상태에 있었던 것도 그들에 대한 그의 악의를 설명하는 데 꽤나 보탬이 될 듯하다. 훈장의 대부분도 실은 그와 같은 과객 출신으로, 그들은 보통 반년에서 일 년 기한으로 계약을 맺고 한곳에 정착했다. 하지만 용케 마을 사람의 눈에 들었다 해도 그 정착은 길어야 삼 년을 넘기기 어려웠다. 따라서 이리 저리 떠돌던 그가 어떤 마을로 들어가면 그 마을의 훈장은 일단 그를 경쟁자로 바라보지 않을 수가 없고, 그 때문에 쓸데없는 적의나 심술로 나오는 경우도 적지 않았다. 실제로도 그는 가끔씩 어떤 곳에 눌러앉아 훈장 노릇을 한 적이 있었다.

거기다가 어느 골짜기 어느 마을에 들더라도 가장 손쉽게 찾을 수 있는 독서인이 바로 그들 훈장들이었다. 따라서 어디를 가든 독서인의 이해와 호의에 먼저 의지할 수밖에 없는 그로서는 당연히 그들부터 찾게 되었는데, 그런 사정 또한 그의 악의를 기르는 데 큰 몫을 했다. 어떤 계층을 자주 만난다는 것은, 특히 모든 게 넉넉하지 못한 시대에 무언가 아쉬운 걸 도움받으러 자주 찾게 된다는 것은, 그만큼 그 계층으로부터 설움 받고 괄시당하는 기회가 잦게 된다는 뜻이기도 하다.

그 밖에 일찍부터 일가를 이룬 그의 시(詩)도 그들 훈장들에 대한 경멸의 근거로 보아 크게 틀리지 않을 것이다. 그가 그들의 시에서 본 것은 얕은 배움과 가벼운 재주, 그리고 낮은 자질뿐이었다. 그런데도 언제나 그 시와 학문을 코에 걸고 무식한 상민들 앞에서 우쭐대는 그들을 보면 아니꼽고 가소롭지 않을 수 없었다.

그러나 시골 서당의 훈장들에게 보낸 그 악의와 경멸의 이유로 무엇보다 빼놓을 수 없는 것은 그가 곡산의 서당 훈장에게서 받은 그릇된 첫인상이었다. 그날 김성수의 손에 이끌려 서당으로 갔을 때 염소수염에 쥐눈을 가진 그곳 훈장은 예조(禮租)의 반을 언제까지 낼 수 있는가부터 물었다. 김성수가 석 달을 기한하자 그다음에 물은 게 그들 살이의 정도였고, 그다음이 출신이었다. 정작 맡아 가르쳐야 할 그들 형제는 거들떠보지도 않았을뿐더러, 배움이나 글에 대해서도 끝내 한마디가 없었다. 그의 지나친 조숙 탓일까. 지난 이태 동안에 많이 희미해지긴 해도 어느 정도는 남아 있는 옛집 사랑방의 기억에서 되살려 낸 선비의 풍모는 그 훈장의 어디에서도 찾아볼 수 없었다.

  이튿날부터 학동들 사이에 끼어 앉게 된 뒤에도 마찬가지였다. 면천 노비의 자식들이라 하여 그들 형제를 가장 구석진 자리에 앉힌 그 훈장은 무얼 알아보려고도 하지 않고 둘 모두에게 천자문부터 디밀었다. 그도 어렴풋하게나마 훈(訓)은 대강 외고 있고, 형은 옛집 사랑에서 이미 거지반 뗀 책이었다. 그러나 훈장은 몰라도 알아도 화를 내며 반년 뒤 그들 형제가 곡산을 떠나게 될 때까지 둘 모두 천자문에만 묶어 두었다. 짐작에는 새로 소학(小學)을 시작하는 아이가 몇 생겨날 때까지 기다리려 함이었던 듯하다.

  그 훈장의 기뻐함과 성냄, 꾐과 밀어냄은 배우는 아이들의 재주나 정성의 많고 적음에 있지 않았다. 대단찮은 글이라도 풍헌이니 좌수니 하는 재물깨나 있는 향반(鄕班)의 자식이 지으면 명문(名文)이네 신동(神童)이네 치켜세우고, 강(講)을 외다 하찮은 구절이 막혀도 그들 형제같이 가난하고 이름 없는 백성의 자식일 때는 무슨 큰 배신이나 당한 듯 불같이 성을 내며 회초리를 들었다. 항시 그 훈장의 주름진 입을 오물거리게 하던 식탐(食貪), 돈 주고 산 공명첩(空名帖)으로 거들먹거리는 엉터리 향품(鄕品)들에게 보이던 비굴, 그리고 학동의 물음에 답이 막히면 성부터 내던 천학(淺學)……

  그런 훈장의 여러 악덕은 뒷날 그가 그들 부류 전체에게 품게 된 편견의 원인이 되었을 뿐만 아니라, 당시에도 벌써 그들 형제에게 나름의 반발을 불러일으켰다. 형제는 모처럼 시작된 배움에

곧 흥을 잃고, 나중에는 서당에 나가는 것조차 핑계만 생기면 거르게 되었다. 어쩌면 뒷날의 일탈은 그때 이미 그 최초의 싹을 키우고 있었는지도 모를 일이었다.

하지만 다행히도 그들 형제의 작은 일탈은 오래가지 못했다. 그해 초여름의 어느 날이었다. 그날도 그들 형제는 함께 서당에 나가는 이웃 아이에게 그럴듯한 구실을 전하게 한 뒤 꽃마을[花村] 아래쪽 남강(南江) 가로 나갔다.

아직 이른 대로 물놀이를 할 때만 해도 그들 형제는 여덟 살 열 살의 별날 것 없는 시골 아이들이었다. 여울목에서 송사리 떼를 쫓고 물가 풀숲을 뒤져 물새 알을 찾을 때도 그랬다. 그러나 한낮이 가까워지면서 이도 저도 다 싫증이 났다. 점점 따가워 오는 햇살도 더는 그늘 없는 강변에서 놀 수 없게 했다.

형제는 하는 수 없이 강둑 버드나무 숲 아래로 놀이터를 옮겼다. 집으로 돌아가고 싶었지만 그러기에는 아직 너무 일렀다. 아이들을 오래 서당에 잡아 두고 있기만 하면 그게 바로 좋은 훈장으로 믿는 부형(父兄)의 어리석음을 잘 아는 그 마을 훈장은 언제나 한나절을 훨씬 넘기고야 강(講)을 파하기 때문이었다.

형 병하는 물놀이에서 벌써 어지간히 지쳤던지 그늘 아래로 자리를 옮기자마자 팔베개를 하고 잠이 들었다. 그러나 잘 생각이 없는 그는 버드나무 둥치에 기대 푸른 하늘로 피어오르는 초여름의 뭉게구름을 바라보았다. 그가 좋아하는 구름은 가을 바람에 정처 없이 흐르는 뜬구름이었으나, 가만히 보고 있노라니 꽃망울을 그리기도 하고 산봉우리를 짓기도 하는 여름의 뭉게구름에도 또 다른 아름다움이 있었다.

하지만 아무래도 그는 여덟 살의 아이였다. 잠시도 멈추지 못하는 아이다운 특성은 머릿속에서도 마찬가지여서 이윽고는 구름을 쳐다보는 일에도 싫증이 났다. 그러자 상념은 이내 자신의 처지로 쏠리고, 갑자기 생사조차 모르는 아버지 어머니가 그리워졌다. 어릴 적 기억이 두서없이 되살아나고, 궁궐 같은 옛집이며 그너른 마당을 바쁘게 오락가락하던 노비들의 얼굴이 아무런 연관 없이 불쑥불쑥 떠올라 왔다.

김성수가 갑자기 땅에서 솟아난 듯 그 나무 그늘에 나타난 것은 그가 조금씩 정체 모를 그리움과 슬픔의 정서에 젖어 들고 있을 때였다. 진작부터 모든 걸 다 알고 온 듯 그들 형제 쪽으로 우르르 달려온 김성수는 다짜고짜로 형 병하의 따귀를 후려 잠에서 깨우고 이어 한 손에 하나씩 형제의 멱살을 감아쥐며 소리소리 질렀다.

"요놈들, 요 못된 놈들, 강가가 어디 서당이냐? 애비가 등골이 휘어지도록 일해 서당에 보내 놓으니 중간에 빠져 노라리를 쳐?"

그가 멱살을 흔들리면서도 곁눈질해 보니 멀지 않은 곳에서 빨래하던 아낙들이 고소하다는 웃음을 감추지 못하고 있었다. 아마도 그녀들 중 일찍 빨래를 마치고 돌아간 아낙이 김성수와 살고 있는 할멈에게 귀띔을 해 준 듯했다.

그날 김성수는 그런 경우에 여느 아버지가 할 수 있는 모든 행동을 그대로 다 흉내 냈다. 개 끌듯 형제를 집으로 데려가며 소리 소리 꾸중을 퍼붓다가 문득 제 가슴을 치며 처량하게 신세 한탄을 하기도 했다. 집으로 돌아가서도 마찬가지였다. 당장 무슨 큰일을 낼 듯 씨근거리며 할멈까지 내쫓고 사립문을 닫아걸 때는 어린 그도 덜컥 겁이 났다. 입으로는 매섭게 꾸짖어도 매질까지는 한 적이 없는 김성수라 그렇게 두려워하지는 않았는데, 그날은 사람마저 달라진 듯 보였다. 특히 이웃까지 다 들릴 만큼 큰소리로 그들 형제를 방 안에 몰아넣고 뒤따라 들어올 때는 금세 모진 매가 그의 등허리에 떨어질 줄 알았다.

그런데 뜻밖의 일이 벌어졌다. 방문까지 걸어 잠근 김성수가 갑자기 소리 죽여 흐느끼기 시작한 것이었다. 잠시 후 그들 형제를 돌아보는 김성수의 주름진 뺨에는 눈물이 줄줄이 흘러내리고 있었다.

"도련님들, 참으로 너무하십니다. 정녕 이 천한 놈의 자식으로 끝을 보고 마시렵니까? 이놈이 비록 무식한 종놈이지만 선비의 본분이 무엇인지는 압니다. 배움을 저버리고 어찌 선비의 가문을 다시 일으키실 수 있겠습니까? 하늘 같은 큰영감마님의 한은 누가 풀어 주고, 원통하게 돌아가신 새서방님 새아씨의 넋은 누가 달래 줍니까? 도련님들, 해도 너무하십니다. 목숨이 붙었다고 다 사는 게 아닐 겝니다. 죽기 전에 옛 상전의 집안이 다시 덩실하게 서는 걸 보기를 원(願)으로 세운 이 늙은 놈의 속도 좀 헤아려 주십시오."

함께 지낸 삼 년 동안 단 한 번, 김성수가 자신의 가슴 깊이 묻어 두었던 비원(悲願)을 내보인 경우였다. 그리고 아직 그런 김성수의 말을 속속들이 이해할 만한 나이는 아니었지만 적어도 거기 담긴 진정만은 그에게도 전해 왔다. 뒷날 그가 마지막에 이른 시인의 눈으로 보면 그 이유가 좀 속되기는 해도, 그에게 배움의 필요성에 대한 자각이 온 것은 아마도 그때가 처음이었을 것이다.

6

김성수의 눈물을 본 뒤부터 그는 되도록 서당과 가까워지려고 애썼다. 겨우 여덟 살인 그에게는 어울리지 않게 거창한 말이 될 테지만, 학문과 의식적인 친화(親和)에 들어간 셈이었다. 그는 지루하기만 하던 천자문부터 새로운 정성으로 익혀 나갔고, 못마땅하기 그지없는 스승에게도 정을 붙여 보려고 애를 썼다.

그런 그의 뜻은 장했으나 모든 게 바란 대로 돼 주지는 않았다. 염소수염에 쥐눈을 한 훈장은 이전과 다름없이 매정하게만 대했고, 아이들에게도 그는 언제나 면천된 종놈의 아들 개똥이에 지나지 않았다. 아무리 애를 써도 뜻대로 되지 않자 오히려 어린 마음에 상처만 깊어 갈 뿐이었다.

그런데…… 아버지가 왔다. 헤어진 지 세 해째가 되던 가을 어느 날이었다. 살아생전에는 두 번 다시 못 볼 줄 알았던 아버지가 석양을 등지고 불쑥 김성수네 마당으로 들어섰다.

"얘들아, 돌아가자. 이젠 이 아비 어미의 아들로 세상을 살 수 있게 되었다."

헤어질 때보다 십 년은 더 늙어 뵈고 수척한 아버지는 형제를 안고 한동안 소리 없이 눈물짓다가 말했다. 헤어지던 그 밤이나 마찬가지로 아무런 앞뒤 설명 없는 한마디였지만, 그걸로 그는 그때껏 가슴 깊은 곳에 똬리 틀고 있던 죽음의 공포가 일순간에 스러지는 느낌을 받았다.

아버지가 그들 형제를 무릎 곁에 앉히고 소중한 듯 번갈아 등을 쓸고 있을 때 기별을 듣고 달려온 김성수가 황소 같은 울음소리를 내며 아버지 앞에 엎드렸다. 그와 같은 주종(主從)의 만남 또한 그들 부자간에 있었던 것 못지않게 감동스러웠다.

"벌써 지난여름에 나라에서 관대한 처분이 있으셨네. 진작에 아이들을 데리러 오려 했지만 몸이 뜻 같잖아 늦었네."

아버지는 김성수에게도 몇 마디 고맙다는 말에 이어 그렇게 간단히 그간 자신에게 생긴 일을 들려주었다. 그러나 궁금한 것이 많은 김성수가 코를 쿨쩍거리며 이것저것 아버지에게 물어 주어 그도 여러 가지를 알 수 있었다. 아버지는 어머니와 여기저기 숨어 다니던 끝에 이제는 여주에 자리 잡고 있다는 것, 젖먹이 동생 병호는 죽었고, 친정 쪽으로 가신 큰어머니(할머니)도 상심 끝에 세상을 뜨셨다는 것, 늦게나마 멸문(滅門)의 처분이 거두어진 것은 그래도 할아버지가 장김(壯金, 장동 김씨) 집안에서도 종정(宗正) 격인 영안부원군 김조순(金祖純)의 종제(從弟)인 덕분이었다는 것……

감동스럽게도 김성수는 안부가 끝나자 수만이에게서 받은 땅문서를 고스란히 꺼내 아버지에게 바쳤다. 아버지의 개결함이 높고 자르는 듯한 목소리로 나타났다.

"무슨 소리, 자네는 이미 이 아이들을 거두어 준 걸로 그만 값을 충분히 했네. 더 내놓아야 할 게 있다면 오히려 내 쪽일세."

그리고 나중에는 상전의 예로 대하는 것조차 말렸다.

"자네는 이미 양민일세. 스스로를 너무 낮추지 말게. 거기다가 나는 폐문(廢門)의 잔인(殘人) — 언제 다시 만나게 될지 모르지만 앞으로는 평교(平交)로 하세."

그런데 참으로 알 수 없는 것은 기억의 요사스러움이었다. 아버지를 다시 만나 아이다움이 회복된 탓일까, 아니면 죽음이 더는 자신을 뒤쫓고 있지 않다는 걸 알게 됨이 의식 내면의 긴장을 풀어헤쳐 놓은 탓일까, 곡산에서의 기억은 그걸로 끝났다. 이튿날 떠나려는 아버지를 김성수가 말린 것도 같고, 무언가를 싸서 아버지에게 내밀다가 다시 거절당하는 걸 본 것도 같지만 모두가 오래된 꿈 같을 뿐이었다.

어떤 길로 어떻게 걸어 여주로 갔는지도 별로 그의 기억에 남아 있지 않다. 다만 한 군데, 어떤 산을 지나는데 형이 불타는 것 같은 단풍을 보고 산 이름을 묻던 게 언뜻 떠오를 뿐이었다. 그때 아버지가 한 대답은 기억의 재생 과정을 거쳐서 나중에야 떠올랐다.

"여기가 바로 황해도 구월산(九月山)이다."

7

이쯤에서 그 앞뒤 몇 년 그의 가문에 일어난 일을 세간에서 전하는 대로 간략히 적어 보는 것도 뜻있는 일이 될 듯싶다.

그의 할아버지였던 김익순이 선천방어사(宣川防禦使)로 있다가 홍경래의 봉기군에게 사로잡혀 항복한 것은 순조 11년(1811년) 섣달, 그가 다섯 살 때였다. 이듬해 정월 선천은 다시 관군에게 탈환되고, 홍경래의 진중에 있던 김익순은 이번에는 역적으로 관군에게 사로잡힌다. 김익순은 그 뒤 금부로 압송되어 와 그해 삼월에 능지처참당하지만, 그의 일가는 김익순이 관군에게 붙들릴 때부터 이태 뒤 멸문만은 면한다는 조정의 처분이 내려질 때까지 뿔뿔이 흩어져 숨어 살아야 했다.

그가 황해도 곡산에서 외거노비 김성수의 양육을 받는 동안 그의 부모는 어린 동생 하나와 함께 양주를 거쳐 여주 쪽으로 가서 숨어 살았다. 하필 여주로 간 데는 그만한 연고가 있었겠으나 거기에 대해 밝혀진 바는 없다.

그의 아버지가 두 아들을 찾고 어떻게든 다시 가문을 어울러 볼 꿈을 꾸게 된 것은 같은 집안인 집권 장김(壯金: 장동에 사는 안동 김씨)들의 주선으로 조상의 죄를 자손에게는 묻지 않겠다는 조정의 관대한 처분이 있은 뒤였다. 아버지는 먼저 황해도로 가서 그와 형 병하를 찾아왔으나, 한번 무너져 내린 가문을 다시 일으키는 일이 쉬울 리 없었다.

아버지가 그들 형제를 여주로 데려간 것은 아마도 한 번 짐을 푼 그곳에서 내처 버티며 재기를 도모해 볼 생각에서였던 듯하다. 아버지는 옛 작인(作人)들의 농막(農幕)이 있던 이포(梨浦) 부근으로 옮겨 다시 자리를 잡아 보려 했지만 될 일이 아니었다. 처음 목숨을 건지려고 달아날 때 조금 챙겨 갔던 재물은 그사이 모두 없어졌고, 그곳의 토지와 얽힌 연고도 대역 죄인의 자손에겐 별로 의지할 바가 못 되었다.

그때 아버지는 서울에 남겨 두고 온 재물과 장김 일파라는 가문에 대해서도 어떤 기대를 품었던 듯했다. 그러나 멸문만 면했을 뿐 가산(家産)은 모두 대역죄로 적몰(籍沒)된 뒤였고, 권세를 잡고 있는 장김들도 자기들의 정치적 입지를 거북하게 만든 못난 족인(族人)을 곱게 보아줄 리가 없었다. 몇 달이고 서울을 들락거리던 아버지는 숱한 수모와 좌절로 오히려 상처만 입고 발길을 끊었다.

이래저래 모든 것이 뜻 같지 못하자 아버지는 마침내 여주를 뜨기로 했다. 당장의 생계를 위해 무어든 의지할 만한 그루터기가 있는 곳으로 옮겨 가지 않을 수가 없었던 것 같았다.

"가평 쪽으로 가 봅시다. 거기 내 아는 이가 몇 있는데 어쩌면 힘이 될지도 모르겠소. 아니 되면 아무 데나 눌러앉아 훈장질이라도 하지."

어느 날 출타에서 돌아온 아버지는 그가 곁에 있는 것에도 아랑곳 않고 어머니에게 그렇게 말했다. 그래서 물 맑은 이포 나룻가에서의 날들은 일 년을 못 채우고 끝나 버렸다.

8

.

아직은 무언지도 모르는 그의 몽롱한 길은 다시 가평(加坪)으로 이어진다. 나이 아홉 살에 벌써 세 번째로 경험하는 이주였다. 그러나 이번에도 양친의 보호 아래 떠난 멀지 않은 길이라서 그런지 특별히 인상에 남는 기억은 별로 없었다.

그게 삼월이었던가, 아니면 사월. 아버지는 내외(남녀를 가리는 풍습)를 하느라 저만치 앞서 가고 올망졸망한 봇짐을 진 형과 그는 새로 난 아우 병두를 업고 제법 큰 보퉁이를 인 어머니와 함께 그 뒤를 따랐다. 갓과 도포는 갖추었지만 초라하기 그지없어 보이는 아버지는 그때 이미 병색이 완연했다. 앞서 가면서도 이따금씩 걸음을 멈추곤 했는데 어쩌면 그것도 뒤처져 오는 그들 네 모자를 기다리는 것이 아니라 자신의 숨이 가빠서였는지도 모를 일이었다.

그 이주 길에서 아주 오랜 세월이 지나도 잊혀지지 않는 야릇한 기억 하나가 그의 머릿속에 새겨지게 된 것은 그들 일가가 길을 떠난 지 한나절쯤 지나서였다. 그때 길은 강줄기를 따라 난 산비탈 길이었는데, 마침 가파른 오르막이 시작되어 그들 네 모자는 잠시 쉬기로 하고 이고 진 짐을 길가에 내렸다. 그러나 짐이 없는 아버지는 휘적휘적 비탈길을 오르다가 중턱에 이르러서야 그들 네 모자가 따라오지 않음을 알았던지 가만히 걸음을 멈추었다. 비탈 아래서 숨을 돌리며 땀을 닦던 그는 무심코 그런 아버지를 올려다보았다.

늦봄의 아지랑이와 강바람에 나부끼는 도포 자락 탓이었으리라. 뒷짐을 진 채 강물을 굽어보는 아버지가 금세라도 도포 자락을 휘날리며 표표하게 떠오를 것만 같았다. 푸른 하늘을 배경으로 해서인지 그때껏 추레하게만 보이던 도포도 그지없이 희고 눈부셨다.

'아아, 아버지가 이제 날아가시려는구나……'

그는 자신도 모르게 속으로 그렇게 중얼거렸다. 어쩌면 그 엉뚱한 느낌은 머지않은 아버지의 죽음에 대한 예감의 한 형태는 아니었던지.

가평에서의 나날은 참으로 음울하였다. 이튿날 해거름에야 아버지가 목적한 마을에 이른 그들 일가는 외진 재궁(齋宮)막 아래채에 짐을 풀었다. 어머니는 몸에 지녔던 마지막 패물인 옥가락지를 빼어 쌀되로 바꾸고, 형과 그는 가뭄으로 먼지가 이는 봄 산에 올라가 땔감을 모았다.

그 백오십 리 남짓한 길도 무리였던지 아버지는 이틀이나 자리 보전을 한 뒤에야 파리한 얼굴로 일어났다. 아버지는 그 길로 곧 바라고 온 사람을 찾아 나섰다. 그 뒤 닷새, 아버지는 아침부터 저물녘까지 그 마을과 인근을 돌아보았지만, 애초에 기대했던 호의는 얻지 못한 듯했다. 단 한 번, 재 너머 무슨 참봉 댁에서 왔다며 건장한 머슴이 보리 한 가마를 져다 준 게 전부였다.

여주를 떠날 때 아버지는 어머니에게 정히 안 되면 훈장 노릇이라도 하겠다고 말했지만, 그것도 곧 쉽지는 않았다. 서른도 채 안 된 나이와 세도가의 외아들로 하늘 높은 줄 모르고 살았던 기억을 지닌 아버지에게 몰락한 양반이 최후로나 의지하는 그 생업은 아직 너무 일렀다. 거기다가 그곳 마을 서당은 정말로 갈 곳 없는 홀아비 훈장이 차고 앉아 이따금씩 나타나는 경쟁자를 사생결단 물리쳐 오고 있었다. 그러고 보면 뒷날 서당 훈장에게 드러내던 그의 유별난 악의에는 그 시절의 기억도 한몫 거들었을 법하다.

그 무렵 들어 눈에 띄게 수척해 가던 아버지의 짙어진 병세도 이미 서당의 훈장을 맡기에는 무리였다. 그 몇 년 절망적일 때 오히려 치열해지는 생명력으로 버티어 왔지만, 실은 그사이에도 지병인 노점(癆漸: 폐결핵)은 끊임없이 그의 육신을 갉아먹어 어느새 그 막바지에 이르고 있었다. 멸문은 면했다는 안도, 이제는 더 쫓기지 않아도 된다는 방심 또한 지병의 발작을 부추겼을 것이다.

그해 여름이 되었을 때 아버지는 아이들을 가르치기는커녕 자신의 몸 하나 건사하기도 힘들게 되고 말았다.

가을에 접어들면서 잠시 그들 일가에서 밝고 생기 찬 날들이 있었다. 추수 인심인지 그때껏 모른 척하고 있던 아버지의 지인(知人) 하나가 벼 두 섬을 보내오고, 여름내 지병에 시달리던 아버지도 잠깐 기력을 회복했다. 아주 용태가 좋았던 며칠은 마을의 서당과는 따로 글방을 열겠다며 그들 형제를 첫 학동으로 삼아 소학(小學)을 가르치기도 했다.

하지만 지는 해가 더 커 보이듯 그 모든 것은 다해 가는 그 땅과의 인연과 꺼져 가는 아버지의 목숨이 그 마지막 불꽃을 태운 것에 지나지 않았다. 미처 그 가을이 다하기도 전에 불은 꺼지고 모든 것은 끝났다. 그해 시월 스무하루 자정 무렵, 아버지는 그때껏 그들 일가가 머물던 재궁막에서 한 말이나 되는 피를 토하고 숨을 거두었다. 그날 낮만 해도 독선생(獨先生)을 원하는 이웃 마을 윤(尹)진사 댁의 부름을 받아 갔다가 기분 좋게 취해 돌아온 아버지였다.

경황없는 장례가 끝나고 아버지를 차가운 땅에 묻은 뒤에도 어머니는 한번 자리 잡은 곳이라고 어떻게든 가평에 뿌리를 내려 보려고 했다. 그사이 익혀 둔 얼굴이 있고 얻어 둔 인심이 있어 거추장스러운 사대부가의 체면만 버리면 그럭저럭 세 아들을 기르며 살 수도 있을 것 같다고 여긴 듯했다.

그렇지만 어쨌든 가평과 그들 일가와의 인연은 길지 못했다. 아

버지를 내쫓기 위해 갖은 공을 다 들이던 마을 서당 홀아비 훈장
이 마침내 그들 일가의 출신 내력을 캐낸 까닭이었다. 아버지가 살
아 있을 때 훈장이 퍼뜨리기 시작한 말은 더 필요가 없어 거둬들
이려 해도 거둬들여지지가 않았다. 아무것도 모르는 시골 사람들
에게 대역 죄인의 자손이란 말은 두려움 그 자체나 다름없었다. 결
국 그들 네 모자에게 남은 길은 그곳을 뜨는 것뿐이었다.

9

대역 죄인(大逆罪人)의 자손, 그 말이 성장기의 그에게 뜻하는 바는 무엇이었을까. 한때, 그러니까 수만의 등에 업혀 곡산으로 떠날 때부터 아버지가 그들 형제를 찾으러 올 때까지 그 말은 바로 살아 있음 그 자체에 대한 부인이었다. 아직 죽음이 무엇인지 잘 모르면서도 어린 그는 죽음에 대한 공포로 수많은 밤을 가위눌림 끝에 깨어야 했다.

그러다가 다시 한때 그 말은 거의 뜻 없는 것이 되기도 했다. 완전하지는 못하지만 그래도 양친이 바람막이가 되어 주고, 그 그늘에서 유년의 단순성을 회복할 수 있었던 여주와 가평에서의 날들이 그랬다. 그 무렵의 그에게는 살 수 있는 권리가 부인되지 않았다는 것과 살 권리가 부여되었다는 것이 똑같은 뜻으로 이해

되었다.

하지만 가평을 떠날 무렵 해서 다시 대역 죄인의 자손이란 무슨 불길한 부적 같은 그 말은 조금씩 예전의 의미를 회복해 갔다. 살아 있음 그 자체가 부인되지 않아도, 삶의 조건이 불리하게 제약되면 살아 있음 그 자체가 위협받을 수 있었다. 그런데 이제 그것이 어린 세 아들과 살아남기 위해 힘겨운 싸움을 벌이고 있는 어머니를 통해 그에게 천천히 감지되기 시작했다.

행형(行刑)이 한 등급 감해지기는 해도 반역에 대한 체제의 보복은 집요하고도 철저했다. 조정이 그들 일가에 대해 직접적인 형벌권의 행사를 포기했다고 해서 체제 전체가 그들에 대한 악의를 지운 것은 결코 아니었다. 오랫동안 이런저런 교육을 통해 반복적으로 주입된 체제 이데올로기는, 역시 되풀이 행해진 반역자에 대한 끔찍한 징벌의 본보기와 더불어, 체제에의 순응을 거의 본능에 가까운 수준으로 끌어올려 놓고 있었다. 그리하여 조선의 사회체제와 이익을 같이하는 계층은 물론, 실제로는 그 체제의 피해자에 지나지 않는 계층까지도 역적이란 말에는 본능적으로 몸서리를 치게 했고, 그 후예(後裔)마저도 가까이하면 옮게 되는 무슨 치명적인 역질(疫疾)처럼 여기게 만들었다.

백성 일반의 인식과 감정이 그러하다면 그 대상인 역적의 자손이 삶의 조건에서 치명적인 불리를 입는 것은 필연적이다. 어쨌거나 무리 지어 살지 않으면 안 되는 사람의 특성 때문에 무리로부터의 소외는 때로 어떤 형벌보다 가혹할 수 있다.

정책 결정자의 관용을 얼른 따라잡지 못하는 체제의 타성도 문제가 된다. 상층부의 결정에도 불구하고 하급 기관은 종종 체제의 방어 본능에 우직하게 매달리는 수가 있기 때문이다. 그것은 주로 법 집행에서 나타나는데, 겉으로는 상층부의 결정을 충실히 따르는 것 같으면서도 안으로는 관용을 베풀어야 할 곳에 여전히 보이지 않는 불리를 입히는 경우가 그러하다. 이를테면 체제가 그 사회 구성원 모두에게 평등하게 베풀기로 약속한 것을 특정의 구성원에게는 부인하거나 소극적으로 이행하는 따위다. 그 베풂이 물질적인 이익이건 법률의 보호 같은 사회적 혜택이건 당하는 쪽에서 보면 적극적인 박탈보다 더 무서울 수도 있다.

가평을 떠나 평창으로, 평창을 떠나 영월로, 그리고 영월에서도 이 골짜기에서 저 마을로 옮겨 살며 자라는 동안 그가 괴롭게 경험한 것은 바로 그러한 체제의 보복이었다. 분명 관가나 법이 그들의 목숨을 위협하지는 않았지만, 사회가 그들 일가에게 은연중에 강요하는 열악한 삶의 조건은 언제나 삶 그 자체를 위협하는 것과 비슷한 효과를 냈다. 훨씬 철이 든 뒤의 일이지만, 그는 때로 그들이 받는 관용이, 당시로 봐서는 대단한 특전이라고도 볼 수 있는 연좌사(連坐死)의 면제가, 실은 처형에 의한 직접적이고 육체적인 죽음을 간접적이고 서서히 진행되는 사회적인 죽음으로 바꾼 것에 불과하지 않은가, 하는 의심마저 품었다.

어머니는 그런 체제의 보복을 피하기 위해 그들 삼 형제를 데리고 되도록이면 일가의 출신을 숨기기 쉬운 산골에서 산골로 옮겨 다녔다. 그러나 아무리 기척 없이 강원도의 산골에 숨어 살아도, 몇 년이 지나면 그들 일가의 내력을 아는 사람이 생겨나고 그에 따른 불이익이 시작되었다.

평창에서는 이런 일이 있었다. 아무런 생산수단이 없는 어머니로서는 노동력밖에 팔 것이 없고, 그 노동력 중에 가장 비싸게 팔 수 있는 것은 바느질이었는데, 마침 그 좋은 기회가 생겼다. 일찌감치 퇴임해 향리로 내려온 전(前) 교리(校理) 댁에서 드난살이 침모(針母)로 일하게 된 게 그랬다. 가평을 떠난 지 삼 년, 배부를 때보다는 주릴 때가 많고 따뜻할 때보다는 추위에 떨 때가 더 많게 살아온 그들 형제에게는 오랜만에 찾아온 넉넉하고 편안한 세월이었다. 민촌의 방 한 칸을 빌려 벌인 살림이었지만, 적어도 어머니가 그 교리 댁을 드나들던 몇 달은 굶주리거나 떤 기억이 없었다.

그런데 어머니가 침모로 다닌 지 채 반년이 못 된 어느 날이었다. 언제나 밤늦게야 집으로 돌아오던 어머니가 그날따라 대낮같이 돌아왔다.

"역적질을 했으면 그 당신(할아버지)이 했고 죄를 졌으면 그 당신이 졌지, 우리가 뭘 어쨌다고…… 나라도 한목숨 이어 가는 것은 용납했는데……."

어머니는 방 안에 들어앉기 바쁘게 두 다리를 뻗고 섧게 섧게 울며 한탄했다.

그때 어떤 경로로 자기들의 출신 내력이 교리 댁에 알려졌는지, 그리고 교리 댁은 또 이미 퇴관한 처지면서 무엇 때문에 그들 일가에게 그렇게 비정하게 나와야 했는지를 어린 그로서는 알 길이 없었다. 하지만 그것은 분명 아직도 다 식지 않은 체제의 보복 심리가 우연찮게 드러난 예였고, 이미 강박관념과도 같은 피해 의식에 사로잡혀 있던 어머니는 뒤따를 불리를 피하기 위해 다음 날로 세 아들과 함께 그곳을 떠났다.

영월읍으로 옮겨 앉기 전 이태를 살았던 정선 쪽의 마을에서도 질은 좀 다르지만 그 비슷한 예가 있었다. 평창을 떠나 무턱대고 남으로 내려오던 그들 일가는 산골치고는 꽤 반반한 들을 긴데다 마흔 호가 넘는 인가를 가진 그 마을에 짐을 풀었다. 날품과 바느질 모두를 팔 수 있으리란 계산 위에 이루어진 어머니의 선택이었다.

하지만 그 마을에도 또 홍 진사(洪進士)란 고약한 토호가 있었다. 젊었을 때 북행(北行) 사신의 역관(譯官) 아래서 여마(餘馬) 몰이를 하다가 연화(燕貨) 뒷거래로 한밑천 잡자 그 깊은 산골 마을에 땅마지기를 장만하고 들어앉은 위인이었다. 그러나 고래등 같은 기와집에 돈으로 산 진사 제수장(提授狀)으로 정자관(程子冠)을 높이 받쳐 쓰고는 있어도, 구종(驅從)이란 옛 신분의 천함은 다 가리지 못했다. 배운다고 배운 게 기껏 양반들이 하는 못된 짓거리뿐이어서, 먹고 자고 남은 시간은 오로지 계집질에만 쓰다 보니 들어앉힌 소실이 하나요, 나앉힌 첩이 둘이었다.

그런데 바로 그 홍 진사가 어머니를 지분거리기 시작했다. 그때 어머니는 이미 서른이 훨씬 넘은 데다 고생으로 찌들어 그 젊음은 사내들이 탐낼 만한 상태가 아니었다. 자랄 때는 반가(班家)의 규수였고, 출가해서는 대갓집의 며느리로서 몸에 밴 어떤 기품이 그 늙은 호색한의 색다른 호기심을 끈 것임에 틀림없었다.

그의 기억에도 그 노랗고 쪼글쪼글한 얼굴이 뚜렷이 남아 있을 만큼 홍 진사는 자주 그들의 움막 주위를 얼찐거렸다. 모르긴 하지만 어머니에게도 직접 간접으로 여러 가지 유혹을 보냈을 것이다. 그러나 끝내 뜻을 이루지 못하자 간교하게 이용한 게 체제의 타성이었다. 홍 진사는 어찌어찌 캐낸 그들 일가의 출신 내력을 고을 형방(刑房)에게 넌지시 알려주면서, 남 다 하는 산전(山田) 몇 평일군 것까지 일러바쳤다.

대역 죄인의 자손이란 말에 불에 덴 듯 놀란 그 시골 아전은 이미 여러 해 전에 있은 조정의 관용에도 불구하고 뒤늦은 체제의 보복 심리를 발동했다. 한달음에 그 마을로 달려온 형방은 어머니와 형 병하가 몇 달이나 걸려 애써 일군 마을 뒷산의 화전(火田)을 마구 짓밟으며 소리소리 꾸짖었다.

"이 무엄한 것들, 대역 죄인의 자손인 주제에 나라 땅을 함부로 파먹어?"

그런 밭머리 한쪽에서는 홍 진사가 노란 웃음을 날려 보내고 있었다.

그의 일생에서 성장기에 해당하는 부분은 그에 대한 그토록 진진하고 생생한 설화의 공간에서조차 안개에 싸여 있었다. 그러나 그 안개는 그를 향한 대중의 애정이 피워 낸 신비의 안개가 아니

59

다. 그때 그의 삶에 가리어져야 할 무슨 치부가 있어서가 아니라, 열악한 삶의 조건들과의 투쟁이란, 반복되면 자칫 지루해질 주제를 설화가 처리하는 길은 추상의 안개로 덮어 넘어가는 수밖에 없어서였을 것이다.

여기서도 앞서 전한 두 개의 삽화 외에는 설화의 처리 방식을 따르기로 하자. 한마디로 그의 삶은 성장기부터가 그대로 일탈이라고 불러도 좋을 만큼 소외와 가치 박탈의 체험으로 점철된 것이었다. 그리고 도피의 한 방법으로 이뤄졌던 잦은 이주는 영혼의 한 습성으로 자라나, 뒷날 그럴 필요가 없어지고 나서도 방랑의 유혹으로 끊임없이 되살아나게 된다.

하기야 반역자에 대한 체제의 끈질긴 복수심도 세월이 흐르면서 다소 무디어지기는 했다. 그 한 좋은 예가 영월부(寧越府)가 있는 읍(邑) 거리에서 그가 보낸 성장기의 나머지 부분이었다.

"이제는 숨기고 살기도 지긋지긋하다. 차라리 저잣거리에 나가 사람들에게 묻혀 살자. 어차피 대역 죄인의 자손이라는 거 숨기기 어려울 바에야 벌이라도 쉬운 곳이 좋지 않겠느냐."

형방이 산전을 뒤엎고 간 날 밤, 어머니는 별로 한탄하는 기색도 없이 그런 결정을 내렸다. 열넷의 그는 물론 열여섯에 들어 제법 총각 티가 나는 형 병도 말없이 그런 어머니의 결정에 따랐다.

읍 거리로 옮겨 산 지 한 해도 안 돼 과연 그들 일가를 알아보는 사람들이 생겨났다. 하지만 그들은 이번에는 그곳에서 움직이지 않았다. 옮겨 살기에도 어지간히 지쳐 있었거니와 그러고서도 견딜 만큼 세상의 악의가 줄어 있었다는 뜻도 된다.

그 밖에 그가 거기서도 일찍이 자기가 속했던 계층의 생활양식에서 크게 벗어나지 않고 성년에 이를 수 있었던 것도 무디어진 체제의 복수심과 무관하지 않을 듯하다. 그때까지도 그들 일가의 생계는 여전히 어머니의 날품팔이와 삯바느질에 주로 의지하고 있었지만, 평창의 교리 댁 마님이나 정선 골짜기의 형방 같은 사람은 더 나타나지 않았다.

10

그가 일찍이 자신이 속했던 계층의 생활양식에서 크게 벗어나
지 않았다고 하는 것은 특히 배움에서 그러했다. 아직 그의 삶이
번성을 누리던 시절 사랑방에서 재롱 삼아 시작하고, 외거노비 김
성수의 아들로 자라는 동안에도 끊이지 않았던 배움은 여주, 가
평, 평창, 영월로 옮겨 산 그 신산스러운 세월에도 용케 이어졌다.

어느 시대나 교육은 그 불확실한 성과에 비해 비용이 많이 드
는 투자이게 마련인데 조선 시대도 예외는 아니었다. 초급 교육기
관인 서당에 내는 예조(禮租)나 의자(衣資)도 당시의 일반적인 생
활수준으로 보아서는 결코 낮은 게 아니었지만, 고등교육에 이르
면 그 부담은 더했다. 제도화된 교육기관도 별로 없고 홀로 깨쳐
나가는 데 도움을 줄 참고 서적도 흔치 않은 시대라, 주로 사람의

전수(傳受)에 의지할 수밖에 없었기 때문이었다.

그런데도 언제나 삶 그 자체가 위협받을 만큼 열악한 조건 아래서 자라야 했던 그가 뒷날 그 시대 정상급의 지성인들과 어깨를 나란히 할 수 있었을 정도의 학문적인 성취를 보인 것은 놀라운 일이 아닐 수 없다. 더군다나 그의 성취는 거의가 스스로에게 의지한 것이었다. 그는 분명 아버지의 훈도를 받은 적도 있고 서당이나 향교(鄕校)에서 공부한 적도 있지만, 그 기간은 다해야 여느 아이가 사략(史略) 한 권을 뗄 시간에 미치지 못했다.

얼핏 보아서는 불가능한 그 성취의 비결은 그 스스로도 밝히기 어려울 것이다. 그러나 모든 것을 객관적으로 종합할 수 있는 뒷사람으로 보면 그 일이 반드시 어려울 것도 없다.

훌륭한 스승의 지속적인 가르침도 받지 못했고 효율적인 제도의 도움도 받지 못한 그가 그만큼 성취를 이룰 수 있었던 원인으로 먼저 눈길이 가는 것은 그 시대 학문의 성격이다. 통상으로 조선 시대의 학문이란 것은 추리력보다는 이해력에, 체계적인 습득 과정보단 암기력에 의존하는 데가 많았다. 따라서 그의 타고난 재능이 그런 쪽으로 유리하게 되어 있었다면 그의 성취도 생각만큼 놀라운 게 아닐 수도 있다.

다음으로 추측이 가는 원인은 요즘 사람들의 감각으로는 잘 이해 안 될 만큼 넉넉했던 그의 여가이다. 그에게는 질이 형편없이 떨어져도 생계를 도맡아 주는 어머니가 있었고, 당시의 사회 통념도 책을 손에 들고 있는 한 그가 노동으로 어머니의 짐을 덜어 주지 않는 것에 대해 군이 비난하지 않았다. 그러다가 장성한 형이 일찍 학문을 포기하고 생계를 돕고 나서면서 그의 여가는 한층 마음 편한 것이 되었다.

그가 살았던 시대의 가치 배분(價値配分) 방식도 눈여겨보아야 할 듯싶다. 통상으로 조선의 지식인들에게 있어 학문은 모든 가치의 근원, 아니 그 총화(總和)였다. 그것이 과거를 통하면 권력과 부귀가 되었고, 수양을 통해 인격과 합일하면 고결한 선비로서 거의 종교적인 존숭(尊崇)까지도 획득할 수 있었다. 사람의 높고 낮음, 옳고 그름이 모두 그것에 좌우되었고 때로는 가짐과 못 가짐조차 그것이 결정했다. 여러 기능이 온당하게 분화되지 못한 사회를 명분과 윤리만으로 조직할 때 나타나는 가치 체계의 한 전형이었다.

그도 그 시대의 지식인이었던 만큼 그러한 가치관에 함몰되는 것은 당연했다. 그러나 그가 성장기에 지속적으로 품었던 학문에 대한 남다른 열정과 노력을 그것만으로 다 설명하기에는 아무래도 모자란다. 그 모자람을 채우기 위해서는 또 하나, 그의 가족사(家族史)에서 비롯된 원인을 빼놓을 수 없다.

무엇 때문이었건 일찍이 자신이 속했던 특권적인 신분에서 도태된 정영(精英: 엘리트)이 그 사회에 대응하는 방식은 크게 세 가지로 나뉜다. 그 하나는 자신을 밀어낸 체제 전반에 대해 적극적인 반역을 꾀하는 것이고, 다른 하나는 회귀본능에 자신의 모든 재능과 열정을 바치는 것이며, 나머지는 자학(自虐)에 시달리다 서둘러 하위 계층으로 전락, 편입돼 가는 것이다.

그보다 두 살 손위인 형 병하는 셋째 방식을 택해 철이 들면서 서둘러 상민(常民)으로서의 길을 갔다. 그러나 옛날에 대한 기억이 그보다 많았던 만큼 그 새로운 선택이 준 상처도 커서 끝내는 스물다섯의 나이로 삶을 제대로 꾸려 보지도 못하고 과로와 술로 죽고 만다.

그런 형과 달리 그는 두 번째 방식으로 대응했다. 곧 옛 신분의 회복을 갈망하며 그 유일한 길인 학문에 매달린 게 그랬다. 갈망이란 원래가 새로운 소유보다 한 번 소유했다 박탈된 것을 향할 때가 더 뜨겁고 세찬 법이다. 따라서 그는 학문에 대한 열정에서도 노력에서도 단순한 신분 상승을 꿈꾸는 동시대의 여느 정영들과는 다를 수밖에 없었다.

어머니가 그에게 걸었던 비원(悲願)도 학문에 대한 그의 지속적인 추구를 뒷받침한 가족사적 원인이 된다.

"이젠 너만 남았다. 부디 너만은 이 어미의 피멍 든 가슴을 잊지 말아 다오."

형 병하가 철들기 바쁘게 책을 내던지고 저자 바닥으로 나서자 어머니는 그렇게도 자식들에게 보이기 꺼려 하던 눈물까지 흘리며 그의 면학을 거듭 당부했다. 그리고 형이 생계를 돕기 전보다 오히려 더 악착스레 일해 서책이든 지필묵이든 그가 학문을 닦는 데 필요로 하는 것은 무엇이든 모자람 없이 해 주려고 애썼다. 때로는 형의 싸늘한 비웃음의 눈길을 피해 가면서까지.

신분적인 몰락을 경험한 여인들일수록 더 치열하게 자신의 신분상승 의지를 자식들에게 투영한다고 한다. 어떤 서양인의 통계는 신분이나 계층이 자기보다 낮은 남자와 결혼한 어머니 밑에서 자란 아이들 중에 위인이 많이 남을 보여 주고 있는데, 그것은 앞선 논의의 한 예가 될 것이다. 왜냐하면 그런 어머니들에겐 그 결혼 자체가 신분적인 몰락의 경험일 것이기 때문이다.

그의 어머니 함평(咸平) 이씨의 경우 결혼에서는 분명 아무런 신분의 문제가 없었다. 그러나 시아버지의 반역 뒤로 그녀가 쓰디쓰게 맛본 것은 그대로 참담한 신분 몰락의 경험이었으며, 그 뒤 그녀가 품게 된 신분 회복의 비원은 그만큼 치열한 신분 상승의 의지와 다를 바 없었다. 그리하여 일차적으로 자신의 의지를 투영한 남편이 서른도 안 돼 죽자 그녀는 그 방향을 어린 세 아들에게로 바꾸었고, 맏아들이 절망과 체념 속에 스스로 시들어 가자, 마침내는 총명한 둘째에게 모든 걸 걸게 되었다.

이 밖에도 자란 환경에 비해 흔치 않은 그의 학문적 성취를 설명할 수 있는 요인들은 더 있다. 온순한 기질도 얘기될 수 있고, 그의 주관적인 각성이나 여럿에게 알려지지 않은 기연(奇緣)도 있을 것이다. 그러나 특별히 짚어 봐야 할 것은 이제 대강 짚은 듯하다. 어쨌든 그의 학문은 그 과정이 소상히 전해지지 않는 대로 세월과 함께 쌓여 가 관례(冠禮)를 치를 때는 이미 상당한 수준에 이르러 있었다.

11

뒷날의 그 빼어난 시인은 그의 내부에서 언제부터 어떻게 자라간 것일까.

그 시인의 출발을 더듬어 보기 위해 먼저 검토해야 할 것은 아마도 그가 힘써 닦은 학문의 내용일 것이다. 오늘날 한학(漢學)이라고 뭉뚱그려 말하는 그 시대의 학문은 백과사전적인 종합 학문이었다. 자연과학이 들어 있는가 하면 철학이 있고, 문학이 있는가 하면 역사가 있었다. 정치학과 사회학이 들어 있고 윤리학과 미학이 들어 있었으며, 오늘날의 모든 학문 분과(分科)가 한 이름 아래 묶여 있었다.

하지만 그렇다고 해서 그 여러 분과의 습득이 모든 선비들에게 요구되는 것은 아니었다. 학문만 하는 선비[士]를 지향할 때는 백과사전적 지식이 목표일 수도 있었으나, 벼슬하는 선비[大夫]를 지향할 때는 제법 정연한 분류와 습득해야 할 범위의 축소가 있었다. 벼슬길의 관문인 과거제도에 따른 것으로, 곧 자연과학의 일부는 잡과(雜科)가 되어 중인(中人)들에게로 돌아가고, 선비의 몫인 문과(文科)도 인문과학 일부에 한정되어 갔다.

그런데 이 문과에서 어떤 선비도 게을리할 수 없는 것이 이른바 사장지학(詞章之學)이었다. 소과(小科)의 진사과는 바로 사장(詞章) 그 자체가 시험의 대상이 되었고, 생원과도 묻고 있는 사서오경(四書五經)의 지식을 잘 담아내기 위해서는 사장의 도움을 받지 않을 수 없었다. 또 대과(大科)에 있어서도, 조선 시대에 들어서는 경전에 대한 지식을 중시하는 경향이 후기로 갈수록 커졌지만, 사장지학 역시 그 지식을 효과적으로 표현하기 위한 그릇으로 여전히 중요성을 유지했다.

따라서 과거를 통한 신분 상승이 학문 추구의 중요한 동기였던 그로서는 당연히 사장의 연마에 힘을 쏟지 않을 수 없었다. 그런데 그 사장의 첫머리는 바로 시였다. 뒷날 그가 당대의 누구보다 공령시(功令詩)에 능했다는 평판을 얻은 것은 그의 시가 어디서부터 출발하고 있는지를 짐작하는 데 큰 도움이 된다.

그러나 쉬 잊혀지지 않을 한 시인이 오직 신분 상승의 의지 속에서만 태어나고 자랐다고 하는 것은 지나친 단정일 뿐만 아니라, 그가 남긴 다양한 시를 턱없이 좁은 해석의 울타리 안에 가두어 놓을 염려마저 있다. 그가 시인의 길을 가게 된 데는 피로 전해진 예술가적 기질이 한몫했을 수도 있을 것이고, 하늘이 주어 보낸 특출 난 재능도 적잖이 거들었을 법하다. 그의 유년을 상처 깊게 할퀴고 간 일문의 처참한 몰락과 그 때문에 받은 여러 자극들도 그가 내부에서 길러 내게 된 시인과 무관하지는 않을 것이다.

아직 형태도 제대로 갖추지 못한 그의 의식에 너무 세차게 와 닿아, 일부는 그 밑바닥에 본능처럼 잠재하고 일부는 허무감으로 변해 그의 감성에 어두운 그림자를 드리우게 된 그 죽음의 공포와 망명도주의 체험, 어떤 곳에서도 뿌리내리지 못하고 여기저기 떠돌아야 했던 유년기의 삶, 그러면서도 사이사이 묵은 상처처럼 그를 괴롭히던 옛 번성의 단편적인 기억들. 한 마리 막다른 골짜기로 몰린 짐승처럼 과장된 피해 의식에 쫓겨 다니던 어머니, 줄곧 생존 그 자체를 위협받으며 살아온 듯 느껴지게 하던 열악한 삶의 조건들, 죄의 사회적 유전인자화(遺傳因子化)로 나중에는 원죄 의식까지 품게 한 연좌(連坐)의 그늘, 단순한 순응을 넘어 고정관념에 가까워진 일반의 체제 유지 감정과 하급 기관의 타성으로 끊임없이 상기되던 체제의 복수심, 그리하여 나중에는 잠재적 폭력으로만 여겨지던 국가와 법, 철들어서는 거의 부재(不在)나 다름없었던 부성(父性), 잦은 이주와 제도 밖의 배움에서 비롯된 또래들로부터의 고립감, 그리고 그 모든 것이 어울려서 빚어낸 여러 가지 박탈의 체험……. 이러한 것들은 비록 한 시인을 길러 내기 위해 반드시 필요한 장치는 아니었다 할지라도, 한 감수성 예민한 영혼을 시인의 길로 이끄는 자극으로서는 적지 않은 역할을 했을 것이다. 아니 어쩌면 그 이상, 진작부터 그 모든 기억들은 토해지지 않고는 못 배길 말로 그의 내부에서 자라 가면서, 자신들을 가장 미학적으로 변용시키고 조직해 줄 시(詩)란 양식을 기다리고 있었는지도 모른다.

어떤 사람들은 그가 성장기에 학문의 일부로서 배우고 익힌 시와 뒷날 한 시인으로 떠돌면서 남긴 시는 다를 것이라 짐작한다. 앞의 것이 도구이며 실용(實用)에 가깝다면, 뒤의 것은 목적이며 예술이라는 그럴듯한 양분법에 근거한 짐작이다.

요(堯) 임금의 「대당의 노래[大唐之歌]」와 순(舜) 임금의 「남풍의 시[南風之詩]」 이래 동양의 시는 미풍을 신장하고 악덕을 바로잡는다는 역할을 부여받았다. 따라서 독서인의 필수 교양 또는 군자(君子)의 여기(餘技)로서였건, 과거에서 높은 점수를 받기 위한 수단으로서였건 학문의 일부로서 익힌 시에는 확실히 도구와 실용의 측면이 있다.

그러나 대륙에서 건안(建安)·정시(正始)부터 낡은 고삐를 끊고 내닫기 시작한 시는 진(晋)과 당송(唐宋)을 거치는 동안 삼엄한 옛 '언지(言志)'나 '사무사(思無邪)'에 더는 갇혀 있기를 거부했다. 서진(西晋)의 문식(文飾), 동진(東晋)의 현풍(玄風)이 그러했으며, 당의 풍려(豐麗)나 송의 평담(平淡)이 추구한 바가 또한 그러했을 것이다. 정격(正格)인 사언(四言)보다는 통속적인 오언(五言)·칠언(七言) 쪽이 더 번성한 것도 그런 경향과 무관하지 않아 보인다.

조선의 과체시(科體詩)도 그런 대륙의 영향으로부터 자유롭지는 못했다. 그 원래의 지향은 정치화(政治化)의 도구 내지 치자(治者)의 실용이었겠지만, 익히는 이들이 즐겨 뒤적인 것은 진작부터 시경(詩經)보다는 당음(唐音)이었다. 따라서 그가 과체시를 익혔다 해서 곧 고루하고 훈고적(訓詁的)인 시의(詩意)에만 갇혀 있었다고 단언할 수는 없다.

그 밖에 배움의 대부분이 서당이나 향교 같은 제도 바깥에서 이루어진 그이고 보면, 그만큼 그의 시도 자유로웠으리란 추측이 가능하다. 진보적 사대부 계층인 벌열(閥閱) 시인이나 실학파(實學派) 시인, 그리고 자각한 평민 계층인 여항(閭巷) 시인들은 이름 없이 떠돈 수많은 선배 과객 시인과 더불어 그에게는 오히려 좋은 스승이 되었을 수도 있다.

12

시는 의식의 산물이고 한 시인의 추적은 그 의식의 추적일 수도 있다. 하지만 수많은 갈래와 여러 가지 형태를 지닌 그의 의식을 한자리에서 다 파악하는 것은 가능하지도 않거니와 반드시 필요하지도 않다. 여기서 더듬어 보고 싶은 것은 다만 뒷날 그의 시가 겪게 되는 여러 변용의 계기가 되는 시대 의식이다. 그의 의식과 시대의 이념, 특히 체제 이데올로기는 어떤 형태로 연관되어 있었을까.

그가 나고 자란 것은 실학과 천주교를 중심으로 새로운 의식이 꿈틀대던 시대였다. 왕조라든가 정치제도 그 자체에 대한 도전은 없었지만, 소유와 분배나 인간관계 같은 것들에 대해서는 구조적인 회의가 조금씩 일고 있었다. 만약 그가 세도가의 귀공자로 자라날 수 있었다면 오히려 진보적인 사대부로 새로운 시대 의식에 관심을 가지게 되었을지도 모른다. 뒷날 그가 세상과 처자(妻子)에게 드러낸 집요한 일탈 의지도 하나의 열정이라 할 수 있다면, 그 열정은 체제 이데올로기에 대한 회의로 그를 이끌 수도 있었다.

그런데 불행히도 그는 반역의 죄목으로 체제의 상층부에서도 도태된 가문의 자손이었다. 물론 이 경우에도 보다 적극적인 반역의 의지를 길러 가는 후손이 있을 수는 있다. 하지만 정체된 농경 사회의 역사에서 윗대의 반역 의지를 적극적으로 이어받아 다시 반역으로 나아가는 후손의 예는 거의 찾아보기 어렵다. 오히려 더 흔한 예는 보다 철저하게 체제 이데올로기에 순종해 생존을 확보하고, 나아가서는 추방당한 옛 신분으로의 재편입을 꿈꾸는 쪽이었다. 이미 말했듯, 그가 바로 그랬다.

생존의 용인을 체제가 베푼 큰 은덕으로 받아들이고 그 체제 안에서의 재기를 위해 안간힘 쓰다 죽은 아버지와 옛 신분의 회복에 일생의 비원을 건 어머니의 영향이 컸겠지만, 철이 들면서 그는 거의 아무런 저항 없이 시대의 이데올로기에 자신의 의식을 내맡겼다. 충(忠)과 효(孝), 그 가운데 하나를 어겼다가 처참한 죽음으로 대가를 치르고 몰락한 집안의 후예인 그에게는, 또한 그러하면서도 조급한 회귀본능에 내몰리고 있는 그에게는, 한 번 형성된 뒤로 수천 년을 큰 변화 없이 이어져 온 그 낡고 찌든 이데올로기가 오히려 새로웠을지도 모를 일이었다.

거기다가 그는 또 충성과 효도를 당연히 한 덩어리로 받아들였고, 때로 나누어 생각할 때도 그 둘의 충돌이나 긴장 관계에는 아직 눈길이 미치지 않았다. 아시아의 전제군주들을 위해 고안되고, 그 막료장치에 의해 오랜 세월 다듬어진 교묘한 논리 때문이었다. 군주를 어버이와 동일시하는 것, 그것이야말로 왕가의 못된 후손도 어렵잖게 신민들의 충성을 확보할 수 있게 하는 체제 이데올로기였다. 무능한들, 불의한들, 어버이를 어찌하랴…….

하기야 그렇다고 해서 조선의 지배 체제가 그 두 이념의 충돌에 대해 온전히 함구하고 있었던 것 같지는 않다. 반대가 전혀 없는 것은 아니지만, 조선 시대에는 일반의 통념뿐만 아니라 공식적으로도 어느 정도는 효(孝)에 우선순위를 준 것으로 보인다. 이를테면 불고지죄(不告之罪)의 경우 부모의 죄는 고지의무의 대상에서 제외되는 게 한 예가 될 것이다. 대역죄에 이르면 자식도 아비를 따라 죽게 되지만 이는 고지의무의 불이행 때문이 아니라, 진(秦)나라의 이삼족(夷三族, 삼족을 모조리 죽임)을 그대로 받아들인 결과였다. 이순신도 어머니의 장례를 치르기 위해 나라의 존망이 걸린 싸움터를 버리는데, 거기에 대한 시비는 어디에서도 보이지 않는다.

어떤 이는 그와 같은 우선순위가 주자학의 윤리성에서 온 것이라 하고, 어떤 이는 바로 지배 체제의 윤리성으로 치켜세우기도 한다. 그러나 한 인간의 내면에서 충효의 두 개념이 정면으로 충돌할 때, 그러한 우선순위는 의식의 내출혈(內出血)을 한층 속 깊고 치명적인 것으로 만들 수도 있다.

13

사랑은 인간이 시란 표현 양식을 찾아낸 이래 그 가장 흔한 주제였고, 애정 편력은 한 시인의 전기(傳記)에서 종종 그 가장 정채(精彩) 있는 부분을 이룬다. 그 시대의 제도나 관습을 고려할 때 크게 기대할 바는 못 되지만, 시인으로 자라 가는 그에게 이 땅의 여인들은 무엇이었던지 한 번쯤 더듬어 보는 것도 뜻 깊은 일이 되겠다.

이곳저곳을 떠돌면서 나이를 먹어 가는 동안 그에게도 깊은 인상을 남긴 소녀들은 더러 있었다. 가평에서 한여름 그 아래채를 빌려 살았던 재궁막의 막내딸이며, 평창의 민촌을 지나다가 우물가에서 눈이 마주쳤던 소녀, 그때 한 번 보고 두 번 다시 만나지 못했지만 그 맑고 서늘한 눈매는 그 뒤로도 여러 해 그의 가슴을 야릇한 아픔과 그리움에 젖게 하였다. 그리고 영월읍으로 옮겨 온 뒤 이런저런 인연으로 스친 몇몇 저잣거리의 딸들이 그러했다.

하지만 뒷날 한 시인으로 떠돌면서 뿌린 그 방면의 진진한 일화에 비해, 소년 시절의 그에게 무슨 애틋한 추억이나 구체적인 구원(久遠)의 여인상이 있었던 것 같지는 않다. 아마도 그가 살았던 시대의 일반적인 분위기 탓이었을 것이다. 그때는 남녀칠세부동석이란 엄격한 내외법이 상류사회뿐만 아니라 서민 사회에까지도 한 어길 수 없는 규범으로 자리 잡고 있었다. 『춘향전』이나 이런저런 지역 설화에서처럼 젊은 남녀의 사랑 얘기가 전혀 없는 것은 아니지만, 그 대부분은 허구가 아니면 아주 드문 예외였다. 따라서 그만큼 남녀의 만남 자체가 제약되어 있는 시대인 데다 잦은 이주로 만남의 대상이 될 수 있는 친한 이웃마저 드물었던 그들 일가이고 보면, 그에게 그런 예외를 기대하기는 어려울 수밖에 없다.

하기야 영월읍 바닥에 나앉은 뒤로 사정이 조금 달라지기는 했다. 그곳 저잣거리의 장사치나 공장(工匠)들은 그런 내외법에 대범했고, 활달한 그 딸들 중에는 넌지시 그에게 눈짓을 보내거나 공연히 히쭉거리며 그의 주위를 맴도는 소녀도 있었다. 그렇지만 이번에는 그의 정서가 그걸 받아들이지 못했다.

먼저 그를 그녀들에게서 눈 돌리게 한 것은 그 무렵 들어 한창 그 불꽃을 키워 가던 신분 상승의 의지였다. 형마저 서둘러 상민의 길을 가자 그는 어쩔 수 없이 신분 회복 또는 상승으로 집안을 다시 일으킬 책임을 떠맡게 되었고, 그것은 다시 한 자각의 형태로 그 유일한 길인 과거와 책에 파묻히게 했다.

신분에 대한 특유의 민감도 그와 저잣거리 상민의 딸들 사이를 굳게 가로막는 벽이 되었다. 비록 몸을 두고 있는 곳은 그들과 크게 다름이 없었지만, 그의 정신은 그때 벌써 나중에 회복할 그 신분으로 살고 있었다. 따라서 아무리 아름답고 매력적인 소녀라 해도 자신보다 하층계급에 속한다 싶으면, 먼저 그쪽으로 유별난 그의 결벽(潔癖)이 받아들여 주지 않았다.

그가 스무 살 들던 해에야 몰락해도 반가(班家)의 규수인 황씨와 결혼한 것도 그러한 결벽과 무관하지 않다. 당시로 봐서는 아주 만혼(晚婚)이 된 것은 그 같은 처지에도 손쉽게 얻을 수 있는 하층계급의 신부를 그가 번번이 마다한 탓이었다. 나중 일탈의 길로 들어선 그가 하층계급의 여인들과 벌이는 분방한 애정 행각은 어쩌면 그렇게 보낸 젊은 날에 대한 무의식적인 보상 심리는 아니었던지. 불타는 신분 상승의 의지는 좌절되고 젊은 날의 결벽도 의미를 잃자, 그 분별 없는 욕정에 뒤늦게 스스로를 내던진 것이나 아니었는지.

14

　이제 그의 일탈된 삶을 더듬는 일은 통상적으로 그에 관한 설
화가 그 진진한 첫발을 내디디는 곳에 이르렀다. 젊은 그가 스스
로 찾아갔다는 어떤 백일장과 거기서 지었다는 말썽 많은 공령시
(功令詩)에 얽힌 이야기다.

　설화는 전한다. 그는 나이 스무 살에 영월 고을에서 백일장에
응시하여 장원으로 급제하였다고. 그때의 시제(詩題)는 홍경래의
난 때 반란군에 저항하다 죽은 정(鄭) 아무개의 충절과 반란군에
항복한 김(金) 아무개의 죄를 논하라는 것이었는데, 그의 시는 특
히 김 아무개의 죄를 논하는 데 추상 같았다고. 그러나 장원을 하
고 의기양양해 집으로 돌아가자마자 그 김 아무개가 바로 자신의
할아버지인 걸 홀어머니로부터 들어 알게 되었고, 그 충격을 못

이겨 집을 뛰쳐나온 그는 그 뒤 삿갓으로 얼굴을 가리고 일생을 방랑으로 보내게 됐다고. 역적의 자손이니 불충(不忠)이요, 할아버지를 하늘에도 들지 못할 죄인으로 욕했으니 불효(不孝)라, 스스로 천지간에 용납받지 못할 죄인으로 자처하며 두 번 다시 햇볕 아래 얼굴을 드러내지 않았노라고.

설화로서는 드물게 뛰어난 구성이다. 얼핏 보기에는 극적인 반전도 그럴듯하고 일탈의 동기도 아주 설득력이 있어 보인다. 그렇지만 지금까지 보아 왔듯 설화적인 가치와 그의 삶에 있었던 진실은 다르다.

순조 26년(1826년) 그가 스무 살 나던 해 가을, 바로 영월은 아니지만 강원도의 어떤 고을에서 백일장이 있었던 것도 사실이고 그가 응시한 것도 사실이다. 그때 그의 집안은 스스로 배움을 포기하고 생계에만 매달린 형 병하 덕분에 그 어느 때보다 자리 잡혀 있었으며, 그 자신의 학문도 성숙에 가까울 만큼 뻗어 나가고 있었다. 그리하여 소과(小科)에 응시하기 전 스스로의 성취를 가늠해 볼 겸해서 그 백일장에 나간 것도 어김없이 그가 한 일이었다. 그러나 과장(科場)에서 시제가 내걸릴 때부터 설화의 공간은 사실과 어긋나기 시작한다.

"가산(嘉山) 군수 정시(鄭蓍)의 충성스러운 죽음을 우러러 논하고 선천 부사 김익순의 죄가 하늘에 이름을 굽어 한탄하라."란 시제(詩題)에서 정시는 홍경래의 반군에게 저항하다 장렬하게 전사한 이로 그 충절 때문에 당대의 선비에게 널리 추앙받던 인물이었다. 그런데 문제는 이 정시와 상반된 예가 되는 김익순에 관한 그의 지식이다. 설화는 그 시제에 따라 과시(科詩)를 지은 그가 장원을 차지하고 집으로 돌아올 때까지도 그런 김익순이 자신의 할아버지인 줄 몰랐다고 우긴다.

하지만 이미 살펴보았듯이 그 불행한 사건은 그가 여섯 살이 다 되어 갈 무렵에 일어났고, 그 때문에 그가 겪었던 일 또한 특별한 기억력 없이도 잊기가 쉽지 않을 만큼 혹독한 것이었다. 그 뒤 어머니의 함구가 아무리 철저했다 하더라도, 아버지가 그토록 젊은 나이에 피를 토하며 쓰러지고, 젊은 어머니와 그들 형제가 뿌리 없이 떠다니며 살아야 했던 까닭을 남달리 명민했던 그가 전혀 몰랐다는 것은 영 이치에 맞지 않는다.

그의 인간적인 고뇌를 보다 실감 나게 하기 위한 구성으로도 그러한 설화의 주장은 그리 성공적이지 못하다. 오히려 그가 진작부터 김익순이 자신의 할아버지임을 알고 있었고, 그런 상황 아래서 겪어야 했던 내심의 갈등을 차분히 펼쳐 보이는 것이 설화의 극적인 반전보다 훨씬 더 감동적일 수도 있다.

동헌(東軒) 벽 높이 걸린 그 시제를 본 뒤부터 이윽고 붓을 들어 써 나갈 때까지 한나절, 그가 치러야 했던 것은 그 일생에 걸쳐 겪어야 했던 고뇌와 갈등의 축약에 다름 아니었다.

그때 그의 가슴속에서 벼락 치듯 충돌하고 있던 것은 일생 거기에 충실하며 살리라고 다짐했던 이념의 두 기둥인 충(忠)과 효(孝)였으며, 좀 더 구체적으로 말하면 신분 상승 의지 또는 회귀본능과 그 때문에 역시 본능의 수준까지 끌어올려져 있던 윤리 의식이었다.

처음 할아버지의 이름을 알아본 순간 그는 혼절과도 같은 의식의 마비를 경험했다. 비록 시골 백일장의 시제에 지나지 않았지만 그가 거기서 확인할 수 있었던 것은 세월이 지나도 거두어질 줄 모르는 체제의 악의였고, 자신의 재편입을 거부하는 신분의 높디높은 담이었다. 앞으로 치르게 될 소과(小科)와 대과(大科)에서 또 그 같은 악의, 그 같은 담과 만나지 않으리란 보장은 어디에도 없었다.

'아직도 끝나지 않았구나. 어쩌면 나의 날은 일생 오지 않을 수도 있겠구나……'

얼마 뒤 무어라 형언할 수 없는 격한 감정에 한동안 굳어 있던 의식이 풀어지면서 그는 쓰디쓰게 중얼거렸다. 그리고 넋 나간 사람처럼 일어나 시장(試場)을 빠져나오려 했다. 그리 뚜렷한 것은 아니었으나 그때까지만 해도 그의 의식은 당시의 통념을 따라 움직이고 있었음에 틀림이 없다.

그런데 미처 필낭(筆囊)을 수습하기도 전에 그의 심경에 갑작스러운 변화가 일어났다. 나중에 그 순서는 기억 속에서 애매해졌지만, 그때 먼저 그를 그 자리에 잡아 둔 것은 감정의 논리였던 것 같다. 갑자기 어머니의 얼굴이 눈앞에 떠오르며 울먹임 섞인 당부가 귓가에 쟁쟁하게 살아났다.

'얘야, 이젠 너만 남았다. 이 집안을 다시 일으킬 사람은 너뿐

이다.'

그의 내부에서도 강력한 항변이 새어 나왔다.

'어떻게 익힌 학문이고 시인데 여기서 이렇게 돌아선단 말이냐. 이게 비록 시골의 하찮은 백일장이라 해도 여기서 한 번 밀리면 나중 소과 대과에서도 마찬가지로 밀리게 되고 말 것이다. 서울의 옛집으로, 지난날의 번성으로 돌아가는 것은 영영 가망 없는 꿈이 되고 만다……'

그러자 말은 못 해도 간절한 눈길로 전송하던 신혼의 아내가 떠오르고, 전날 불쾌한 얼굴로 돌아와 엽전 꾸러미를 던지고 간 형 병하의 목소리도 귓전에 되살아났다.

"나야 못 오를 나무 일찌감치 쳐다보지 않기로 한 사람이다만 너는 기왕에 여러 해를 그 짓에 허비했으니 가 보기나 해라. 그게 소과 대과는 아니라 해도, 선비의 출발로는 나쁘지 않다고 들었다. 허나 그쪽으로만 너무 꼴사납게 매달리지는 마라. 과거(科擧)에 이르면 달라질 수도 있다. 세월이 다소 지났다고는 해도 조정이 벌써 너를 써 주기야 하겠느냐? 가는 데까지 가 보되, 뜻 같지 않거든 지체 없이 돌아와 나하고 같이 장돌뱅이가 되든지 땅이나 파자. 못 이룬 한이야 다음 대(代)에 걸면 되는 거고. 한 집안이 망하고 삼대 만에 다시 일어난다 해도 그리 더딘 건 아니다……"

날품팔이도 하고 나무도 해 팔던 형은 그 몇 해 전부터 장사에 재미를 붙여, 그 무렵엔 제법 쏠쏠한 거간으로 장터거리에 자리 잡아 가고 있었다. 그런 형의 말이라 들을 때는 은근히 반감까지 일었으나, 백일장이 그렇게 꼬이고 보니 오히려 그런 형의 말이 어머니의 당부보다 더 큰 힘으로 시장(試場)을 떠나려는 그를 잡았다.

그는 제자리에 슬그머니 주저앉았다. 이번에는 그의 머릿속에서 차가운 이성의 논리들이 전개되기 시작했다.

사회제도에 기초한 규범인 충성과 혈연의 윤리에 기초한 효도는 인간에게 마찬가지로 애써 지켜야 할 소중한 그 무엇이다. 그런데 그 둘의 충돌에 일방적인 우선순위를 정해 두는 것은 아무래도 불합리하다. 그 우선순위는 경우마다 기준이 있어야 하고, 또 그 기준은 마땅히 옳고 그름이 되어야 한다. 옳고 그름에 무관하게 충성보다 효도에 우선순위를 준다면 그건 너무도 동물적인 혈연의 논리다. 할아버지의 선택은 체제뿐만 아니라 일반의 감정에도 맞지 않는 그릇된 것이었고, 마침내는 그로 인해 이 사회로부터의 영구한 격리를 선고받았다. 체제의 법 감정뿐만 아니라 사회일반의 윤리 감정에게도 그 선고의 순간 할아버지는 무(無)가 되었다. 그런데도 혈연에 바탕한 윤리의 대상으로는 여전히 유(有)여야 하는가. 아니다. 할아버지는 거기서도 무여야 한다……. 짧은 시간 그의 머릿속에서 샘솟는 듯한 논리는 대강 그러했다.

한번 그렇게 생각의 방향이 바뀌자 그의 머리는 거기 맞춰 다시 눈부신 작동을 계속했다. 남다른 기억력은 축적된 그 방면의 지식 중에서 그럴 때 유리한 것들만을 골라냈고, 그 기억력에 뒤질 것 없는 그의 언어능력은 그 지식들을 논리적으로 조직해 나갔다.

오래잖아 그곳을 떠나서는 안 될 더 많은 이유가 생겨났다. 그리고 그 이유들은 차츰 남아 있을 권리로 자라, 마침내는 그때껏 그를 주저하게 만들고 있던 일반의 통념까지도 압도해 버렸다.

'나는 쓰겠다. 우리 시대 지상(至上)의 규범 중에 하나인 효도의 대상, 내 할아버지 김익순에 대해 쓰는 것이 아니라 전 세대의 잘못된 선택에 대한 다음 세대의 권리를 행사하겠다. 그 지워지지 않는 행적과 세상의 시비를 향해 객관의 붓을 들겠다.'

이윽고 그렇게 마음을 정한 그는 가만히 시상을 가다듬으며 먹을 갈았다.

그때까지만 해도 억지스러운 대로 체제 이데올로기에 충실했던 그의 배움은 어렵잖게 첫 번째 연(聯)을 열 수 있게 해 주었다.

> 김익순, 당신은 대대로 내려오는 큰 신하였고,
> 정공은 하찮은 벼슬아치에 지나지 않았소.
> 그런데 당신은 이릉(李陵)이 오랑캐에게 항복한 꼴이 나고,
> 정공은 악비(岳飛)같이 열사의 이름을 얻었구려.
> 시인은 강개를 억누를 길 없어
> 가을 물가에서 칼을 어루만지며 비분의 노래를 부른다오.
> 당신이 맡았던 선천은 예부터 장수를 보내 지키던 큰 고을.
> 가산보다 앞서 의(義)로 지켜야 할 곳이 아니었소.
> 두 사람 모두 한 조정의 신하였건만

죽을 곳에서는 어찌 다른 마음을 품은 것이오.

그는 거기까지 써 놓고 대비의 효과를 살리기 위해 다시 정시를 홀로 치켜세웠다.

온 세상 태평스럽던 신미년에
관서의 모반 이 무슨 변괴런가.
주(周)나라를 받든 건 노중련뿐이 아니었고
한(漢)나라를 돕기 위해서는 제갈량도 많았소.
이땅에도 충성스러운 신하 정시가 있어
큰바람 손바닥으로 막으려다 절의에 죽었구려.
가산의 늙은 충신 드높여진 이름,
가을 하늘 밝은 해 아래 길이 빛날 게요.
그 넋은 남묘(南廟)로 돌아가 악비와 짝할 게고,
뼈는 서산(西山)으로 가 백이숙제 곁에 눕겠지요.

이어 그는 이를 악물듯 할아버지 김익순에게로 필봉(筆鋒)을 들이댔다.

그해 서북에서 오는 소식 하도 개탄스러워
어느 집안에서 나온 벼슬아치냐 모다 물었소.
이르기를 그 집안은 위세 좋은 장동 김씨요,

이름은 장안이 다 아는 순(淳) 자가 돌림이라 하더구려.

가문 그러하니 임금의 은혜 또한 무거웠을 터,

백만의 적이 와도 의(義)를 굽혀선 아니 되잖소.

이끌던 병마는 청천 강물이 씻어 가기라도 한 거요.

굳은 성의 강한 활은 모두 어디 걸어 두시었더랬소.

궁궐을 드나들던 바로 그 무릎,

서북으로 돌아앉아 역적에 꿇었구려.

넋인들 황천으로 드실 수 있겠소.

그곳에는 먼저 가신 임금님들이 계실 터이니.

쓰는 그의 눈에 눈물이 맺혔다. 그는 그 눈물이 의분의 눈물이라고 스스로 믿었다. 그러나 그의 정서 밑바닥에 깔린 것은 그런 할아버지의 잘못된 선택으로 자신과 부모 형제가 겪어야 했던 참담한 날들의 추억이었고, 그 모든 것의 원인이 된 할아버지에 대한 원망과 분노의 정서였다. 그가 의분의 근거로 삼고 있는 체제 이데올로기야말로 오히려 자신의 개인적인 원한을 정당화하는 한낱 구실이었는지도 모를 일이었다.

그는 가만히 눈물을 털어 내고 결구(結句)를 맺어 나갔다. 그 사이 한결 음험해진 원한은 자신의 몸을 도는 핏줄기의 본능적인 거부를 억누르고 그 마지막 불꽃을 드러냈다. 할아버지 김익순의 넋에 심장이 있다면 그 심장 한가운데를 향해 내지르는 칼날 같은 구절이었다.

당신은 임금을 저버렸고 조상도 잊은 사람.

한 번 죽어 가볍소. 만 번 죽어야 마땅하오.

춘추의 필법이 어떤지는 알겠지요.

욕된 그 일. 이 땅 역사에 길이 남아 전해질 거외다.

그날 시관(試官)에게 그 시를 바치고 동헌을 떠날 때만 해도 그는 자신이 옳음을 굳게 믿었다. 주막에서 결과를 기다리며 술잔을 기울일 때도 마찬가지였다. 패륜을 저지른 두려움이나 죄의식은커녕 승전의 소식을 기다리는 장수처럼 설렘까지 느끼며 자신의 시구를 머릿속에서 더듬었다.

하기야 그동안 언뜻언뜻 괴로운 자기 검증에 빠져들지 않은 것은 아니었다. 스스로는 아니라고 우기지만 혹 자신의 결정은 조급한 신분 상승의 의지가 피의 윤리를 이겨 낸 데서 온 것일 뿐이지는 않는가. 어쩌면 자신은 고의적인 위악(僞惡)으로 할아버지와 절연을 시도하고 있으며, 그리하여 결국 노리는 것은 오래 자신을 짓눌러 온 원죄(原罪)로부터 놓여남일 뿐은 아닌가. 아니 그 이상, 자신은 조상을 팔아 산 그 면죄부로 세상과의 더러운 거래를 시작하려 함은 아닌가, 하는.

그러나 그는 그런 물음들에조차도 당당히 고개를 저을 수 있었다. 설령 그것이 내 진실이라 한들 누가 나를 비난할 수 있는가. 이제는 얼굴조차 떠오르지 않는 그 할아버지 때문에 내 삶은 너무도 비싼 값을 치렀다. 할아버지의 정기가 아버지를 통해 나를 맺었을 때는 아직 그 죄가 저질러지기 전이었다. 그런데 증명할 길도 없고 확인된 바도 없는 피의 개연성만으로 내 젊은 날은 너무 큰 불리를 입었다. 나에게는 당연히 그 모든 걸 거부할 권리가 있다…….

그런데 참으로 알 수 없는 것은 막상 자신이 장원으로 급제하였다는 소식을 들은 뒤에 온 감정의 급전(急轉)이었다. 그날 저물 무렵에야 동헌으로 가던 그는 급한 마음에 먼저 방문(榜文)을 보고 돌아오던 사람에게 장원부터 물었다. 그 사람은 대뜸 그의 이름을 대 주고는 지나가는 말로 한마디 덧붙였다.

"정말 잘 쓴 공령시(功令詩)더구먼. 칼이 아무리 잘 들어도 죽은 사람은 또 못 죽이는 법이지. 그런데 그 시는 죽은 역적의 염통을 또 한 번 도려냈어. 그 역적에게 자손이 있다면 얼마나 가슴 아플꼬……."

은근히 가슴 설레며 바라던 장원이었건만 그 순간 기쁨보다는 알지 못할 전율이 먼저 그를 스쳐 간 건 또 무엇 때문이었을까. 무엇이 한나절을 걸쳐 여며진, 단단하기 그지없던 자기 합리화의 무장을 그토록 쉽게 뚫고 여린 시인의 감수성에 아프게 와 박힌 것일까.

과거 급제처럼 어사화에 솔악(率樂) 유가(遊街) 같은 요란스러운 행사는 없어도 고을의 백일장 또한 그 나름의 격려 행사는 있었다. 행세깨나 하는 고을 양반들이 술자리를 마련해 그날의 장원과 아원(亞元), 탐화(探花)를 청하고 경하해 주는데, 거기에는 대개

고을의 수령도 나와 주었다.

원래 그는 장원이 되면 그곳에 당당히 모습을 드러내고 마음껏 자신의 재주와 학식을 드러내 보일 작정이었다. 그것은 자신이 경험 못한 교분의 시작일 수도 있고, 그 교분은 다시 다음 단계로의 도약에 소중한 발판 구실을 할 수도 있을 것 같았다. 그런데 장원 급제 소식을 알려 준 그 시골 선비의 대수롭지 않은 한마디가 그의 흥에 찬물을 끼얹고 말았다. 아직 그 까닭은 뚜렷하지 않았지만 갑자기 그곳에서 출신 내력을 질문받을 일이 두려워지고, 충효의 우선순위에서 통념을 무시한 스스로의 논리를 그들에게 펼쳐 보일 자신이 없어졌다. 그날 그가 끝내 시관(試官)들 앞에 나타나지 않고 다시 호젓한 주막으로 찾아들어 술잔을 기울이게 된 것은 실로 그 갑작스러운 심경의 변화 때문이었다.

그렇지만 그가 미리 짐작하고 피해 보려 했던 일은 정작 그 주막에서 일어났다. 오르는 술기운으로 실리에 대한 감각이 무디어지고, 여럿과 겨루고 있다는 데서 온 시장(試場)에서의 과장된 기분이 가라앉아서일까. 차츰 자라나는 까닭 모를 두려움으로 낮의 결정을 곱씹고 있는데, 한 과객이 들어왔다.

"이보시오, 젊은 선비. 귀공(貴公)도 혹시 오늘 백일장에 나가시지 않았소?"

그가 홀로 차지하고 있는 술청에 들어선 그 과객은 그런 물음과 함께 넉살 좋은 웃음으로 청하지도 않은 그의 술상머리에 넙죽 앉았다. 입성은 그리 험하지 않았지만 이미 과객질에는 적지 아니 이력이 붙은 듯했다.

　나이는 자신보다 여남은 살 많아 보여도 그 또한 말벗이 생기는 게 군이 싫지는 않아서 넉넉잖은 전대에도 불구하고 술상머리 구박은 하지 않았다. 그가 따라 준 술잔을 받기 전에 과객이 먼저 자신의 관향과 이름을 밝혔다. 관서(關西) 사람 노진(魯稹)이라 했다. 스스로를 밝히기가 새삼 자신이 없어진 그는 영월 사는 김 아무개라고 생각나는 대로 지어낸 이름을 댔다.

　"그런데 김공, 오늘 일 아무래도 이상하지 않소?"

　공술 얻어먹는 과객의 너스레가 한참이나 있은 뒤 노진이 문득 그에게 물었다.

　"무얼 말씀입니까?"

　"거 장원했다는 김병연이란 사람 말이오. 저물 때까지도 끝내 시관들 앞에 나타나지 않았다는구려."

　그 말에 공연히 가슴이 철렁해진 그가 애써 동요를 감추고 대꾸했다.

　"무슨 급한 사정이 있었나 보지요."

　"아무리 급해도 그렇지. 비록 작은 고을의 백일장이라지만 장원이라는 게 어디 그리 쉬운 일인가."

　노진은 그리 말해 놓고 아무래도 안타깝다는 듯 덧붙였다.

　"이런 시골에 어떻게 그런 인재가 숨어 있었는지. 하 놀라운 솜씨라 인물이라도 눈여겨봐 두려고 장원을 알리는 방(榜)이 붙은 뒤로 두 시진(時辰)이나 기다렸더랬소."

"그 사람의 글을 보셨습니까? 그렇게 대단합디까?"

"선비란 제 글도 잘해야 되지만 남의 글도 잘 알아봐야 하는 법이오. 김공은 오늘 백일장에 나가셨더라면서 그래, 장원한 글도 보지 않으셨단 말씀이오?"

노진이 그렇게 그를 나무라 놓고 술 한 잔을 비우더니 눈을 지그시 감았다. 외워 둔 걸 한번 읊어 보려는 듯했다.

한동안 뜸을 들이다가 노진이 소리 내어 읊기 시작한 것은 정말로 그 자신이 지은 시였다. 노진은 놀라운 기억력으로 서른여섯 행(行)의 긴 시를 글자 한 자 안 빠뜨리고 줄줄이 쏟아 놓았다.

시인이 일생 맛보게 되는 감격 중에서 가장 크고 오래가는 것 중의 하나가 남의 입을 통해 자신의 시를 처음으로 듣게 되는 순간의 그것일 것이다. 그도 예외는 아니어서, 노진이 자신의 시를 다 욀 때까지 그는 숨 한 번 크게 내쉬지 못하고 귀를 기울였다. 당혹과 난감스러움도 컸지만, 자신의 성취를 확인하는 기쁨도 컸다.

시를 다 왼 노진이 다시 감탄을 곁들였다.

"나도 공령시로 밥을 빌어먹다시피 하는 사람이지만, 이번같이 놀라기는 처음이오. 촌것들 노는 양이나 구경한다고 하다가 정수리에 얼음물을 뒤집어쓴 꼴이 난 셈이랄까, 그야말로 하늘과 자연의 이치에 아울러 들어맞고[神理共契], 정치와 윤리의 요체에도 닿아 있었소[政序相參]."

"혹시 겁 없는 더벅머리의 객기를 너무 높이 보신 건 아닌지요. 공령(功令=科文)의 지(志)란 게 대소중화(大小中華) 수천 년에

하도 흔히 되풀이된 거라서…… 베끼고 따르기도 수월하지 않겠습니까?"

"아니오. 비록 공령시라도 여기에는 영화가 다채로워[英華彌縟] 길이 애호를 받는다[萬代永眈]는 원래의 시(詩)다움이 있소. 모르긴 하되 앞으로 김병연이란 이름은 그 시만으로도 조야(朝野)를 떨쳐 울릴 것이오."

노진은 그가 그냥 듣고 있기 송구스러울 정도로 그의 시를 거듭 치켜세웠다. 그 논거가 구석구석 흔해 빠진 선비들과는 다른 데가 있어 문득 그에게 그때까지의 관심사와는 방향이 다른 호기심을 일으켰다. 노진이란 사람 그 자체에 대한 호기심이었다.

"나도 한때는 청운의 뜻을 품고 학문을 닦은 사람, 자랄 때는 제법 재예(才藝)가 넘친다는 소리도 들었소. 그러나 이미 말했다시피, 출신이 서북(西北)이니 학문이 깊은들 무슨 소용이 있고 재예가 높은들 무얼 하겠소. 거기다가 과거란 게 또 이미 예전의 그 과거가 아니라서 한 십 년 과장(科場)을 드나들며 헛되이 세월만 죽였소이다. 지금은 그 잘난 글로 대갓집 자제에게 공령시나 지어 팔다가 그도 진력이 나면 이렇게 과객질로 동서남북을 떠돌고 있소. 그럭저럭 나이도 있고 하니 이번에 고향으로 돌아가면 가근방에 글방이나 열고 접장질로 남은 생계나 도모할까 하오만……."

노진은 그의 물음에 그같이 처연한 신세타령으로 나왔다. 조금 전까지의 호연한 소객(騷客)은 간 곳 없고, 이미 불혹(不惑)을 바라보는 불우한 선비가 홀연 술상머리에 앉아 있었다.

그가 마음의 빗장을 뽑아내기 시작한 것은 노진의 신세타령을 들은 뒤부터였다. 치솟는 술기운 탓도 있지만, 서북인(西北人)이란 출신의 불리함에 짓눌린 노진의 삶이 전에 없던 실감으로 동류의식을 느끼게 했다.

"그렇지만…… 김익순에게 자손이 있다면 그들에게 그 시는 무엇이겠습니까?"

그가 마음속에서 참고 참았던 얘기의 허두를 꺼냈다. 조금 전 그보다 먼저 방문을 보고 온 선비에게서 들은 말이었다. 노진도 어지간히 술기운이 오른 듯 건들거리며 깊이 생각하는 기색 없이 받았다.

"가슴 아프겠지. 허나 그것은 시를 지은 이의 허물이 아니오."

"만약에…… 그 김병연이란 사람이 바로 김익순의 자손이라면."

"아니 될 소리. 주중(酒中)의 농이라도 너무 참람되구려."

노진이 이번에는 술기운 서린 대로 차갑게 잘라 말했다. 그 단호함이 오히려 난데없는 호승심을 부추겨 그로 하여금 한층 기탄없이 자신을 드러내게 했다.

"왜 아니 됩니까? 김익순은 역적이었습니다. 역적을 성토함은 신자(臣子)의 도리……."

"아니 되오. 수신(修身)은 치국(治國)의 바탕, 수신의 효(孝)를 거치지 않고 치국의 충(忠)에 이르는 길은 없소. 그게 대성(大聖)의 가르침이셨소."

"그릇된 어버이는 거역함이 오히려 효를 이룰 수도 있을 터."

"그런 법은 없소. 김공도 명색 글 읽는 선비라면서 순(舜)의 대효(大孝)를 모르시오. 의붓어미의 꼬드김에 넘어간 그 아버지 고수(瞽瞍)가 몇 번이나 죽을 구덩이에 밀어 넣었지만 순임금은 한번도 거역하신 적이 없지 않소? 자식은 어버이의 옳고 그름을 따질 수 없소."

그러는 노진의 말투에서 술기운이 걷혀 갔다. 조금씩 그의 참뜻에 의심이 일기 시작하는 눈치였다. 하지만 그는 멈추고 싶지 않았다. 오히려 은근한 결기까지 느끼며 낮부터 다듬어 온 자신의 주장을 펼쳐 가기 시작했다.

"그렇지만 나라가 있어야 어버이도 있는 법입니다."

"그것은 아니오. 충은 제도 문물을 향한 것이고 효는 사람 그 자체를 향한 것이오. 사람이 있고 제도 문물이 생겨났소."

"그래도 사람은 결국 그 제도 문물에 얽매여 사는 것입니다."

거기까지 말한 그는 이어 억누를 길 없는 격앙에 빠져들었다. 이제 논의가 그 가장 중요한 대목까지 다가가고 있다는 생각이 들면서 더해지는 긴장의 엉뚱한 변형인지도 모를 일이었다. 낮부터 쌓여 온 취기 탓인지, 아니면 그사이 짙어진 죄의식 탓인지, 문득 노진도 진작부터 자신이 한 짓을 알고 따지기 위해 일부러 찾아온 듯한 착각이 일어 그의 격앙을 키웠다.

그렇게 되면 차분히 이치를 따져 보는 일은 끝이었다. 몇 마디 더 주고받지 않아 노진의 입은 놀라움과 의혹 속에 닫히고, 그의 격앙된 목소리만 터진 봇물처럼 쏟아져 나왔다. 그는 퍼부어 대듯 어떤 까닭으로 김익순의 자손은 그 조상을 욕해도 되는가를 연이어 짚어 나갔다. 낮에 시장에서 붓을 들기 전 무슨 세차고 뜨거운 불길처럼 그의 머릿속을 휩쓸고 간 의식들이었다.

노진은 아연히 그를 보며 울분에 찬 그의 말에 귀를 기울였다. 그러다가 그의 울분에 한탄의 가락이 끼어들 때쯤에야 비로소 짚이는 게 있는지 놀라 물었다.

"그렇다면 김공이 바로……?"

"맞습니다. 제가 바로 김병연이고 또 김익순의 손자 됩니다. 그래, 저는 그런 시를 써서는 아니 됩니까?"

그러나 노진의 표정은 착잡하게 일그러졌다. 이미 격앙을 넘어 방일(放逸) 상태에 이른 그의 감정은 그런 표정의 변화에 개의할 겨를이 없었다. 온 하루 내내, 아니 그의 의식이 걸음마를 시작하면서 그날에 이르기까지 줄곧 자신의 가슴속에 응어리져 온 말들을 쏟아 내기 바빴다.

"선비께서는 이 김병연의 지난 삶을 짐작이나 하실는지요? 역적의 자손이란 말이 뜻하는 바가 무엇인지 아시는지요? 선비께서는 아까 사람이 문물 제도보다 앞이라 하셨지만, 그 문물 제도의 비호 밖에 있는 사람이 얼마나 비참하게 살아야 하는지에 대해서는 잘 모르실 겁니다. 한 번 자신을 거역한 사람에 대해 제도가 얼마나 끈질기고 음험한 복수를 하는지는 잘 모르실 겝니다……."

시장(試場)에서와는 뒤집힌 순서로 그는 이번에는 감정의 논리가 제공해 준 여러 패륜의 구실들을 쏟아 내기 시작했다. 그는 노진의 표정이 차츰 굳어지고 입가에 싸늘한 웃음이 떠오르는 것도 알아보지 못한 채, 어느새 넋두리로 변해 가는 자기변호에 기를 쓰고 매달렸다. 자신도 모르게 한 줄기 굵은 눈물이 그의 뺨을 타고 흘러내렸다.

"됐네. 이제 그만하게. 처참해서 더 못 듣겠네."

노진이 빈 잔을 들었다가 소리 나게 상 모서리에 놓으며 그의 말머리를 끊었다. 그의 얘기가 어머니의 비원(悲願)에 이어 그대로는 암담하기 짝이 없을 자신의 앞날과 옛 번성의 추억 사이를 두서없이 오락가락할 때였다. 갑자기 이마를 스쳐 가는 찬바람 같은 것에 퍼뜩 정신을 차려 보니 앞에 앉은 노진은 이미 초저녁에 술 구걸을 하던 그 과객이 아니었다.

"자네는 이치를 따져 가며 많은 말을 허비해 스스로를 발명하려 했으나 나는 이제야 자네가 왜 그런 짓을 했는지 알겠네. 자네는 다만 호의호식하던 그 옛날로 빨리 돌아가기 위해 할애비를 판 것일세. 더 들어 봤자 귀 씻기만 번거로울 듯하니 나는 이만 일어나겠네."

어느새 말투까지 '하게'로 바뀐 노진이 도포 자락을 떨치고 일어나며 차갑게 말했다. 뜻밖의 변화에 이번에는 그가 아연해져 그런 노진을 올려다보았다. 별로 크지 않은 키였지만 노진의 얼굴이 이상하리만치 아득하게 올려다보였다.

자신의 눈앞에서 벌어지고 있는 일과 노진의 말이 뜻하는 바가 무슨 쇠몽둥이처럼 그의 가슴을 후려친 것은 그사이 짚신을 꿰고 괴나리봇짐을 찾아 멘 노진이 저만치 주막 사립문을 나가고 있을 때였다. 그는 뻐개는 듯 둔중한 아픔에 가슴을 움켜쥔 채 그런 노진의 뒷모습을 눈으로만 멀거니 배웅했다. 그의 눈길이 뒤쫓고 있음을 느꼈던 것일까. 사립을 나서던 노진이 별 총총한 밤하늘을 양연히 바라보며 큰소리로 중얼거렸다.

"내 술 비럭질 이력이 하마 십수 년 됐으나, 앞으로는 그도 자리를 가려야겠구나. 할아비는 임금을 저버리고 비루한 목숨을 사더니, 자손은 이제 그 할아비를 팔아 영달을 사기에 바빠 한다. 내 차라리 쇠오줌을 받아 마실지언정 어찌 난신적자의 술로 마른 목을 축일 수야 있겠는가."

그 한마디가 다시 둔중한 아픔이 되어 그의 가슴을 후렸다. 그는 금세 터질 것 같은 자신의 가슴을 한층 더 힘주어 움켰다. 그때 무언가 비릿한 덩어리가 울컥 목구멍을 타고 올랐다. 얼결에 도포 자락으로 받아 보니 시뻘건 핏덩이였다.

15

설화에서 자라난 진진한 민담은 백일장에서 돌아온 그가 곧 집을 나섰고, 그게 바로 일생에 걸친 떠돎의 시작이라고 한다. 자신의 할아버지인 줄 모르고 그 시를 썼다가 뒤늦게 알게 되자 부끄럽고 비통해 했다는 설정에 알맞은 연결이다. 하지만 그런 연결은 이미 밝혔듯, 한 번 잘못 끼운 단추의 그다음 단추구멍일 뿐이다.

노진이 떠난 뒤 이취(泥醉)로 남은 밤을 새운 그는 다음 날 새벽같이 그 주막을 떠났다. 간밤 내내 자신이 한 짓과 노진이 한 말을 곰곰이 되씹으며 어떻게든 자신을 지켜 보려 했지만 커 가는 것은 부끄러움과 죄책감뿐이었다.

저물어서야 이른 집에는 어머니와 아내가 기대에 찬 얼굴로 기다리고 있었다. 그는 아직도 자신의 배움이 모자라 아무것도 얻지 못했노라고 말해 주고는 자기 방으로 들어가 누웠다. 실망스러움을 감추지 못하는 어머니와 아내의 표정이 또 다른 아픔으로 그의 가슴을 할퀴어 댔다. 그러나 그는 끝내 자신의 장원을 밝히지 않았다. 그 백일장도 시도 없었던 일로 하기로 작정했다.

그런데 이틀 뒤였다. 형 병하가 대낮같이 벌겋게 취해 돌아오더니 그에게 물었다.

"장터 주막에서 들으니 정선 고을의 백일장에서 영월 사는 김병연이란 선비가 장원을 했다는데 어찌 된 거냐?"

그는 가슴이 뜨끔했으나 내색 없이 둘러대었다.

"저는 글도 다 지어 바치지 못했습니다. 아마 이름이 같은 사람이 또 있겠지요."

그래도 형은 무엇이 미심쩍은지 연신 살피는 눈길로 그를 보며 몇 마디 더 캐묻다가 그가 거듭 부인하자 겨우 믿겠다는 듯 건들거리며 다시 집을 나갔다. 그러나 형이 나가고 홀로 빈방에 남겨지기 무섭게 그 일이 뜻밖으로 간단하지 않다는 데 그의 생각이 미쳤다. 이름이 소문에 실려 왔으면 곧 시의 내용이며, 장원을 하고도 끝내 시관(試官) 앞에 모습을 드러내지 않은 일 같은 것도 전해져 올 것이었다.

이미 그곳에는 자기들이 김익순의 자손이란 걸 알고 있는 사람들이 더러 있는 만큼, 소문이 모두 들어오면서 그 김병연이 바로 자기 자신이라는 게 알려질 것은 불을 보듯 뻔했다. 세상 사람들이 모두 노진 같으라는 법은 없었지만, 생각이 거기에 이르자 그는 더 엎드려 있을 수가 없었다. 금세 노진의 차가운 목소리가 귓가에 쟁쟁히 살아나며 가슴이 다시 묵직하게 쑤셔 왔다.

마침내 벌떡 몸을 일으킨 그는 아무 정한 곳 없이 집을 나섰다. 처음에는 그저 찬바람에 머리라도 식히며 생각을 가다듬어 보려 한 것이었으나, 이내 걸음은 주막거리 쪽으로 향해졌다. 형 병하를 찾아보려 함이었다. 형이 무언가를 알아차리고 있는 듯해서라기보다는, 아무래도 형밖에 그런 일을 의논할 사람이 없어서였다.

형 병하는 쇠전거리 주막 골방의 투전판에 끼여 있었다. 몇 군데 수소문 끝에 그가 찾아가자, 형이 멋쩍은 웃음으로 골패 짝을 내던지고 일어났다.

"네가 웬일이냐? 이런 데까지 다 날 찾아오고……."

그런 형의 얼굴은 벌써 술로 가맣게 타들어 가고 있었다. 거친 장터 패거리 속에 자리를 잡는 데 필요한 강단을 여러 해 술로 대신해 온 탓이었다. 허세를 부리느라 일부러 풀어 헤친 가슴께며 걷어붙인 소매 밑으로 드러나는 형의 희푸름한 살결이 새삼 그의 가슴을 저리게 했다.

"저어 좀 의논 드릴 게 있어서요……."

"의논을, 너 같은 선비가 이 장돌뱅이에게?"

형은 집 안에서는 그가 학문에 매달리는 걸 빈정거리기는 해도, 함께 어울려 다니는 장터 패거리들에게는 아우가 글 읽는 선비라는 걸 은근히 자랑삼았다. 그날도 형이 그렇게 대꾸한 것은 빈정거림이라기보다는 한방에 앉은 장터 패거리들에게 글 읽는 아우를 은근히 과시하는 데 뜻이 있는 듯했다. 주모를 부르는 호기에도 그런 형의 뜻은 잘 드러났다.

"이봐, 건넌방 비우고 솜씨껏 술 한 상 차려 봐. 여기 이 손님, 이래 봬도 언제 과거 급제해 어사화 머리에 꽂고 돌아올지 모르는 선비님이시란 말이야."

그러나 막상 조용한 방에 둘만 앉게 되자 형의 눈에는 숨길 수 없는 불안이 어렸다. 그는 까닭 모르게 죄지은 기분이 되어 한참이나 머뭇거리다가 더듬더듬 털어놓기 시작했다. 바로 자신이 백일장에서 장원한 일이며 거기서 지어 바친 시의 내용까지 말해 놓고 나니 관서 선비 노진의 얘기도 곁들이지 않을 수 없었다.

그 몇 년 장터 바닥을 굴러 늘어난 눈치 때문인지, 같은 운명 아래 태어난 형제라 유달리 그쪽으로 이해가 빨라선지, 형은 그가 품은 걱정까지 털어놓지 않아도 금세 모든 걸 알아차렸다.

"거 봐라. 우리가 속으로 조상을 원망하며 사는 것은 세상도 이해해 주지만, 그 조상을 팔아 영달을 사려 하니 당장 욕이 되지 않느냐? 거참 딱하게 되었다. 발 없는 말이 천 리를 간다고 뒤따라 그 모든 소문이 들어오면 네가 아무리 발뺌을 하려 들어도 어렵겠다. 세상이 다 네가 만난 그 선비 같기야 하겠느냐만, 공론이 되면 사사로운 동정은 뒤로 밀리게 마련, 여기서는 네 몸 두기가 괴로워지겠구나."

형이 씁쓸한 얼굴로 그렇게 말했다. 평소처럼 빈정거리거나 나무라는 기색은 없고 뒤잇는 말에는 오히려 위로하는 투까지 섞여 있었다.

"충효가 선비의 근본이라 하되, 우리 같은 것들에게는 양쪽에서 베어 들어오는 칼일 수도 있지. 효에 매달려 있으면 충이 베려 들 게고, 충에 빌붙으려 하면 이번에는 효가 베려 들게 되어 있어. 나는 그래서 그놈의 골치 아픈 선비 되기를 그만두었다만, 너는 총명하니 어쩌면 그 두 칼날 사이를 헤치고 나갈 수도 있을 줄 알았는데…… 어쨌거나 일은 이미 엎질러진 물 — 앞일은 천천히 생각해 보기로 하자."

몇 푼의 이문 다툼으로 장터 바닥에서 상것들과 멱살잡이도 마다 않을 만큼 험하게 스스로를 내돌리고는 있어도, 아직 정신까지는 장돌뱅이가 못 된 형이었다. 어쩌면 그런 정신과 자신의 몸이 던져져 있는 현실의 간격을 메우고 있는 게 형의 술이고 강단이고 허세였는지도 모를 일이었다. 그런데도 그걸 오직 형의 지나친 자학으로만 이해하고 못마땅하게 여겨 오던 그는 형이 그렇게 나오자 콧등이 시큰한 감동을 느꼈다.

형이 뜻밖의 결정을 가지고 그를 찾아온 것은 그다음 날 아침이었다. 전날 낮에 마신 술로 낮잠이 들었다가 내처 자고 난 바람에 새벽같이 깨어 있는 그에게 오랜만에 술기운 없는 얼굴로 찾아온 형이 말했다.

"간밤 내 생각해 봤는데, 이제 그만 이 읍(邑) 거리를 뜨는 게 좋겠다. 다행히 진작부터 봐 둔 곳이 있으니 우리 그리로 옮겨 살자. 여기서 한 팔십 리 되는 의풍 쪽 와석(臥石) 마을 근처인데, 우리 같은 것들이 숨어 살기에는 괜찮을 듯싶은 골짜기가 있더라. 이제 니까 하는 말이다마는 나도 마음에 없는 장돌뱅이 노릇 하기에 신물이 난다. 늙어 가시는 어머님이 아직껏 남의 일 다니시는 것 도 못 보겠고…… 그럭저럭 몇 푼 모은 것도 있으니 거기서 땅마지 기 장만하고, 화전이라도 일구면 우리 식구 호구야 어렵지 않을 게 다. 공연히 여기 살며 남의 시비에 시달리는 것보다야 백번 낫지."

갑작스럽기는 하지만 그의 생각에도 그 길이 가장 옳을 것 같 았다. 어머니도 형제간의 수군거림에서 어떤 심상찮은 느낌을 받 았던지 큰 반대 없이 형의 뜻을 따라 주었다. 그리하여 그해 늦가 을 그들 일가는 오늘날의 영월군 하동면 와석리 쪽으로 또 한 번 옮겨 갔다. 형 병하 내외, 어머니, 아우 병두, 그리고 그와 그의 아 내 황씨 합쳐 여섯 식구였다.

16

　그 뒤 일 년은 그의 생애에서 아주 특이한 시기였다. 와석 마을
에서 좀 떨어진 어둔이[於屯里]란 골짜기에 자리를 잡은 그들 일
가는 그곳에다 초가삼간을 얽고 전과는 전혀 다른 방식으로 새
삶을 시작했다. 형 병하가 그동안 모은 돈으로 장만한 논마지기
와 근처의 산비탈을 일군 밭뙈기에 의지한 농부로서의 삶이었다.

　그도 책을 놓고 형제들과 나가 일을 했다. 안 해 본 지게질에 이
런저런 농사일이 한결같이 힘들고 고달팠지만 마음은 오히려 그
어느 때보다 편했다. 일의 보람, 노동을 통하여 무언가 없던 것을
만들고 지어내는 기쁨 같은 것도 그의 삶에서는 새로운 것이었기
에 더 과장되어 다가왔다. 힘든 싸움과도 같은 괭이질 끝에 밭머
리에 앉아 땀을 씻으며 하늘에 떠가는 흰 구름을 바라보고 있노

라면, 지난날의 그 불같은 출세의 꿈이 오히려 허망하게 느껴질 때도 있었다.

열네 살의 아우 병두부터 쉰이 안 된 어머니까지 여섯 식구 모두가 일할 수 있는 사람들이라 거두어지는 것도 많았다. 충분하게 손길이 간 작물들은 이웃의 어떤 논밭보다 크고 많은 열매를 맺었고, 땔감이나 산나물, 버섯, 야생 과일 또한 그것만으로 굶주림은 면할 만큼 얻어졌다. 어쩌면 그에게만이 아니라 그들 일가 모두에게도 그 무렵이 일생에서 가장 넉넉하고 아늑한 때였을 것이다.

그렇지만 결국 그리 오래는 못 갈 넉넉함이요, 아늑함이었다. 먼저 어머니의 포기되지 않은 비원(悲願)이 그 넉넉함과 아늑함에 첫 번째 금을 내었다. 장성한 두 아들이 의논해 결정한 일이라 처음에는 어머니도 그 새로운 삶의 방식을 기꺼이 따랐지만, 차차 그것이 뜻하는 바가 뚜렷해지자 거부의 감정을 드러내기 시작했다.

이듬해 가을 첫 벼 수확을 끝낸 다음 날 아침이었다. 햅쌀로 밥을 짓고 마을에서 얻어 온 고깃근으로 국을 끓여 식구대로 모여 앉은 밥상머리에서 어머니가 처연한 목소리로 그에게 말했다.

"집 안에서 네 글 읽는 소리가 들릴 때는 조당수라도 달기만 하더니, 이제는 고깃국에 이밥이라도 어찌 맛난 줄을 모르겠구나. 그래, 정말 이대로 농투성이가 되어 늙어 갈 작정이냐?"

그에게는 묵은 상처를 헤집는 거나 다름없는 말이었다.

그 달포 뒤 그의 맏아들 학균(學均)이 태어났을 때도 그랬다. 첫 손자를 봤다고 기뻐하던 것도 잠시 어머니는 일부러 그에게 들으라는 듯이나 깊은 한숨과 함께 탄식했다.

"고추야 달고 나왔다만 저 불쌍한 목숨을 어찌할꼬. 이 첩첩산
골에 농투성이 자식으로 태어났으니, 짐승 같은 그 한 살이[生]가
물밑같이 훤하구나."

하지만 그런 어머니의 비원에 못지않은 것이 아직 모든 걸 단념
하기에는 너무 젊은 그의 나이였다. 지난 백일장 일로 그가 받은
충격이 비록 컸고, 어둔이에서 새로 시작한 삶의 방식도 뜻밖으
로 마음 끌리는 데가 있었으나, 그것으로 그토록 치열하던 신분
상승의 의지가 뿌리째 뽑혀 나간 것은 아니었다. 그 가을에 접어
들면서는 벌써 그의 내부에서도 책에 대한 갈망이 고개 들고, 그
와 비례해 새로 택한 삶의 방식에는 회의가 일기 시작하고 있었다.

거기다가 어머니의 일깨움이 아니라도 첫 아들의 출생은 그에
게 여러 가지로 자신을 돌아보게 하는 계기가 되었다. 자신의 한
평생으로 모든 게 끝나는 게 아니라 아들에서 아들로 끝없이 이
어 갈 가문이 있다는 것, 그 아들도 자신과 마찬가지로 할아버지
의 피를 물려받았으며, 누군가 끊어 주지 않으면 또한 자신과 같
은 질곡을 지고 살게 되리라는 것, 그런데 자신이 새로 택한 삶의
방식은 그 질곡의 꼬리를 끊어 주는 데는 전혀 무력하다는 것 —
그렇게 헤아려 가다 보면 그 한 해 그토록 자족해 산 것이 문득 어
처구니없는 세월의 낭비로 느껴지기까지 했다.

곧이어 닥쳐온 겨울도 그를 책과 옛 야망 쪽으로 이끄는 데 한
몫을 했다. 그해따라 유난히 일찍 쏟아진 폭설이 산으로 오르는

길도 들로 내려가는 길도 막아 버린 게 시작이었다. 꼼짝없이 집 안에 갇혀 무료하게 긴 겨울을 나야 하게 되면서 책은 이제 그 무료함을 달래기 위해서도 오래 동여 둔 버들고리짝에서 아니 나올 수가 없었다. 그리고 망설임 끝에 첫 권이 나오자 다시 다음 권이 나오게 되고, 이어 모든 책이 그걸 읽을 때의 야망과 함께 다시 그의 삶에서 원래 차지했던 자리를 하나씩 되찾아 갔다.

그의 그 같은 변화를 가장 먼저 알아차린 것은 아무래도 함께 기거하는 아내 장수(長水) 황씨였다. 황씨는 시어머니 함평 이씨와는 달리 신분의 몰락을 직접으로 경험해 본 적이 없었다. 그녀가 태어났을 때는 이미 겨우 천민이나 면할 정도로 그녀들 가문의 몰락은 여러 대(代) 전의 일이어서, 그래도 아직은 선비 행세를 하는 그와의 결혼은 그녀에게 오히려 신분 상승의 의미마저 띠고 있었다. 그래서인지 그녀에게는 함평 이씨 같은 비원은 물론 신혼 초의 남편이 보여 주던 불같은 신분 상승의 의지에 대한 이해조차 충분하지 않았다. 그녀의 꿈은 여느 민촌의 아낙들처럼 먹을 것 입을 것 걱정 없이 아들딸 많이 낳고 남편과 금실 좋게 사는 것뿐이었다.

그런 그의 아내 황씨에게는 그와 소박한 농사꾼 내외로 산 그 한 해가 아마도 생애에서 가장 행복한 시기였을 것이다. 그가 한 선비로서의 행신과 체모를 지키려고 애쓰던 그 전 한 해와는 달리 그때에 이르러서야 그녀는 비로소 부부간의 정이란 어떤 건지 알게 되었고, 갈수록 아쉬운 게 줄어드는 살림살이에도 맛을 들였다. 정확히는 그게 무언지도 모르고 얻어진다는 보장 또한 막연한 청운의 꿈이나 그걸 향한 남편의 이해 못할 집념에 주눅 들어, 손발이 닳도록 그 뒷바라지를 하면서도, 그의 별것 아닌 눈짓이나 헛기침 소리 한 번에 움찔움찔 놀라야 했던 신혼의 날들이 오히려 헛되고 어리석게 느껴질 지경이었다.

그런 황씨였던 만큼 책과 관련된 남편의 변화에 대해서는 누구보다도 민감할 수밖에 없었다. 그가 처음 먼지 앉은 버들고리짝에서 필사한 『문선(文選)』 초(抄)를 꺼내던 날 그녀는 까닭 모르게 불안한 마음으로 그를 지켜보다 물었다.

"다시 선비를…… 하시렵니까?"

"아니오. 시로 무료함이나 달래 볼까 하고."

그는 멋쩍게 웃으며 그렇게 대답했으니 한 권 한 권 다른 책들이 나오면서 조금씩 달라지기 시작했다. 밤늦도록 책에 매달려 있는 그를 두고 잠든 황씨가 거듭되는 한숨 소리에 눈떠 보면 그는 책장을 덮고 골똘한 생각에 빠져 있기 일쑤였다.

형 병하도 그의 방에 밤늦도록 불이 켜져 있게 되면서부터 그의 내면에서 이는 변화의 조짐을 알아차렸다. 그러나 형은 그때 이미 병심(病心)이었다. 아버지의 노점(癆漸)을 이어받은 것인지, 몇 년 읍거리 장터에서의 거친 삶과 술에다 그 여름의 과로가 겹쳐 원래도 그리 신통치 못한 건강을 해친 것인지, 그해 가을에 들면서 형도 그 나이 때의 아버지처럼 성하게 나다니는 날보다 앓아누워 있는 날이 많아졌다. 그리고 갑자기 마음마저 약해져 전에 없이 아우에게 의지하려 들었다.

"얘야, 너만 믿는다. 이 집안은 네가 맡아야 될 것 같다."

"나는 틀렸다. 학균 애비가 알아서 해라."

작은 의논에도 그렇게 대답해 놓고 느닷없이 비감에 빠져들던 형이라, 설령 그가 하는 일이 마음에 들지 않았더라도 나무라거나 말릴 상태가 아니었다. 다만 때로는 황씨 같은 불안의 눈으로, 때로는 억지로 짜낸 듯한 기대의 눈으로 멀찌감치 물러서서 그를 살피고 있을 뿐이었다.

그가 다시 책에 매달리고 신분 상승의 의지에도 조금씩 불을 당겨 가고 있다는 걸 가장 늦게 안 것은 어머니였다. 두말할 것도 없이 어머니는 그의 그런 변화를 기쁘게 받아들였다.

"암, 그래야지. 우리 가문은 그냥 농군으로 눌러앉아 될 가문이 아니다. 너희 재종(再從)들은 지금쯤 모두들 금관자 옥관자(玉貫子)를 늘어뜨리고 있을 게다. 외가 쪽 동항(同行)들 중에도 벌써 생원과 진사가 하나씩 났다는구나. 지성(至誠)으로 읽고, 부디 청운에 올라 이 어미의 일생에 걸친 한을 풀어 다오."

그러면서 이미 할머니가 된 여인답지 않게 생기를 냈다.

그사이 겨울이 깊어 갔다. 형의 병과 아내 황씨의 불안도 겨울과 더불어 깊어 갔다. 그러나 어머니의 기대와 그의 집념은 다시 빛과 열기를 더해 갔다.

17

길었던 정해년(丁亥年) 겨울이 가고 무자년(戊子年) 봄이 왔다.
겨울 동안 세 번이나 피를 토하는 소동이 있었지만, 따뜻한 봄바
람에 힘입어서인지 형 병하는 다시 자리를 차고 일어났다. 그리고
오래 앓았던 사람 같지 않게 씨앗을 고른다, 두엄을 뒤집는다, 농
사 채비에 전에 없는 억척을 부렸다. 나중에 돌이켜 보면, 그때 형
병하는 시들어 가는 생명력의 마지막 한 방울을 쥐어짜고 있었는
지도 모를 일이었다.

하지만 그는 이미 그 전해 가을의 그가 아니었다. 봄이 와도 논
밭으로 돌아갈 생각은 않고, 이제는 불안을 넘어 근심에 차 있는
아내 황씨에게 먼 길 떠날 마련부터 당부했다. 그해 무자년은 식년
시(式年試)인 소과(小科) 복시(覆試)가 있는 해였다. 그걸로 보아 그

는 과거를 본다며 집을 떠나 서울로 올라간 듯한데 이 대목에 한 난점이 있다. 일반적인 설화에서의 그는 그때 벌써 금강산을 헤매고 있어야 하거니와, 다른 기록이나 구전(口傳)에 의지해도 그 상경(上京)의 구실을 대기가 쉽지 않다. 그 어느 쪽도 그가 소과 초시(初試)에 급제했다는 말은 전하고 있지 않는 만큼, 그에게는 그해 복시에 응시할 자격이 없었기 때문이다.

한 유력한 견해는, 그때 그의 나이가 이미 스물둘인 데다 그 남다른 재주로 미루어, 달리 전해지는 말이 없더라도 소과 초시쯤은 그전에 이미 입격(入格)해 두었다고 본다. 이 경우 그가 서울로 간 것은 진정으로 과거를 보기 위해 간 것이 된다. 이에 비해 다른 견해는 그런 기록과 구전이 없는 점을 근거로 삼아, 그때 그는 다만 과거를 핑계 대고 서울로 갔을 뿐이라고 한다. 이 두 견해는 분명 내용상 큰 차이를 가지고 있지만, 어느 쪽이 옳으냐에 너무 매달릴 필요는 없다. 왜냐하면 그 어느 쪽을 따르더라도 다음 얘기로 넘어가는 데는 큰 차이가 없기 때문이다. 한마디로 그는 그해의 소과 복시에 응하지 않았다.

그가 어떤 논리로 스스로를 격려하여 다시 신분 상승의 의지를 불태우게 되었는가에 대해서도 의문은 있을 수 있다. 이태 전의 백일장과 관서의 선비 노진에게 받은 충격은 실로 엄청났다. 그것은 뜨겁게 달아오르던 그의 과거열(科擧熱)에 찬물을 끼얹었을 뿐만 아니라, 그의 형 병하가 생업을 바꾸고 가족 전체가 은둔과도 같은 이주를 결정하게 만들었다. 한겨울의 무료함을 달래기 위해 가까이 한 서책(書冊) 몇 권으로 모든 걸 툭툭 털어 버리고 가망 없는 옛 꿈으로 돌아갈 수는 없었다.

하지만 이 문제 또한 그리 꼼꼼하게 따져야 할 필요는 없는 성 싶다. 그가 생각을 바꾸게 된 동기의 일단은 이미 얘기된 바 있고, 나머지는 그가 서울에 머문 두어 해 동안에 보여 준 처절한 신분 회복의 집념만으로도 대강은 짐작할 수 있다. 거기다가 사람의 모든 행동이 반드시 논리적인 자기 설득 위에서만 이루어지는 것도 아니다.

그가 과거를 보러 서울로 가야겠다고 밝혔을 때 그의 가족들이 보인 반응에 대해서도 길게 얘기하는 것은 피하자. 그의 어머니는 당연히 기뻐했고, 소박한 그의 아내 황씨는 또 그놈의 청운(靑雲)인지 뭔지에 남편을 영영 빼앗겨 버릴 것 같아 가슴이 써늘했다. 신병으로 마음이 약해질 대로 약해진 형 병하는 걱정되고 못마땅한 대로 아우를 축복해 보냈으며, 난 지 다섯 달도 안 되는 맏아들 학균은 홍몽천지 같은 의식을 뜻 없는 옹알거림으로 드러냈다. 그것이 그들 형제의 마지막 이별일지도 모른다는 예감이 있었던지, 그를 보내는 형 병하의 두 눈 가득 눈물이 괴었다는 것 하나쯤은 더 보태도 될까.

이윽고 가족들과 작별한 그는 한동안 정붙여 살았던 골짜기를 벗어나 이제 막 피기 시작하는 봄 속으로 떠났다. 의식의 긴 겨울 내내 움츠려 있던 그의 날개는 다시 세상을 향해 활짝 펼쳐졌다.

그러나 아직 시인의 날개는 아니었다.

18

 과거를 보러 서울로 간 그가 그 뒤 이태가 넘도록 안응수(安應
壽)란 세도가의 문객(門客)으로 눌러앉아 있었다면 그에 관한 설
화에 익숙한 사람에게 매우 이상하게 들릴 것이다. 그러나 안응수
의 문우(文友) 가운데 하나인 신석우(申錫雨)의 문집 『해장집(海藏
集)』에는 그에 관한 것인 듯한 「기김대립사(記金簦笠事)」란 꽤 긴 글
이 들어 있고, 몇 가지 의문점이 있는 대로 논자(論者)들도 대개
는 그곳의 기술이 그에 관한 것으로 보고 있다. 설화의 구성자들
이 이 부분을 빼 버리는 까닭은 아마도 뒷날 시인으로서의 삶이
주로 결정한 그의 인상과 벼슬길을 찾아 세도가에 빌붙어 지내는
문객이 너무도 맞지 않아서였을 것이다.
 그렇다면 그의 과거 응시는 어떻게 된 것일까. 앞날을 위해 한

번 보아 두기 위함에서였건, 정말 복시(覆試)를 치르기 위해서였건 그가 과장(科場)까지 간 것은 사실이었다. 그러나 그가 그곳에서 본 것은 신분 회복의 집념을 실현시켜 줄 청운의 길이 아니라, 소문으로 듣기보다 훨씬 더 심하게 썩어 문드러진 과거제도의 실상이었다.

먼저 그와 같은 가난뱅이 시골 선비에게는 과거를 치를 자리를 얻는 것부터가 뜻대로 되지 않았다. 너무 많은 응시자 때문에 시권(試券)을 빨리 바치고 늦게 바침에 따라 입락(入落)이 결정된다 할 만큼 좋은 자리를 차지하는 게 중요한데, 그 좋은 자리는 전날 밤부터 이미 세도가의 자제들이 보낸 선접(先接)꾼들의 차지였다. 그들은 깔자리에다 말뚝까지 둘러쳐 널찍하게 자리를 잡아 두고 누가 근처를 얼씬거리기라도 하면 눈을 부릅뜨고 엄포를 놓았다.

그 자리의 주인인 세도가의 자제는 다음 날에야 수많은 시중꾼까지 데리고 과장으로 들어서는데, 그들 가운데는 글 지어 줄 문장가에 글씨 써 줄 사수(寫手)까지 있었다. 그러면 힘없고 가난한 시골 선비는 그들의 기세에 밀려 과장 끄트머리에 끼어 앉기조차 어렵게 되고, 겨우 끼어 앉아도 응시하지 못한 것이나 다름없게 되고 만다. 그가 낸 시권은 산같이 쌓인 다른 힘없고 가난한 선비들의 시권에 파묻혀 시관(試官)에게 한 번 읽히지도 못하고 버려지기 때문이다.

과거제도의 문란은 시권을 작성하는 그 자체까지도 성하게 놓아두지 않았다. 남의 글을 빌리고, 책을 끼고 들어가 몰래 보고,

시권을 서로 바꿔 내고, 밖에서 써서 들여오고, 과제(科題)를 미리 알아내 글을 지어 뒀다가 바치는 따위 갖가지 속임수가 판을 치는데, 이 또한 여간한 세도가의 자제가 아니고서는 하기 어려운 짓들이었다.

말로만 듣던 일을 직접 자신의 눈으로 확인한 그는 심경이 착잡하였다. 어렵게 학문은 이루었으되, 그런 아수라장을 뚫고 과거에 급제해 옛 신분을 회복한다는 것은 하늘의 별을 따기보다 더 어려울 것 같았다. 응시하러 갔건 한번 보아 두러 갔건, 어쨌든 그는 아득한 절망감에 한 발 과장 안으로 몸을 들여놓아 보지도 않고 멀거니 구경만 하다가 가까운 주막으로 발길을 돌렸다.

그러나 응시자들로 들어차기는 그곳도 마찬가지였다. 과장에서 가까운 곳은 말할 것도 없고 꽤 떨어진 주막까지도 자신과 비슷한 처지의 시골 선비들이 몰려 앉아 불평에 찬 낮술들을 들이켜고 있었다. 이번 식년시에는 전국에서 몰려든 과거 응시자들이 서울에 살고 있는 사람 머릿수보다 많다는 소문이 있더니 그게 정말인 듯싶었다.

"노 형은 나보다 글이 높으니 안 죽는 유광억(柳光億, 과문(科文)을 지어 팔다가 관가에 알려져 자살했다는 한문 소설의 주인공)이나 되어 볼 궁리를 하소. 나는 이참에 의지할 세도가나 한 군데 알아봐야겠소."

그가 그런 소리를 들은 것은 세 번째엔가 네 번째에서야 겨우 술청 한 모퉁이에 끼어 앉게 된 어떤 주막에서였다. 과거를 단념한

한 무리의 시골 선비들이 저희끼리 주고받는 수작이었으나, 그는 왠지 자신에게 하는 소리 같았다. 곧 매문(賣文)을 업으로 삼거나 세도가의 문객으로 빌붙어 때를 기다려 보라는 뜻이었다.

그렇지만 그가 안응수의 문객이 된 것은 일반의 상상처럼 비루한 빌붙음의 결과는 아니었다. 그런 길이라도 있었으면 하고 막연하게 생각해 본 적은 있었으나, 그가 세도가 근처를 얼씬거린 적은 없고, 특히 안응수를 지목해 다가간 적은 더욱 없었다. 그가 안응수를 만난 것은 차라리 기연(奇緣)이었고, 그를 자기 집으로 끌어당긴 것도 오히려 안응수 쪽이라는 편이 옳았다.

이왕 올라온 김이라 별로 흥겹지도 않은 서울 구경을 며칠 한 그가 다시 터덜터덜 영월로 내려가는 길이었다. 한나절을 걸어 덕소(德沼) 물가에 이르니 거기 세월 좋은 젊은 선비들이 모여 시회(詩會)를 하고 있었다. 높게 둘러친 차일이며 상을 들고 오락가락하는 하배들로 보아 세도(勢道)깨나 부리는 집안의 자제들 같았다.

그사이 봄은 무르익어 바람은 따뜻하고, 얼음 녹은 물로 차갑던 강물도 이제는 발 씻기가 싫지 않을 만큼 데워져 있었다. 건너편 강 언덕에는 봄풀이 푸릇푸릇하고 돌아본 산기슭에는 진달래가 타는 듯 붉었다. 온 나라가 춘궁(春窮)에 빠져 굶어 죽는 시체가 들판에 버려질 판이란 것만 아니면, 장소도 때도 그만인 시회였다.

그러나 그가 그들에게로 다가간 것은 실로 단순한 이유에서였다. 한나절 먼 길을 걸은 데다 가까운 곳에는 주막도 없어, 그곳에서 술이나 한 잔 마시고 목을 축일 요량이었다. 아직 과객질을 해본 적은 없지만, 그래도 명색 선비들이 모인 자리니 같은 선비를 그리 야박하게야 대하랴 싶었다.

세상이 언제나 그렇듯 그날도 먼저 그를 막은 것은 차일 근처에서 이런저런 시중을 들던 아랫것들이었다. 말고삐 잡은 구종(驅從)놈이 말 탄 귀인보다 더 유세를 한다고, 그들은 대뜸 그를 비렁뱅이 쫓듯 쫓으려 들었다.

어렵게 살아오기는 해도 그런 막대접은 또 처음이라 그도 가만있지 못했다. 한 소리 따끔하게 꾸짖고 돌아서려는데 모여 있던 선비들 중에 누군가가 고개를 길게 빼고 그쪽을 보며 소리쳐 물었다.

"거 웬 소란이냐?"

"밥도 국도 아닌 술 비럭질이기에……."

유난히 앞장서서 그를 막던 젊은 별배(別陪) 하나가 일러바치듯 그렇게 목청을 높였다. 그런데 그 말을 받는 목소리가 뜻밖으로 부드러웠다.

"의관을 보니 선비인 듯한데 이리 모셔라."

그 젊은 선비가 바로 안응수였다. 당시는 흔해 빠진 게 과객질하는 선비여서 의관을 갖췄다고 특별한 것도 없건만 무슨 인연에 이끌렸던지 안응수는 그를 시회로 끌어들였다. 술 한 잔 얻어 마시려고 온 과객에게는 파격적인 대접이란 게 거기 앉아 있던 한 선비의 빈정거림으로 쉽게 짐작이 갔다.

"복경[福卿, 안응수의 자(字)]이 또 공연한 인심 내는군."

안응수를 뺀 좌중의 분위기를 반영하듯 자리는 겨우 차일 모퉁이에 내주어도 그 앞으로 차려져 나오는 술상은 어김없이 과객상이었다. 뒷날의 그였다면 그 정도의 대접으로도 감지덕지했을 것이지만 그때만 해도 그는 아직 젊고 때 묻지 않은 선비였다. 당장 술상을 차고 일어나고 싶은 기분을 오기로 누르고 오히려 좌중을 훑어보았다. 혈색 좋은 면면에 값진 의관이 먼빛으로 바라볼 때의 짐작대로였다. 이것들이 바로 그 말로만 듣던 세도가의 자제들이로구나, 싶자 그때까지의 오기는 이내 턱없는 호승심으로 바뀌었다.

"여기는 시회외다. 선비로 왔으니 응당 시 한 수는 있어야 될 것이오."

그때 좌중의 누군가가 시험해 보기라도 하듯 한마디 던졌다. 그가 거침없이 받았다.

"오언(五言)으로 하리까, 칠언(七言)으로 하리까?"

"좋으실 대루."

원래 그는 칠보재(七步才)를 특히 흠모하여 글을 배운 것도 아니고, 따로 즉석시(卽席詩)를 익힌 적도 없었다. 그러나 오기와 호승심이 도왔는지 칠언(七言) 한 수가 어렵잖게 나왔다.

강은 적벽(赤壁)이 아니지만 배 띄우고 놀기야 매한가지지.

땅은 신풍(新豊)과 가까운지 술 인심은 괜찮구려.

하기야 이런 세상 영웅(英雄) 변사(辯士)가 따로 있겠나.

돈이 바로 항우이고 술이 곧 소진(蘇秦)이지.

그런 시회에 맞는 격(格)은 아니었지만 거들먹거리는 것들에게 놓는 일침(一鍼)으로는 쓸 만했다. 개중에 더러는 그의 시를 못마땅한 표정으로 듣기도 했으나, 그래도 선비들의 시회라고 재미있어 하는 쪽이 더 많았다. 특히 안응수는 자신이 사람을 잘못 보지 않은 걸 기뻐하며 종시 그를 놓아 보내려 들지 않았다. 그 자리에 있던 신석우(申錫雨), 석희(錫禧) 형제도 그런 안응수를 도와 그가 어색하지 않게 취할 수 있도록 해 주었다.

바삐 집으로 돌아가야 할 일도 없는 그는 갈수록 자신에게로 끌려오는 좌중의 분위기와 봄 정취, 낮술에 취해 그날 여러 편의 시를 지었다. 어떤 것은 시회(詩會)의 순차(順次)에 따른 것도 있고, 어떤 것은 흥이 올라 스스로 지어 본 것도 있었다. 그런데 그중에 특히 「스스로를 돌아보고 노래함」이란 칠언율(七言律)이 그를 안응수의 문객으로 만드는 데 한 계기가 되었다.

웃으며 푸른 하늘 바라보면, 세상일 그냥 잊을 듯도 하지만

돌이켜 살아갈 길 생각하면, 다시 모든 게 아득하여라.

가난하게 살아 듣느니 아내의 나무람이요,

어지럽게 마셔 대니 저자 계집들의 비웃음도 많다.

이런저런 세상일 보기 꽃 지는 날같이 하였고,

이 한 삶은 달 밝은 밤하늘처럼 여겨 왔어라.

내 한 몸 쌓인 업(業)에 돌아옴이 그저 이뿐이라.

청운(靑雲)이 분수 밖에 떠 있음을 차츰 깨닫는다.

그가 막연한 앞날을 치솟는 술기운으로 어둡게 과장해 그렇게 읊자, 진작부터 그의 불우함을 짐작하고 있던 안응수가 벌열(閥閱)의 귀공자다운 동정심을 발동하여 그의 신상을 묻기 시작했다. 문객 하나 늘린다고 짐 될 것 없는 안응수라, 크게 흠 없는 신분이라면 그를 곁에 두고 돕고 싶었다.

처음 그 자리에 끼어들 때 그는 자신의 이름을 김란(金鑾)이라 하고 자(字)를 이명(而鳴)으로 밝혀 놓았다. 술 한 잔 마시고 헤어질 사람들이라 보아 방울[鑾]이란 이름에 울린다[而鳴]라는 장난스러운 자(字)를 댄 것이었다. 그러나 나중 안응수의 물음에 사는 곳과 출신을 속인 데는 이름을 속일 때와는 또 다른 이유가 있었다. 취한 중에도 안응수가 자신을 곁에 두고 도울 생각으로 묻는다는 게 짐작되자, 이번에는 그 때문에 수없이 상처 입어 온 자신의 출신 내력을 숨기기 위해 광주(廣州)의 보잘것없는 향품(鄕品)이라고 둘러댄 것이었다. 짐작대로 안응수는 그날 시회가 끝난 뒤 끌다시피 해 그를 자신의 집으로 데려갔다. 그게 그 집 문객 노릇의 시작이었다.

하지만 그렇다고 그에게 전혀 세도가의 자제인 안응수의 힘을 빌릴 뜻이 없었던 것은 아니었다. 스스로 비루하게 다가간 것은 아니었으나, 기회가 다가오자 그는 놓치지 않고 잡았다. 오히려 그 누구보다 단단하게.

한 문객에 지나지 않았음에도, 그에 대한 안응수의 예우는 여느 문객에게 하는 것과는 달랐다. 앞서 말한 『해장집』의 「기(記)김대립사」에는 이런 구절이 있다.

>……애석하다. 그의 재주는 놀랄 만했다. 이명(而鳴)은 김란(金鑾)의 자(字)인데 복경(안응수)의 문객으로 우리 형제도 젊었을 적에는 그와 오가며 지낸 적이 있다. 그때 이명은 과체시(科體詩)에 힘을 쏟고 있었는데, 그 범위가 넓고 멀었으며 솜씨도 매우 뛰어나 모든 이가 대가(大家)를 이룰 줄로 기대했다. 거기다가 그는 과시(科詩)뿐만 아니라 제자(諸子)와 그 경전을 공부하는 데도 뜻을 두어, 매일 글 읽는 소리가 낭랑하게 그치지 않았고, 백가서(百家書)를 베끼는 손도 쉬지 않았다. 글씨 쓰는 법도 아취 있고 간결해 잘 쓴다 할 만했다…….

물론 그 주된 뜻은 그의 학문과 재주를 치켜세우는 데 있지만, 한편으로는 그의 문객 생활이 어떤 것이었는지도 보여 주고 있다. 요컨대 문객이라도 하루 종일 집 안에 들어앉아 읽고 쓰는 일만 하는, 아주 윗길의 문객이었던 셈이다.

그런 나날을 보내고 있었던 만큼 그가 다시 신분 회복에 대한 야심과 투지를 불태우고 있었으리란 예측도 어렵지 않다. 한층 더

가다듬은 학문에다 당시의 세도가 중 하나인 안응수 가문의 후원이 더해지면 과거 급제도 바라볼 수 있다고 믿었을 것이다.

그런데 『해장집』의 기록만을 따르면 영 알 수 없는 게 그로부터 이태 뒤 그가 아무런 얻은 것 없이 안응수의 집을 떠나는 까닭이다. 「기김대립사」에는 그 자신의 입을 빌려 안응수와 신석희가 그의 출신이 보잘것없음을 알고 박대한 탓이라 밝히고 있지만, 어쩐지 앞뒤가 잘 맞아떨어지지 않는다. 그 두 사람이 알아봤댔자 광주(廣州)의 향품(鄕品)이라 둘러댄 출신인데, 그게 이태나 보살피고 아껴 온 문객을 더 견디지 못하게 할 만큼 박대할 구실이 되었다는 것은 아무래도 좀 억지스럽다.

19

　그가 안응수의 문객 노릇을 그만두게 된 까닭을 밝히는 데는 그가 한 말보다 그 말 뒤에 숨은 뜻을 살펴보는 쪽이 나을 듯하다.

　"나도 소싯적에 시문에 힘쓰며 서울에 가서 진취(進取)를 꾀한 적이 있지요. 그 당시의 시인 묵객이며 이름깨나 있는 선비들과 두루 가까이 사귀었는데, 안 복경(福卿) 응수와 신 사수(士秀) 석희가 이름이 높았고 나와도 사이가 두터웠습니다. 그들은 여러 가지로 나를 도와주었고 나도 그들과의 사귐을 기뻐하였지요. 그러나 뒷날 내가 광주의 보잘것없는 향품(鄕品)임을 알게 되자 두 사람은 나를 박대하기 시작하더군요. 나도 두 사람이 나를 용납하지 않음을 보자 더는 그들에게 빌붙어 이름을 날릴 길이 없게 되었음을 깨달았습니다. 우울하고 괴로운 일이었지요. 마침내는 미칠 지경이 되고 낙백(落魄) 불우함을 못 견뎌 제멋대로 살기에 이르렀습니다. 나의 병은 복경, 사수가 덧나게 한 것입니다."

그가 낙봉(樂峰) 이상우(李尙祐)란 선비에게 한 말은 대강 그런데, 여기서 특히 눈에 띄는 것은 '복경과 사수가 덧나게' 했다는 '나의 병'이다. 그 병은 틀림없이 신분 회복이 불가능하다는 데서 온 마음의 병을 가리키고 있는데, 안응수와 신석희가 덧나게 했다면 그전에도 이미 그는 그 병을 앓고 있었다는 뜻이다. 다시 말해 어렵게 되살아난 그의 야심과 투지가 또다시 무엇 때문인가에 꺾여 있는 데다 그 두 사람의 박대가 더해지자 마침내 배겨 내지 못하고 그 집을 뛰쳐나오게 된 것이라 보아야 옳다.

사실이 그랬다. 안응수의 문객이 된 뒤로 그는 신분 회복의 새로운 가능성에 매달려 학문에 온 힘을 쏟았지만 이태를 채우지 못하고 다시 쓰디쓴 좌절을 맛보지 않으면 안 되었다. 족친인 장김(壯金)들과의 조우가 그 발단이었다.

세도가에 의지하는 것도 출세의 한 지름길이 됨을 처음 들었을 때, 그는 당연히 영안부원군(永安府院君) 김조순(金祖淳)을 비롯한 할아버지의 종반들과 그 대소가를 떠올렸다. 아직 뒷날같이 드러내 놓고 조정의 권력을 오로지하고 있지는 못했으나, 그래도 장안에서는 으뜸으로 치는 세도가였기 때문이었다. 하지만 죽기 전날까지도 그들의 비정함을 원망하던 아버지의 기억이 무엇보다도 그들을 찾아갈 생각을 막았다. 아버지가 죽어 한 촌수라도 더 멀어진 마당에 그들이 새삼 호의로 나올 것 같지가 않았다.

그런데 바로 그 영안부원군의 아들인 하옥(荷屋) 김좌근이 어느 날 안응수의 집을 찾음으로써 그는 기어이 그들과 만나게 되고 말았다. 안응수는 집으로 찾아오는 누구에게도 그랬듯, 김좌근 앞에서도 그를 불러내 보이고 그 재주와 학식을 자랑하였다. 안응수로서는 그러는 것이 그에게 도움이 될 수도 있다고 믿었을 것이다. 김좌근도 안응수의 사랑방에서는 그에게 별다른 내색을 하지 않았다. 다른 손님들과 마찬가지로 고개를 끄덕이며 그를 살피다가 제 볼일을 본 뒤 돌아갔다.

그보다 열 살 위인 김좌근은 그때 음보(蔭補)로 부솔(副率)이란 대단찮은 자리에 있었지만, 뒷날 영의정을 세 번씩이나 하고 철종조(哲宗朝) 세도정치의 중심이 될 인물이었다. 머리가 비상한 만큼 눈도 매서워 그 자리에서 이미 그가 누군지를 알아보았다. 그리 멀지않은 핏줄도 김좌근이 그를 한눈에 알아보는 데 당연히 어떤 역할을 했을 것이다. 하지만 안응수 앞에서는 끝내 시치미를 떼고 돌아간 김좌근은 곧 청지기를 보내 그를 자기 집으로 불렀다. 안응수는 물론 그까지도 별나게 생각 안 되는 용건과 함께였다.

"네가 병하냐? 병연이냐?"

그래도 가슴속에 이는 한 가닥 의구심 때문에 그가 쭈뼛거리며 그 집 사랑방으로 들어가자 아버지 김조순을 윗자리에 모셔 놓고 기다리던 김좌근이 대뜸 물었다. 안응수에게 댄 란(蘭)이란 거짓 이름을 우겨 볼 엄두조차 나게 하지 않을 만큼 차갑고도 단정적인 물음이었다. 참으로 무서운 사람이었다.

"병연입니다."

그가 할 수 없어 그렇게 대답하자 말없이 그를 훑어보고 있던 김조순이 갑자기 수염까지 부르르 떨며 호통을 내질렀다.

"요런 발칙한 놈, 그런 놈이 변성명을 하고 세도가의 사랑방에 숨어들어? 바로 말해라. 네놈이 노린 게 무엇이더냐?"

성품이 지나치게 너그러워 오히려 나랏일을 그르친다는 세간의 평이 무색할 만큼 추상 같은 호통이었다. 재종조(再從祖)란 핏줄기의 따뜻함은 그 어디서도 느껴지지 않았다.

"……."

"겨우 세 끼 밥 얻어먹자고 몇 년씩 안복경의 뒤를 핥고 있는 건 아니렷다?"

"……."

"이놈, 너도 명색 예의염치를 말하는 선비라더냐? 연좌사(連坐死)를 면케 해 준 것도 나라의 크나큰 은혜거늘, 언감생심 무엇을 더 바라고 감히 도성 안으로 발을 들여놓았더란 말이냐? 썩 물러가거라. 일후 다시 안복경의 집 근처에 얼씬거리다간 네놈을 잡아 치도곤(治盜棍)으로 다스리리!"

하지만 그보다 더 충격적인 것은 그 불같은 호령에 귓가가 얼얼해 돌아가는 그를 배웅하며 김좌근이 들려준 말이었다.

"안됐다만 어서 네 집으로 돌아가거라. 아직 너를 받아 줄 조정은 없다. 아버님 말씀처럼 멸문되지 않고 핏줄이라도 잇게 된 걸 다행으로 여기고 돌아가 조용히 숨어 지내거라. 안 될 욕심 부려 봤자 사람만 상할 뿐이다. 네가 상하고 복경(福卿)이 상하고 우리 김문(金門)이 상한다. 꼭 칼이 목에 떨어져야만 사람이 상하는 것이라더냐?"

사랑채 마당을 가로지르면서 김좌근이 한 번 더 그렇게 당부했다. 그 목소리가 처음보다 많이 부드러워진 것에 힘을 얻어 그가 물었다.

"할아버지의 죄가…… 그리도 큰 것입니까?"

그러자 김좌근이 길을 멈추고 그를 쏘아보듯 살피다가 가만히 되물었다.

"너는 네 할아버지의 죄가 다만 역적을 맞아 싸우다 죽지 못한 것뿐인 줄 아느냐? 홍경래에게 항복한 것 말이다."

"그럼…… 더 있습니까?"

"있지. 네 할아버지는 역적에게 항복했을 뿐 아니라 역적의 벼슬을 다시 받고 그 잘난 글까지 바쳤다. 어리석은 민초들을 함께 들고 일어나자고 꼬드기는 격문이다."

"네에?"

"더 있다. 네 할아버지는 세불리(勢不利)하자 관군에게로 넘어오면서 또 간교한 죄를 저질렀다. 조(趙) 아무개란 농군에게 돈 천 냥을 준다고 꾀어 역적의 참모 김창시(金昌始)의 목을 베 오게 한 뒤 그걸 자신의 공인 양 바쳐 임금을 속이려 했다. 그같이 간교한 대역 죄인의 자손에게 그 몹쓸 일이 있고 이십 년도 못 채워 다시 벼슬을 안길 만큼 조정이 어수룩하겠느냐."

그 뒤의 말은 더 들리지 않았다. 김좌근이 덧붙여 일러 준 할아버지의 죄상은 그에게는 처음 듣는 소리였다. 아버지는 혹 알고 있었던지 모르지만, 그들 형제에게는 물론 어머니에게까지도 그 일을 전하지 않았음에 분명했다. 그는 네 해 전 정선의 어느 주막에서 노진에게 질타당할 때보다 더한 아픔을 느끼며 가슴을 움켜잡았다. 비틀거리며 대문을 나서는 그의 등 뒤로 김좌근의 계산된 탄식 같은 한마디가 덧붙여졌다.

"너도 너지만, 우리 집안도 이제는 놓여나고 싶구나. 그 욕스러운 일로 다시 더는 남의 입 끝에 오르내리고 싶지 않구나……."

몇 해 전의 그였더라도, 그 길로 그는 안응수의 집을 떠났을 것이다. 하지만 그때 이미 그의 나이 스물넷, 세상일의 단맛 쓴맛을 어지간히 본 뒤였다. 거기다가 아직 시험해 보지 않은 후원자들의 호의가 한 가닥 기대를 남기고 있었다. 안응수 외에도 신석우 형제같이 그의 재주와 학식에 반해 있는 몇몇 세도가 자제들의 호의였다. 그들이라면 자신이 누군지 바로 알게 되더라도 변함없이 도와줄 것만 같았다.

부질없는 기대였다. 김좌근을 만난 지 사흘도 안 돼 그들도 변해 갔다. 먼저 안응수가 냉담해지기 시작하고 신석희와 다른 후원자들도 호의를 거두어들였다. 김좌근이 뒤에서 그가 누구인지를 바로 밝히지는 않았다 해도, 무언가 그에게 치명적인 사주를 그들에게 하고 있음에 분명했다.

나날이 줄어들던 그들의 호의가 드디어 은근한 박대로까지 변하자 그는 비로소 자신이 잡고 있던 마지막 기대의 끈이 무참하게 끊어졌음을 알았다. 안응수가 아니라 그 열 곱절의 세도가라 하더라도 그들의 문객으로 남아 자신이 얻을 수 있는 게 더는 남아 있을 성싶지 않았다. 김좌근을 만난 지 달포 뒤 마침내 그는 조용히 봇짐을 꾸려 안응수의 집을 나왔다. 그해 유월의 일이었다.

가끔씩 사람의 정서에는 알 수 없는 왜곡이 일어난다. 특히 원망이나 미움의 정서에서 그런 경우가 잦은데, 안응수와 신석희에 대해 그가 느끼는 야속함도 그 하나일 것이다. 이치대로 따지자면 당연히 김좌근을 더 원망해야 하지만, 그는 왠지 안응수와 신석희 쪽을 훨씬 더 야속해했고, 그런 느낌은 세월이 지나도 변하지 않았다. 그것이 바로 "안응수와 신석희가 나의 병을 덧나게 했다."란 술회의 진상이다.

20

그의 삶을 당대의 일상적인 삶에서 결정적으로 일탈시킨 결의는 마지막 신분 상승의 시도가 물거품으로 돌아간 그때를 전후해 이미 이루어졌는지도 모른다. 안응수의 집을 뛰쳐나온 그가 기실 처음부터 집으로 돌아갈 마음을 먹은 것은 아니었다. 통상 과객질이라고 불리는, 그 시절의 불우한 지식인들이 이도저도 아니 될 때 하게 되는 그 쓸쓸한 선택에 대해, 그는 벌써 어느 정도의 지식과 정보를 가지고 있었고, 또 상당한 유혹도 느꼈다.

하지만 뜻 아니 한 형의 부음(訃音)이 뒤늦게야 그에게 전해져 그런 선택을 미루게 했다. 안응수의 집을 나선 뒤 미칠 듯한 울분과 한을 우선 술로 삭이느라 주막거리를 떠돈 지 이틀 만인가, 정말로 우연히 만나게 된 영월 읍거리 시절의 한 지인(知人)에게서 그는 형이 죽었다는 소식을 들었다. 그것도 벌써 반년 전인 지난 세밑으로, 그에게 형의 부음이 전해지지 못한 것은 가족들이 그의 거처를 몰랐기 때문이었다.

그는 들고 있던 술잔을 내던지듯 하고 그 길로 영월 어둔이를 향해 떠났다. 생각하면 가엾은 형이었다. 그 표현하는 방식은 달랐지만 형이 품고 죽어 간 한은 그 자신과 동일했다. 다만 그가 그걸 신분 회복의 의지로 바꾸어 불태우는 동안에 형은 자학적이라 할 만큼 철저하게 스스로를 몰락시켜 갔을 뿐이었다.

그는 무엇보다도 형이 스스로를 몰락시켜 가는 과정에서 불필요하게 저지른 여러 위악(僞惡)들과 여전히 거기에만 의지하고 있을 형에 대한 사람들의 평가가 한스러웠다. 읍거리 장터 바닥을 뒹굴 때의, 꼭 그래야 할 것도 없는 여러 요란한 시비들. 형은 대단찮은 일로 상것들과 먹살잡이를 하고 때로는 칼부림도 마다하지 않았다. 읍거리 사람들이 모두 고개를 흔들던 그 술. 형은 아직 뼈가 굳기도 전부터 악을 쓰듯 술을 퍼마셔 댔고, 또 마셨다 하면 난폭한 주정이었다. 밑바닥 삶에 떨어져도 가문의 법도만은 항상 지키려 들던 어머니도 어쩔 수 없이 맏아들에게 딴살림을 차리게 만든 그 혼인. 형은 그보다 더 나은 자리가 있는데도 굳이 읍 거리 모두의 놀림감인 장님 점쟁이의 딸을 아내로 맞았다.

그 밖에 형의 내면을 어느 정도 이해하는 그 자신마저도 때로는 다른 사람들의 평가에 동조해 눈살을 찌푸리게 하던 더 많은 무모한 위악들. 형이 그것들로부터 벗어난 것은 겨우 어둔이로 옮겨 앉은 뒤였겠지만, 그곳에는 불행히도 형에 대한 평가를 바꿀 만큼 형의 지난날을 아는 사람이 없었다. 형은 이제 그를 아는 거의 대부분의 사람들에게 아이도 병하, 어른도 병하라고 부르던, 패악스럽고 때로는 비굴하게까지도 보이던 영월읍 장터거리의 건달로만 기억하게 되고 말았다……

형과 함께한 여러 쓰라리고 고달픈 삶의 기억도 집으로 돌아가는 그의 길을 자주 눈물에 젖게 했다. 다섯 살 때의 그 섣달 어느 밤부터 마지막으로 자신이 어둔이를 떠날 때까지 스무 해 가까운 세월이 차례로 눈앞을 스치며 그의 가슴을 쓰라리게 했다.

저물어 한 가지에 같이 자던 새.
날이 새면 서로 각각 날아가거니.
보아라, 인생도 이와 같거늘
무슨 일로 옷깃 적셔 눈물 흘리나.

그는 그런 옛 시로 스스로를 달래 보기도 했으나 형의 얼굴만 떠오르면 솟구치는 눈물을 어쩔 수가 없었다. 그런데 그가 밤길도 마다 않고 달려 집으로 돌아가 보니 그곳에는 또 형의 죽음에 못지않게 충격적인 일이 기다리고 있었다. 쉰을 바라보는 어머니가 홀연 친정인 충청도 홍성으로 돌아가 버린 것이었다.

남의 가문에 며느리가 된다는 것은 그 분깃을 누림보다는 그 가문을 이을 소임을 맡는다는 뜻이다. 또 가문을 잇는다는 것은 그 핏줄을 잇는다는 뜻 못지않게 그 가지고 누렸던 바를 지키고 이어 간다는 뜻도 된다.

내가 열여섯 나이로 시집올 때만 해도 너희 김문(金門)은 장안이 알아주던 갑족(甲族)이었다. 그런데 내가 며느리 되고 일곱 해도 못 채워 폐문(廢門)의 참사가 있고, 두 대(代)가 나란히 제 명에 눈을 감지 못했다. 그 뒤 이십 년, 비록 파망(破亡)의 연유는 조상의 허물이었다 하나 가문을 일으킬 소임은 이 어미에게 넘겨져 오늘에 이르렀다.

하지만 보아라. 병하는 저렇게 죽고 어미가 그토록 비원(悲願)을 걸었던 너는 종적이 없다. 비록 네 아우 병두와 네 아들 학균이 있다 하나 어찌하랴. 병두는 나이 열일곱에 이르도록 천자문조차 깨치지 못한 농군이고, 학균은 이미 대(代)를 달리하거니와 이 어미도 그 어린 것에게로 비원을 옮기기에는 너무 늙었다. 결국 이 어미는 남의 가문에 며느리 된 소임을 다하지 못한 셈이다.

한 가문의 며느리 되어 소임을 다하지 못하면 응당 내쳐지는 법, 내칠 사람이 없다 하여 마냥 미련을 부리고 있을 수는 없는 터이다. 이에 어미는 조상의 혼령에 죄를 빌고 스스로 친정으로 물러가고자 한다. 쉰이 다 되어 흰 머리터럭을 덮어쓰고 돌아가는 친정 길이 오죽할까마는, 할 일을 다 못한 주제에 어찌 김문(金門)의 귀신 되기를 바랄 수 있겠느냐. 다만 바라는 바는 네가 하루속히 청운에 올라 이 어미의 죄를 씻고 나를 다시 김문으로 불러들여 주는 일이다. 그 길밖에는 우리 모자가 다시 상면하는 길은 없을 터인즉, 부디 허술히 듣

지 마라. 네가 어리석은 효심을 내어 백수(白首)로 이 어미를 찾아들
양이면, 칼을 물고 엎어질지언정 살아서 너를 보지는 않으리라……

아내 황씨에게 남기고 간 어머니의 언문 편지 내용은 대략 그러
했다. 그는 머리칼이 곤추서고 뼈가 떨리는 느낌으로 그 글을 읽
었다. 반생의 헛된 추구에서 막 벗어나려는데 다시 옷깃을 단단히
부여잡힌 꼴이었다. 실제로 그런 어머니의 편지는 한동안 그의 일
탈을 머뭇거리게 했다. 안응수의 집을 나올 때와는 달리, 그는 그
뒤 일 년이나 더 집 안에 틀어박혀 무언가를 다시 한 번 모색한 듯
했는데, 그렇게 그의 발목을 잡은 것은 바로 가문이었다.
　그는 맏아들 학균을 자식 없이 죽은 형 앞으로 입적시켜 그 뒤
를 잇게 하고, 다시 둘째 아들 익균을 낳아 자신 앞으로 세운 뒤
에야 집을 나선다. 그 가출이 바로 그를 가정과 일상의 삶에서 영
영 일탈시키는 것임을 상기하면, 얼른 이해 안 되는 가문에의 집
착이다. 아마도 신분제도의 기본 단위가 가문이었기 때문인 듯한
데, 그걸로 미루어 그동안에도 그는 여전히 신분 상승 내지 옛 신
분 회복의 꿈에 미련을 품고 있었음에 분명하다.
　하지만 그 어머니의 비원이 아무리 처절한 것이라 해도 현실적
으로 불가능한 일은 불가능할 뿐이었다. 더듬고 찾아봐도 자신에
게는 제도 핵심부로의 진입 또는 사회 상층부로의 재편입이 가망
없음을 깨닫자, 그는 아들 학균과 익균을 세워 그 실현을 다음 대
(代)에게 미룬다. 그리고 진작부터 자신을 유혹하던 일탈의 길로

결연하게 첫발을 내딛게 된다. 이듬해 초가을, 둘째 익균이 아직 백일도 나기 전이었다.

그해 출발에 앞서 그는 처음으로 나중 그의 이름을 대신하게 될 삿갓을 썼다. 할아버지에게서부터 피로 이어받은 불충(不忠)의 죄, 그 할아버지에게 개별적으로 지은 불효의 죄에다 어머니의 일생에 걸친 비원을 풀어 드리지 못한 또 다른 불효의 죄를 더해 하늘 아래 떳떳이 드러낼 수 없는 자신의 몸을 가리기 위함이었다. 철없이 뛰노는 큰아들 학균과 아직 핏덩이나 다름없는 둘째 익균, 그리고 막연한 불안에 떨면서도 말리는 말 한마디 못 붙이고 자신을 배웅하던 아내 황씨에게 느껴야 했던 안쓰러움도 어쩌면 그 삿갓으로 가리고 싶었던 죄의식 중의 하나가 아니었던지 모르겠다.

21

그는 떠났다. 가정과 혈연으로부터, 고단하고 서글펐던 과거와 상처 입고 무너져 내린 야망으로부터. 그러나 그는 아직도 한 일탈 자였을 뿐 온전한 시인은 아니었다. 말할 것도 없이 그는 자주 시를 읊었지만 여전히 그것은 사대부의 필수 교양 혹은 군자의 여기(餘技)로서였고, 그 정서의 주인도 시 그 자체가 아니라 그때껏 그의 가슴을 불타게 하던 야망에 갈음한 울분과 한(恨)일 뿐이었다.

가만히 살펴보면 그런 그의 일탈조차도 처음부터 영구적인 것은 아니었던 듯싶다. 그것이 한시적(限時的)이고 회귀(回歸)의 여지를 가지고 있었을지도 모른다는 추측은 집을 나선 그가 처음으로 찾은 곳이 명승으로 이름난 금강산이었다는 점에서 충분한 근거를 가진다. 그는 잠시 티끌 자욱한 세상을 떠난다는 기분이었고,

자연과의 친화로 어느 정도 마음의 상처가 치유되면 다시 돌아와 무언가를 새로 시작해 볼 뜻도 분명히 있었다.

그와 금강산은 설화 속에서는 떼어 놓을 수 없는 관계다. 그는 일생 동안 수십 번에 걸쳐 금강산을 오르내렸고, 거기서 숱한 일화를 엮어 냈다. 기록도 그 부분에 대해서는 남겨진 게 더러 있는데, 특히 그와 동시대의 몰락한 양반 지식인인 황오(黃五)의 『녹차집(綠此集)』에는 이런 구절이 보인다.

……밤중에 그가 발로 나를 툭툭 치면서 금강산을 보았느냐고 물었다. 꿈에도 잊지 못한다는 그 좋은 금강산을 나는 아직 보지 못했다고 하자 김삿갓은 눈을 부릅뜨듯 똑바로 나를 쳐다보면서 말했다. '나는 해마다 금강산을 본다. 어떤 때는 봄에도 가 보고 또 가을에도 가서 한 해에 두 번씩이나 금강산을 본다……'

그런 일들로 미루어 금강산은 그에게 갖가지 재미있고 별난 일화의 무대였을 뿐만 아니라 시심(詩心)의 한 고향이기도 했던 것 같다. 그가 금강산 여기저기서 뿌린 일화들은 여러 가지 형태로 변형되어 세상에 전해 온다. 그러나 그것들은 순서와 시기가 뒤죽박죽이 되어 어느 것이 그 첫 번째 유람 때의 것인지는 가려내기가 쉽지 않다. 특히 시와 관련해 유명한 일화로는 스스로 금강산 제일의 시승(詩僧)임을 뽐내던 늙은 중의 이빨을 몽땅 뽑아 버렸다는 것이 있는데, 그것 또한 그가 젊었을 때의 일이란 짐작뿐 첫 번째로 금강산을 찾았을 때라는 근거는 전혀 없다. 그러나 그의 시와 연관된 것이므로 여기서 잠깐 살펴보는 것도 뜻있는 일이 되겠다.

우연히 금강산에서 그 오만한 시승과 맞닥뜨린 그는 곧 시를 주고받다 막히는 쪽이 자신의 생니를 뽑는 내기를 하게 됐다고 한다. 내기는 한나절도 안 돼 그 늙은 중이 많이 남지도 않은 이빨을 제 손으로 모두 뽑아내는 결과로 끝났다. 오래 과체시(科體詩)를 익혔고, 특히 병려문(騈儷文)에 능했던 그라 있을 법도 한 일이지만, 설령 그게 꾸며진 얘기일지라도 그때 그의 시가 이르고 있었던 수준을 가늠하는 데는 어느 정도 효용을 가지는 일화이다.

그 밖에 금강산에서 있었던 일화들은 되도록이면 그에 관한 진진한 설화에 맡겨 두기로 하자. 여기서 추적하고 있는 것은 시인으로서의 그이지 익살꾼, 바람둥이, 비렁뱅이, 독설가로서의 그는 아니다. 그렇지만 꼭 하나 취옹(醉翁)과의 만남만은 자세히 얘기해야겠다. 왜냐하면 그 늙은 시인과의 만남이 있고서야 그는 비로소 참다운 시인의 길로 접어들게 되므로.

22

그가 취옹을 만난 것은 첫 번째로 내금강(內金剛) 유람을 마치고 내려가는 길이었다. 내금강에서 내처 외금강(外金剛), 해금강(海金剛)을 보고 통천(通川)으로 빠지는 길이 있음을 모르는 바는 아니었으나, 그가 비로봉에서 길을 되짚어 내려온 데는 까닭이 있었다. 집을 나선 것이 너무 늦어, 만약 그렇게 하면 춥기로 소문난 관북에서 겨울을 나야 하는데, 아직 과객질 경험이 없는 그로서는 엄두가 나지 않았다. 그때만 해도 다시는 집으로 돌아가지 않겠다는 생각이 굳어진 게 아니어서, 다 떨어져 가는 노자도 그런 결정을 도왔을 것이다.

그가 금강산 초입에서 묵었던 어떤 주막에 여러 날 만에 다시 들게 된 것은 벌써 시월도 다 돼 가는 늦가을 어느 날 해 질 무렵이었다. 계절은 이미 가을도 깊어 새로이 금강산으로 드는 유람객이 끊어진 바람에 주막은 썰렁하였다. 그는 용케 자신을 알아보는 주모에게 술을 청하고 주막 빈방에 벌렁 누웠다. 그러는 그의 눈에 벽에 휘갈겨진 칠언(七言) 한 구절이 들어왔다.

> 책 읽느라 머리는 희어지고 칼 익히는 동안 해는 기우네.
>
> 가없는 게 하늘과 땅뿐이리, 이 내 한도 길어라.
>
> 장안의 붉은 술 열 말을 앓듯이 들이킨 뒤,
>
> 가을바람에 삿갓 쓰고 금강산에 드노라.

낯익은 글씨라 쳐다보다 문득 떠올려 보니 자기가 금강산으로 들 때 써 두고 간 시였다. 거나한 김에 몇 자 휘갈겼다가 버려두고 간 것인데, 주모가 주워 벽에다 바른 듯했다. 첫 구절이 자신의 스물다섯 나이에 비해서는 좀 과장된 것이지만, 그런대로 잊어버리기엔 아까운 흥취가 있었다. 그걸 주워다가 벽에 발라 준 정성이 고마워 주모를 불러 공치사라도 하려는데, 마침 주모가 술상을 차려 왔다. 비록 산나물뿐이라도 상이 하도 풍성해 그는 그 인사부터 하지 않을 수 없었다.

"저 냥반이 하두 성화라서…… 마침 꿩 한 마리 얻어 둔 게 있는데, 익는 대로 들이겠수."

주모가 그러면서 턱짓으로 등 뒤를 가리켰다. 그가 보니 얼른 나이가 짐작이 안 가는 늙은이가 동저고리 바람으로 뒤따라 들어서고 있었다. 저번에 지나갈 때는 못 본 늙은이였다. 물에 불은 듯도 하고 햇볕에 바랜 듯도 한 잿빛 피부에 이목구비의 선조차 뚜렷하지 않은 얼굴이 공연히 섬뜩하였다.

"젊은 선비가 저 시를 남기고 간 이라기에…… 앉아도 되겠소?"

늙은이는 방 안으로 들어선 뒤에야 약간 쉰 듯한 목소리로 그에게 물었다. 눈짓 한 번 않았지만, 벽에 발린 그의 시를 두고 하는 말인 듯했다.

"변변찮은 것을…… 그저 불쏘시개로나 쓰시지 않고 이렇게 높이 걸어 주시니 무어라 감사드려야 할지 모르겠습니다."

"그야, 불쏘시개로 쓰느니보단 이쪽이 나으니까. 거기 발라 두면 몇 해 도배 값은 아낄 듯싶소. 말도 안 되는 소릴 그것도 시라고 남의 벽에다 괴발개발 그려 대는 것들이 하 많아서. 그것들도 저걸 보면 아무 데나 지망지망히 먹칠하지는 않겠다 싶어……."

늙은이는 조금도 추어주는 기색 없이 말했다. 그러나 듣는 그에게는 과찬이 아닐 수 없어 무어라 겸양을 하려는데 늙은이가 다시 혼잣말처럼 덧붙였다.

"어차피 대국 놈 흉내를 내더라도 저만큼은 되어야지."

그를 금세 머쓱하게 만드는 소리였다. 칭찬이란 게 기껏 중국풍을 잘 모방했다는 뜻이 아닌가. 안응수네 문객 노릇 뒤로 시에 대해 품게 된 그의 자부심은 그때 이미 은근한 반발을 시작했다. 그러나 늙은이는 그의 기분 따위는 아랑곳 않고 술잔이 철철 넘치도록 술을 붓더니 자신이 먼저 훌쩍 마시고 나서 그에게도 권했다.

"그래, 금강산은 어떻던가?"

얼결에 한 잔을 비운 그에게 늙은이가 지나가는 소리로 슬쩍 물었다. 딱히 알고 싶은 건 아니지만 어디 말하겠으면 해 봐, 하는 투였는데 말끝조차 그새 '하게'로 변해 있었다. 그게 다시 그의 오기를 건드렸다. 그리고 그 오기는 눈부신 순발력으로 그에게서 시 한 구를 끌어내고 이어 그걸로 공연히 잘난 척하는 그 늙은이를 골탕 먹일 궁리까지 하게 했다.

"어르신네…… 어르신네께서도 시를 아시는 것 같아 드리는 말씀입니다만, 실은 이 금강산에서 진작 시 두 구절을 얻었으나 나머지를 얻지 못해 여러 날을 머리 썩이고 있습니다."

"금강산이 어떻더냐고 물었는데 갑자기 시는……."

"그 금강산을 칠언(七言) 한 수로 그려 보고 싶었는데 전(轉)과 결(結)이 뒤를 받쳐 주질 않아서……."

말은 한없이 공손해도 그 말속에는 이미 악의의 덫이 놓여 있었다. 내가 기승(起承)을 내놓을 테니 그걸 받아 전결(轉結)을 맺어 주시오, 라는 일종의 도전이었다. 늙은이가 자신의 시를 대국 놈 흉내라고 잘라 말한 데에 앙갚음할 기회를 노린 셈이기도 했다. 늙은이가 그의 속셈을 아는지 모르는지. 희미하게 웃으며 말했다.

"그래, 어디 한번 자네의 금강산 절반부터 보세."

그가 목소리를 가다듬어 읊어 나갔다.

소나무 소나무 잣나무 잣나무 바위 바위가 휘돌더구려.

143

물과 물 산과 산이 곳곳에서 기이함을 이루고 있었소이다.

松松柏柏巖巖廻

水水山山處處奇

　그는 읊고 나서 속으로 회심의 미소를 머금었다. 내금강을 헤매면서도 엄두조차 못 냈던 영경(詠景)이 그 한순간에 그만큼이라도 잡혀 준 게 자못 흡족했다. 그런데 참으로 묘한 것은 그 늙은이의 변화였다. 갑자기 표정이 뚜렷해지는 얼굴로 한참을 굳어 있다가 이윽고 한숨을 내쉬며 말했다.

　"그럴 만하이. 그걸로 넉넉하니 더 나올 게 없었네."

　"구름도 있고 산새도 있던데요. 암자도 있고 스님도 있고……."

　"그것들은 다 금강산에게는 군더더기야."

　늙은이는 그래 놓고 한참이나 그를 뜯어보다가 고개를 갸웃거리며 중얼거렸다.

　"알 수 없구나. 이 젊은 나이에 어디서 벌써 시경(詩經)의 묘(妙)를 얻었을꼬."

　"과찬의 말씀입니다. 경박한 파격(破格)을……."

　"아니야, 작작(灼灼) 두 글자로 복숭아꽃이 흐드러지게 핀 것을 보여 주고, 의의(依依) 두 글자로 휘늘어진 버드나무를 그려 보이던 그 이치야. 소나무 두 그루 잣나무 두 그루 바위 두 덩이로 금강산을 만들다니. 아무 꾸밈없는 물과 산을 두 번 써서 만이천 봉우리와 천백 개 폭포를 다 보여 주다니……."

"······."

"그렇지. 시경(詩經)이야. 참치(參差) 두 글자로 만물이 모두 서로 다름을 그려 내던 그 묘(妙)야······."

그렇게 되자 이번에는 그가 으스스해 왔다. 자기를 치켜세움이 너무 엄청나서가 아니라 늙은이가 말하는 시의 이치가 자신의 예상과는 너무 달라서였다. 기실 그는 늙은이가 방 안을 들어설 때 그리 대단하게 보지 않았다. 맨상투에 동저고리 바람인 차림도 그렇거니와 뜬 것 같기도 하고 바랜 것 같기도 한 얼굴이며, 이상하게 희미한 이목구비가 속이 들어찬 선비와는 너무 멀게 느껴졌다. 어딘지 아는 척 나서기 좋아하는 산골의 귀동냥 선비거나 민촌 사람들에게는 세상일 혼자 아는 것처럼 보이는 과거(科擧) 퇴물이거니 여겼다. 주모가 '저 냥반'이라고 대수롭지 않게 부른 것도 그가 그런 단정을 하는 데 한 근거가 되었다.

그가 섣부른 오기를 부린 것도 따지고 보면 그런 단정에서 비롯된 것이었고, 늙은이가 자신의 금강산 시를 두고 그걸로 넉넉하다고 할 때는 자신이 옳았다는 믿음까지 생겼다. 자신의 시를 받아 낼 수가 없어 늙은이가 그런 꾀를 낸 걸로 본 까닭이었다. 그런데 자신의 시를 풀어 가는 방식을 보자 부풀던 그의 오기가 갑자기 움츠러들기 시작했다. 심상치 않다. 조심하지 않으면 크게 다친다 — 그런 느낌과 함께 네댓 해 전 정선의 한 주막에서 관서(關西) 선비 노진을 만났을 때가 불현듯 떠오른 까닭이었다.

"어르신께서 너무 그러시니 몸 둘 바를 모르겠습니다. 실은······

그 시는 방금 깊은 생각 없이 지은…… 한낱 희시(戲詩)에 지나지 않습니다."

"알고 있네. 그러니까 내가 이렇게 놀라는 것 아닌가. 그래, 이건 배워서 되는 게 아니지. 타고났어."

늙은이는 그래 놓고 다시 한참이나 그를 살피다가 갑자기 생각난 듯 술 한 잔을 비운 뒤 새삼스럽게 물었다.

"그런데 — 자네는 누구인가?"

"벼슬길 막힌 이름 없는 선비일 뿐입니다."

그가 더욱 공손해져서 대답했다.

"그걸 묻는 게 아니야. 자네 시를 묻고 있어. 이 나라 선비들이 다 그러하듯 자네도 물론 공령시(功令詩)로 시작했겠지. 그런데 이제는 아니야. 자네는 벌써 공령시를 버렸어. 그것은 왜인가?"

"감히 말씀드린다면…… 청운이 분수 밖에 있음을 깨달아서입니다."

"청운이 분수 밖이라 — 아직 나이도 젊고 재주도 넘쳐 보이는데 그건 또 무슨 소린고?"

원래 그 대목에 이르면 아예 진실을 감추어 버리거나 울분과 한 없이는 얘기할 수 없던 그였다. 그런데 이상하게도 그날은 그 어느 쪽도 아니게 담담히 얘기할 수 있었다. 지난 며칠 내금강 골짜기를 미친 사람처럼 울고 웃으며 헤매는 동안 어느 정도 마음의 응어리가 풀어진 까닭도 있겠지만, 그 못지않게 늙은이가 내뿜는 알지 못할 친화력(親和力)에 이끌린 까닭이기도 했다.

그가 난생처음으로 감추거나 과장 없이 자신의 반생에 걸친 추구와 그 좌절을 얘기하자 늙은이는 말없이 고개만 끄덕였다. 그러나 갈수록 불그스레하게 살아 오르는 혈색이며 뚜렷해지는 얼굴의 선이 자신의 이야기에 열중한 그의 눈에도 야릇한 느낌으로 비쳐 왔다. 분명 술기운만은 아닌 어떤 내면의 빛이 늙은 살갗 속에서 번지고 있는 듯했다.

"지난번에 자네가 두고 간 시를 보고, 비록 그 껍질이지만 단단히 시를 움켜잡고 있는 젊은이라 여겨 한번 보고 싶었던 것인데 —이거 뜻밖에 귀한 손을 맞게 된 거 같네. 자네라면 어떻게 더불어 시를 얘기해 볼 수 있을 듯도 하이."

그의 얘기가 끝나자 어느새 서른 해는 젊어진 듯한 늙은이가 환히 웃으며 말했다. 하지만 그는 늙은이의 그 같은 변화가 얼른 이해되지가 않았다. 얘기를 하는 동안 저도 모르게 격앙된 그에게는 한층 야릇한 느낌을 더할 뿐이었다. 얼른 가라앉아 주지 않는 격한 정서와 그 야릇한 느낌 사이에서 그가 잠시 할 말을 못 찾고 있는데 늙은이가 또래의 벗에게나 하듯 친숙해진 목소리로 물어 왔다.

"그래, 이제 자네에게 시는 무엇인가?"

늙은이는 그가 무슨 말을 해도 금세 동조의 손뼉을 쳐 줄 것 같은 표정이었다. 그는 되도록 그 늙은이를 실망시키고 싶지 않았으나 마음에 없는 뜻, 지식에 없는 말은 지어낼 수 없었다. 아직도 그의 시는 여전히 '윗사람은 아랫사람을 가르치고, 아랫사람은 윗

사람의 잘못을 넌지시 꼬집는' 도구이며, '부부의 법도를 밝히고, 효도와 공경을 이루게 하고, 인륜을 두터이 하며, 교화를 아름답게 하는' 수단이고, '그 비유로써 다른 비슷한 것을 미루어 알게 하고, 그것을 통해 풍속의 성하고 쇠함을 살피고, 서로 그 안에 모여 품성을 갈고닦으며, 또한 그것으로 윗사람의 다스림이 그릇됨을 나무라는' 그 무엇이었다. 옳고 바름의 길잡이이고, 군자가 그 말[言]을 얻기 위한 길이며, 본성을 다듬고 그윽한 생각을 이끌어내기 위한 어떤 것이었다. 그가 그렇게 시를 요약하자 늙은이가 건들거리며 되물었다.

"그랬던가. 아직도 자네의 시는 그러한가? 군자니 대인이니 선비니 장부니 하는 것들이 갓처럼 쓰고 상투처럼 묶고 관자처럼 늘어뜨리고 노리개처럼 차고, 혹은 칼처럼 베고 창처럼 찌르고 채찍처럼 휘두르는 그런 것인가? 충성을 드러내고 효도를 드러내고 의로움을 드러내고 분별을 드러내고 재주를 드러내고 학식을 드러내는 도구일 뿐인가?"

"듣고 배운 게 대개는 그러하와……"

"꽃이 임금을 위해 피고, 새가 스승의 은혜를 기려 울던가? 구름이 다스리는 자의 잘못에 따라 일고 비가 다스림 받는 자의 원망에 따라 내리던가? 노을이 의를 위하여 곱고 달이 예를 위해 밝던가? 꽃 지는 봄날의 쓸쓸함이 오직 나라 위한 근심에서이고, 잎 지는 가을밤의 서글픔은 오직 늙으신 어버이를 애통히 여김에선가?"

"하오면 어르신네의 시는 어떤 것입니까?"

"제 값어치로 홀로 우뚝한 시. 치자(治者)에게 빌붙지 않아도 되고 학문에 주눅이 들 필요도 없다. 가진 자의 눈치를 살피지 않아도 되고 못 가진 자의 증오를 겁낼 필요도 없다. 옳음의 자로써만 재려 해서도 안 되고 참의 저울로만 달려고 해서도 안 된다. 홀로 갖추었고, 홀로 넉넉하다."

"하지만 사람은 모여 살아야 하고 제도며 문물에 얽매이게 마련입니다. 무언가로 가려 주고 채워 주지 않으면 안 될 몸도 있습니다. 그런데도 홀로 갖추고 홀로 넉넉한 시가 있을 수 있겠습니까?"

"틀림없이 문물과 제도는 누구도 벗어던지기 어려운 차꼬와 칼이고, 우리 삶은 자잘하고 성가신 나날로 쌓아 올린 무덤이며, 자칫 떨고 주리게 되어 있는 우리 몸은 숨이 넘어가는 순간까지도 버텨 내기 힘겨운 짐이다. 하지만 시인은 바로 그러한 것들에서 벗어난 자다. 그 모든 것을 떨쳐 버린 뒤에야 시인이 난다."

"전에도 자연과 천문(天文, 당나라 문예이론가 유협(劉勰)은 우주만물과 자연을 하늘이 물(物)을 빌려 쓴 천문(天文)이라고 하였음)을 말하는 이들이 있었습니다만, 인문(人文, 경전이나 역사, 문학 따위의 문자로 표현된 모든 인위적 문장)도 지나 공령(功令)으로 내려앉은 시의(詩意)에서 출발한 저로서는 통 알 수가 없습니다. 그렇다면 그 시인은 시로 무얼 얻습니까?"

"오직 시(詩)다. 그것으로는 벼슬도 생기지 않고 공명도 오지 않고 재물도 얻어지지 않는다. 그러나 때로는 그 한 구절만으로도 셋 모두를 갈음할 수 있는 게 바로 시다."

"참으로 그런 시가 있습니까?"

"있지. 우쭐거리기 좋아하는 것들이 못나고 덤벙대는 것들을 꼬드겨 위와 아래를 만들고 제도니 법이니 예의니 하는 것으로 세상을 옭기 전에는 모든 시가 바로 그랬다. 못나고 덤벙대는 시인 들이 스스로 코를 꿰고 제 코뚜레를 우쭐대며 힘쓰기 좋아하는 것들에게 넘겨주기 전에는."

"노장(老莊)을 말하시는 건 아닌지요. 있지도 않은 옛날을 꾸며 대어 자신이 오기를 바라는 세상이 옳음을 증명하려 하심은 아 닌지요."

"나는 죽은 사람들의 이름을 빌려 말하고자 않는다. 사람의 본 성에 의지해 말하는 바다. 또 모든 세상일을 말하지 않았다. 오직 나의 시만 말했을 뿐이다."

그때 그의 나이 아직 스물다섯, 그런 시를 받아들이기에는 너 무 젊었다. 더구나 그는 방금 어떤 체제와 그 가치 분배에 상처 입 고 일탈해 가는 중이며, 그의 시를 지배하는 정서는 아직도 거기 에 대한 울분과 한이 중심을 이루고 있었다. 그런 그에게 자신이 가장 믿어 온 도구인 시의 실제적 효용을 부인하는 늙은이의 그 같은 시론(詩論)이 선뜻 마음에 들 리 없었다. 늙은이에게서 느끼 는 알 수 없는 위압감과 친화력에도 불구하고 다시 그는 조금씩 반발하기 시작했다.

"사람들은 그 시를 어디에 씁니까?"

"작은 쓰임은 언제나 뚜렷하지만 큰 쓰임은 반드시 그렇지가 않다. 송곳을 만드는 것은 무얼 뚫기 위해서이고, 노끈을 꼬는 것은 무얼 묶기 위해서이다. 그러나 조화옹(造化翁)이 천지 만물을 지어 낸 까닭은 한마디로 쉽게 말할 수 없다. 그렇다고 천지 만물이 아무 쓸모없는 것인가."

늙은이는 여전히 힘차게 대꾸했지만 그때부터 용모는 좀 전과는 반대의 순으로 바뀌어 갔다. 금세라도 혈색이 좋은 살갗 밖으로 환히 내비칠 듯하던 빛이 서서히 거두어지고 고운 아이를 닮아 가던 얼굴의 선이 조금씩 흐려져 갔다. 그 변화는 그의 눈에도 금방 잡혔지만 역시 약간의 야릇한 느낌뿐, 아직은 그게 무슨 큰 의미를 가진 것 같지는 않았다. 그때껏 자신이 알고 익혀 온 시를 지키려는 젊은 그의 열정 때문이었다.

"그 같은 큰 쓰임은 쓰임이 아닐 수도 있습니다. 미물에서부터 사람에 이르기까지 천지는 갖가지 쓰임을 가졌을 것인 바, 어느 것은 맞고 어느 것은 아니라 하겠습니까? 결국 천지의 큰 쓰임이란 것은 없고, 거기 깃들인 만물의 작은 쓰임이 있을 뿐입니다."

"없다는 것과 일일이 다 말하지 못한다는 것은 다르네. 천지의 큰 쓰임이란 만물의 작은 쓰임을 다 합친 것일 수도 있지 않은가?"

"혹시 어르신께서는 작은 것을 너무 키워 아무 데도 쓸 수 없게 만들고 계시는 것은 아닙니까? 바늘이 절구 공이만 하게 되어서는 바늘로도 절구 공이로도 쓰지 못합니다. 장자는 새를 너무 키워 이 세상에는 살 수 없는 새를 만들었고, 부처는 인(仁)을 너무 키워 사람의 몸 둘 바를 어렵게 했습니다. 어르신네는 시를 너무 키워 시를 없이하고 계시는 것은 아닌지요……."

"원래 큰 시를 오늘날 보는 것처럼 작게 줄인 것은 요순과 공맹을 이은 썩은 선비들이었다. 그로부터 수천 년, 혹은 인(仁)으로 가두고 혹은 예(禮)로 얽매고, 혹은 의(義)로 옭죄고, 혹은 지(知)로 억누르니 뒤에 온 사람이 어찌 시가 가졌던 그 원래의 크기를 가늠할 수 있겠는가. 나는 작은 것을 키워 못쓰게 하는 게 아니라 너무 줄여 놓아서 못쓰게 된 걸 이제 원래대로 키워 쓰려는 것뿐이다."

그사이 늙은이는 처음 방 안으로 들어올 때의 그 물에 불은 듯도 하고 햇볕에 바랜 듯도 한 피부와 이목구비의 선조차 분명치 않은 얼굴로 온전히 돌아가 있었다. 목소리도 쉰 듯 힘없던 그 목소리였다. 그제야 그 변화가 어떤 심상찮은 느낌으로 마음에 닿아 오며 그를 섬뜩하게 했다.

그가 반발을 멈추고 마음에서 우러난 물음으로 들어간 것은 아마도 그 때문이었을 것이다. 저물어 오는 방 안이고, 술기운 오른 눈길이라 잘못 보았거나 단순한 표정의 변화를 과장되게 받아들인 것일는지도 모르지만, 한 인간의 얼굴에서는 몇 십 년에 걸쳐야 볼 수 있는 변화를 그 길지 않은 동안에 늙은이의 얼굴에서 보았다는 느낌은 문득 한 신비감으로 그 늙은이의 시에 기대를 갖게 하였다.

"알겠습니다. 하지만 시가 그토록 큰 쓰임이라면 그 쓰임을 지어낸 이에게는 큰 얻음이 있어야 할 것입니다. 그런데도 시인은 어르신께서 이미 말씀하신 것처럼 오직 시 그 자체밖에 얻지 못합니까?"

"시를 얻음이 곧 세상 무엇보다 큰 얻음일 수 있지."

"그 큰 얻음은 어떤 것입니까?"

"스스로를 자유(自由)하게 하고 나아가서는 남을 자유하게 하는 것이다."

"사람이 자유하게 된다는 것은 무얼 말함입니까?"

"마음과 몸이 그 얽매임에서 벗어난다는 뜻이다."

"마음이 그 얽매임에서 벗어난다 함은……"

"만상(萬象)이 품은 바 그 원래의 뜻을 바라봄이다. 세상은 온갖 뜻으로 가득 차 있다. 그러나 우리 마음은 스스로 꾸미고 지어낸 온갖 거짓과 헛것에 얽매여 그 아름다움도 착함도 참됨도 거룩함도 보지 못한다. 오직 자유해진 마음만이 그것들을 볼 수 있는데, 그 봄[見]은 또한 지음[作]이기도 하다. 원래 거기 있었으나 아무도 보지 못함은 없음[無]과도 같으니, 그 없음은 그런 봄을 얻어서야 비로소 온전한 있음[存在]으로 돌아가기 때문이다. 원래 시(詩)하는 것은 그러한 봄이지만, 본다 하지 않고 짓는다 하는 뜻은 실로 거기에 있다."

"몸은 시를 얻어 어떻게 자유하게 됩니까?"

"그 그윽한 경지에 이르면 몸은 사로잡혀 있는 형체에서 벗어나고 갇혀 있는 시간에서 벗어나며 묶여 있는 공간에서도 벗어난다……."

거기에 이르러 늙은이의 말은 더욱 힘없이 처져 내렸다. 그러나 힘없이 처져 내리기는 그의 기대도 마찬가지였다. 공연히 말을 어렵게·꾸미고 뜻을 뒤틀어 간단하고 명백한 것을 오히려 복잡하고 애매하게 만드는 사람들 — 나이 탓인지 문득 그 늙은이에게 그런 의심이 갔다. 더구나 시(詩)를 통해 몸까지 시간과 공간에서 자유로울 수 있다고 한 말은 선기(禪氣) 쏘인 늙은 허풍쟁이 시인의 노망으로까지 들렸다.

"그럼 결국 시는 도(道)입니까?"

한참 뒤에 그가 그걸 물은 것은 또 다른 기대보다는 늙은이에 대한 자신의 의심을 확인하는 기분에서였다. 그때 늙은이는 이미 더 말할 기운조차 없다는 듯 숨까지 헐떡거리며 대답했다.

"결국은 자네도…… 내 시가 덜된 중놈이나 엉터리 도사의 머릿속에서 빌려 온 헛것으로 보는 게지. 허나 물은 거니 대답을 해 주지. 시는 도가 아니야. 도(道)도 틀림없이 만상의 원뜻을 보기는 하되 그걸 무언가 다른 하나로 바꾸어 보지. 그러나 시는 있는 그대로 놓아두고 보네. 또 도는 궁극으로 이 세계를 뛰어넘으려 하지만 시는 남아 있어 이 세계와 하나가 되려 하는 그 무엇이지."

그래 놓고 힘들여 몸을 일으키면서 그의 남은 물음을 잘라 버렸다.

"아무래도 자네의 시와 나의 시는 아직 너무 먼 것 같으이. 나는 한 시인을 만나기는 했지만 혹시 하며 바랐던 참된 시의 벗은 아닌 듯하네그려. 앞으로 먼 길을 돌아 자네의 시와 나의 시가 다시 반갑게 만나게 될지 모르지만, 하나만 일러두겠네. 자네가 지금과 같은 자네의 시를 안고 가는 동안에는 그 가슴속의 울분과 한도 언제까지고 함께 안고 가야 할 것이네. 기껏해야 그 시와 맞바꾼 들척지근한 것들로 한때의 울분과 한을 달랠 수는 있으나, 종당에는 시를 잃어버리고 말 테지……."

그 말에 그는 다시 묻고 싶은 게 여럿 생겼지만 굳이 늙은이를 붙들지는 못했다. 비틀거리며 방을 나가는 늙은이의 뒷모습이 꼭 스산한 바람에 흔들리는 고목 등걸 같았다.

그가 그날 밤 말고도 이틀을 더 그 주막에 묵은 것은 아마도 그 술자리에서의 아쉬움 때문이었을 것이다. 그 늙은이가 마지막으로 덧붙인 충고도 그랬거니와 아직은 실감이 나지 않는 대로 늙은이의 시도 그 자리에서 느낀 것보다 훨씬 인상 깊게 마음속에 새겨져 있었다.

그는 그로부터 이틀 밤낮에 걸쳐 몇 번 더 그 늙은이를 술상 앞으로 끌어들일 수는 있었다. 하지만 불 꺼진 재와 같이 된 그 늙은이는 그가 아무리 말재주를 부려 후비고 쑤셔도 시에 대한 첫날의 열기를 되살려 내지 못했다. 어쩌다 띄엄띄엄 대답을 해도 그 말은 이미 그의 기억이 담아 낼 수 있는 것이 못 되었고, 때로는 애초부터 그의 이해 밖에 있기도 했다. 그는 물음의 방향을 바꾸어 늙은이의 신상 내력을 캐 보려고도 해 봤지만 거기서도 알아낸 것은 기껏 취옹(醉翁)이란 그 늙은이의 별호뿐이었다.

그러는 사이 시보다 취옹이란 사람 그 자체에 흥미를 느끼게 된 그는 함께 사는 주모를 통해 취옹에 대해 알아보았다. 그러나 주모도 아는 것은 그리 많지 못했다. 어느 핸가 수십 리 아랫마을에서 염병이 심하게 돌아 젊은 남편은 죽고 그녀는 앓아누워 있는데 취옹이 나타나 남편을 염해 묻고 그녀를 구료해 살려 낸 게 그들의 첫 인연이었고, 그녀가 병줄에서 아주 놓여나자 그곳으로 데려다 주막을 열게 한 게 그들을 부부처럼 살게 한 시작이었다. 그러나 여느 부부 같지는 않은 모양으로 취옹이 들고 남은 정한 날이 없었다. 이번에도 어디선가 세 해 만에 돌아온 지 한 보름 된다는 것이었다.

"글쎄, 그 냥반이 내게 뭘꾸. 만난 지는 그럭저럭 한 스무 해나 되지만 실은 나도 그걸 잘 모른다우, 젊은 선비."

주모는 그렇게 말을 맺고 희미하게 웃었다. 결코 무엇을 숨기고 있거나 신비가 깃들인 웃음은 아니었다. 취옹이야말로 참다운 시인일지 모른다는 예감은 오히려 그의 추적과는 다른 쪽에서 왔다. 취옹 자신의 말이나 취옹에 대한 지식에서가 아니라 그가 우연히 보게 된, 어쩌면 대단할 것도 없는 정경에서 온 것이었다.

그 주막에서 묵은 지 사흘째 되는 날 아침 그는 그곳에서 멀지 않은 계곡 가에서 취옹을 보게 되었다. 금강산 자락이라 그런지 이름 없는 작은 계곡이라도 꽤나 아름다운 경치였는데, 취옹은 그 계곡의 자그만 바위에 걸터앉아 울긋불긋한 단풍잎이 떠내려 오는 계곡물을 바라보고 있었다. 계곡을 따라 난 길로 내려가던 그는 취옹을 알아보고 그쪽으로 발길을 돌렸다. 그는 이제 떠나는 길이었고, 작별 인사차 찾았을 때 취옹이 주막 안에 없어 적지 아니 서운해했던 다음이었다.

그런데 취옹에게로 다가가며 무심코 그 주위를 둘러보던 그는 갑작스러운 전율 같은 걸 느꼈다. 조는 듯 앉아 있는 취옹과 주위의 경물이 이뤄 내고 있는 너무나도 빈틈없는 조화 때문이었다. 대개 수려한 경관일수록 사람이 끼어들어 어울리기는 어렵다. 그러나 취옹은 한 덩이 그만한 이끼 낀 바위거나 잘생긴 소나무처럼 그를 둘러싼 물과 돌과 숲에 어울렸다. 아니, 오히려 그가 있어 그 대단찮은 골짜기가 그토록 수려하면서도 그윽해 보이는 것 같았다…….

그는 한동안 숨조차 멈추고 몇 번이고 취옹과 그를 둘러싼 경물을 살폈다. 저기 취옹이 있다 — 그렇게 다짐하듯 자신에게 상기시키며 그곳을 보았지만 번번이 취옹과 하나하나의 경물은 사라지고 그 대신 세상에 다시없이 아름다운 계곡과 그 조화만이 가득 머릿속에 차 오는 것이었다.

하지만 그뿐이었다. 거기서 느낀 감동이 첫날의 술자리에서 받은 인상을 한층 깊게 한 것은 틀림없지만 이미 떠나기로 한 그를 잡아 놓을 만큼은 못 되었다. 그에게는 아직 세상과 주고받아야 할 영욕과 애증과 시비의 빚이 남아 있었다. 길고 치열하게 타올랐던 신분 상승의 의지는 이제 울분과 한으로 바뀌었으나, 그 또

한 몇 마디의 그윽한 말씀으로 끌 수 없는 불길이기는 마찬가지였다. 어쩌면 취옹의 시가 처음부터 명백한 매혹이었더라도 그때의 그를 잡아 둘 수는 없었을는지 모른다. 다시 말하자면, 그때 그는 스물다섯의 젊은이였고, 그 일탈도 아직은 회귀의 가능성이 전혀 없는 그런 철저한 것이 못 되었다.

그런데도 사람들은 흔히 취옹과의 만남을 그가 온전한 시인으로 출발하는 계기로 본다. 약간의 비약이 있는 대로 큰 무리는 없는 관찰이다. 그 길로 떠난 그는 그 뒤 스무 해가 훨씬 더 지나서야 다시 취옹을 만나게 되지만, 시(詩) 그 자체만으로 충족되는 삶이 있을 수 있다는 가능성과 참다운 시인은 모든 걸 떨쳐 버린 자라는 개념은 벌써 그때부터 그의 내부에서 강한 암시 효과를 내고 있었다.

23

모든 일탈자가 다 시인은 아니다. 그러나 시인은 반드시 모두가 일탈자다. 또 어떤 시인은 전혀 일탈자의 특징들을 가지고 있지 않다. 평범한 삶의 질서에 충실하고 그 기쁨을 웃고 그 슬픔을 운다. 그러나 그 시인도 결국은 일탈자다. 적어도 그 사람이 시인이라면 언어에서만이라도 반드시 일탈하지 않으면 안 되기 때문이다. 언어는 실용의 질척한 대지를 벗어나서야 고귀한 시(詩)의 천상으로 날아오른다.

이와 같이 일탈이 시인의 보편적인 운명이자 특성이라면 그는 스물다섯에 집을 나선 이래로 줄곧 시인이었다. 취옹이 그에게 무엇이었건 간에, 또 일상과 그 안주(安住)의 매력이 얼마나 컸건 간에 그는 결국 집으로, 아내와 아이들에게로, 그리고 당대의 일상으로는 돌아가지 않았다.

　그의 그 같은 일탈이 확정되던 순간에 대해서는 지금까지는 별로 널리 알려진 적이 없는 애틋한 목격담이 있다. 세월 또는 전설의 넋이 말없이 지켜본 정경이라 해 두자. 거기에 따르면, 첫 번째 금강산행(行)에서 돌아온 그가 실은 그의 집 사립 근처까지 갔다고 한다. 때는 벌써 첫눈이 뿌리는 초겨울 밤이었는데, 그날 밤 그의 집 봉창으로 새 나오는 불빛은 유난히 밝고 따뜻했다고 한다. 그 안에서는 네 살 난 학균의 잠꼬대 소리와 이제 방싯방싯 웃기 시작하는 걸 보고 떠난 익균의 울음소리, 그리고 가끔씩은 젊은 아내 황씨의 한숨 소리도 섞여 들려왔다고 한다. 그는 거기서 한 이름 없는 농부로서의 삶을 꿈꾸어 보기도 하고 실제로 사립문을 밀고 들어갈 뻔도 했다 한다. 가슴을 움켜잡고 한참을 신음 같은 소리도 내었다고 한다. 그러다 갑자기 무얼 생각했는지 몸을 부르르 떨더니 세차게 고개를 젓고는 돌아서더라고 한다.

　그 길로 뛰듯이 자신의 집과 아내와 아이들에게서 달아나던 그는 동구를 벗어날 때쯤 벌써 하얗게 쌓이기 시작한 눈 위에 무언가 울컥 목구멍으로 치솟는 덩어리 하나를 칵 뱉었는데, 이튿날 그걸 본 동네 사람들은 그 시뻘건 핏덩이가 어떤 외롭고 비통한 짐승이 토해 놓은 것인지 끝내 몰랐다고 한다…… 젊은 그 앞에 펼쳐진 막막한 일상(日常)에 대한 자신 없음과 그의 가슴속에서 서서히 작용하기 시작한 취옹의 암시, 그 둘 중에서 어느 편이 더 결정적이었는지 정확히 알 길이 없지만, 어쨌든 그는 자신의 집으로 돌아가지 않았다.

　그 뒤 그는 정처 없이 떠돌았다. 추우나 더우나 비가 오나 눈이 오나 홑옷 차림에 삿갓을 쓰고 대지팡이를 끌며 다녔는데, 그 모습은 처음 집을 나설 때부터 죽을 때까지 변함없었다. 언제부터 떠돌이 시인으로서의 이름을 얻었는지 모르지만, 줄곧 시도 썼다. 그 역시 집을 나설 때부터 죽을 때까지 변함없었다. 구걸도 그랬다. 그는 스물다섯에 집을 나선 때부터 쉰일곱에 호남의 어떤 시골 마을에서 죽을 때까지 거의 대부분을 낯선 땅 낯선 이들에게서 입을 옷과 먹을 밥을 빌었다.

　그렇다면 그 뒤의 서른두 해는 언제나 똑같은 색깔과 의미를 가진 시간의 집적(集積)일 뿐인가. 아니다. 그렇지는 않다. 그의 겉모습은 분명 죽을 때까지 변함없었지만, 그것이 감싸고 있던 영혼은 언제나 똑같은 것은 아니었다. 또 그는 한결같이 시를 쏟아 냈으나 시기에 따라 그 시가 뜻하는 바는 사뭇 달랐고, 끊임없이 한 일탈자로 이 땅 구석구석을 떠돌았으나 세상을 보는 그의 눈길은 그때그때 바뀌었다. 따라서 겉으로 보아서는 언제나 엇비슷해 보여도, 그의 나머지 삶은 성격을 아주 달리하는 몇 시기로 구분 지을 수 있을 것이다.

　하기야 그의 생애를 시기별로 구분 짓는 방식은 여러 가지가 있을 수 있고, 그 옳고 그름에 대한 논란도 그만큼이나 많을 수 있다. 어떤 이는 그가 주로 방랑한 지역별로 나누자 하고, 어떤 이는 서른 줄 마흔 줄 해서 나이를 십 년씩 잘라 나누자고 하며, 또 어떤 이는 그 시대의 정치나 사회와 연관 지어 구분하려고도 들 것이다. 하지만 그는 어차피 시인이다. 그에게서 가장 소중한 일이 시를 짓는 것이었던 만큼, 시에 따라 그의 나머지 생애를 구분 지어 보는 것도 크게 그른 일은 아닐 듯하다.

24

시의 특질에 따라 그의 생애를 나눈다면 그 첫 번째 시기는 아마도 그의 본격적인 방랑이 시작된 스물여섯부터 홍경래의 난의 근거지인 다복동(多福洞)을 찾아간 서른서넛까지의 일고여덟 해가 될 것이다. 그때 그가 주로 떠돈 곳은 통천, 함흥, 홍원, 단천 등지의 함경도와 그에 인접한 평안도 땅 일부인데, 지역적인 특성은 그의 시에 큰 영향을 못 미친 듯하다.

그 시기 그의 시에서 보이는 형식상의 특징은 공고한 과체시(科體詩)를 바탕으로 하는 정격(正格)의 신체(新體)가 많았다는 점이다. 어떤 이는 그의 시를 읽는 재미로 파격(破格)의 묘(妙)를 들지만 그것은 기실 뒷날의 솜씨가 된다. 그가 즐겨 쓴 기법은 화려하고 풍성함을 위주로 했는데, 그 또한 그의 시가 바탕하고 있는 과체시와 무관하지 않을 것이다.

내용상의 특징으로 먼저 들 수 있는 것은 시의 대상에 대해서는 특별한 선호가 보이지 않는 점일 것이다. 그러나 호방하고 장쾌한 정서를 드러내기 좋아해 궁상맞은 감회나 천박한 악의가 실리기 쉬운 소재는 잘 고르지 않았다. 재치와 해학도 이미 그 무렵부터 그의 시에서 한 중요한 특성으로 자리 잡아 가고 있었지만, 고급한 지식인으로서의 격을 애써 지키려 한 것이 뒷날과 다르다.

그 시기의 시가 그런 특성을 갖게 된 배경으로 먼저 들 수 있는 것은 그 무렵의 그가 보여 주는 떠돎의 양상이다. 과객이긴 하지만 아직 길을 나선 지 얼마 되지 않은 터라, 처음 한동안 그는 흔치 않은 지난날의 알음에 의지하지 않을 수 없었다. 그리고 대개는 안응수네 문객 시절에 생긴 그 알음에 따라 찾아가게 되면, 그 상대는 열에 아홉 지방 수령으로 내려온 서울 세도가의 자제거나 그가 서울의 대갓집 사랑방에서 알게 된 지역 토호(土豪) 같은 상류층이 되기 마련이었다.

이를테면, 안변에서 그에게 한 시절 잘 보내게 해 준 군수 조운경 같은 사람은 그가 문객 노릇을 할 때 먼빛으로 알고 지내던 풍양 조씨 문중의 자제였다. 시회(詩會)나 사정(射亭)에서 겨우 통성명이나 한 사이였으나, 그가 외로운 임지(任地)로 찾아가자 오랜 벗처럼 잘 대접했다. 안응수 외에 신석우, 석희 형제 같은 주변 사람들이 터주어 늘어난 알음도 더러 있었다. 궁벽한 고을살이를 따분해 하던 세도가의 자제이건, 이런저런 연줄로 한때 서울의 명문가에 머물며 당대의 재사들과 사귄 일을 일생의 자랑으로 여기는 시골 토호건, 처음 한동안은 모두가 물색없이 그를 반겨 주었다. 따라서 그런 그들의 호의 덕분에 한동안 과객의 궁상에 찌들지 않고 지낼 수 있어, 그의 정서도 크게 변형되지 않고 유지될 수 있었다.

다음으로 그 시기 그의 시가 갖는 특징을 결정한 것은 그의 시를 소비하는 계층이었다. 앞서 살펴본 것처럼 그때 그가 주로 상대한 것은 지방의 상류층이거나 기생(妓生) 같은 상류층의 주변 계층이었는데, 동시에 그들은 그 시절 그가 생산한 시의 중요한 소비자들이 되었다. 그런데 그들이 한결같이 높이 치고 우러르는 것은 중앙 귀족 문화의 품위와 격식이어서, 뒷날에 보여 준 그의 서민적인 시풍은 아직 자라날 토양을 얻지 못했다.

그가 시를 익힌 과정과 그의 젊음도 그 시기의 시를 특징짓는 한 배경일 수 있다. 그가 젊은 날 힘들여 익힌 것이 공령시인 데다 아직 성숙하지 못한 미의식(美意識)도 어떤 면에서는 답습에 불과한 그런 표현 양식과 기교에 쉽게 안주하게 했다. 또 젊은 그의 자존심은 사실상 걸인이나 다름없는 자신의 처지를 허세와 과장으로 가리려 들었는데, 그것 역시 그 시기의 시가 보이는 특징들과 무관하지 않을 듯하다.

그렇지만 그 배경으로 무엇보다 빼놓을 수 없는 것은 그 시기 그의 희박한 사회의식이다. 그가 맛본 쓰디쓴 좌절은 철저한 정치적 무관심으로 변해, 그는 거의 고의적이라 할 만큼 당대의 정치 현실과 사회 상황을 외면하고, 자신의 과장되고 격앙된 내면에만 매달렸다. 따라서 그의 시도 절로 주제를 주관적인 감흥에서만 찾게 되는데, 그리 되면 그 표현의 가장 효과적인 방식은 화려하고 풍성한 수식과 감정의 과장이 안 될 수가 없었다.

이쯤에서 비교적 그 시기의 특성을 잘 보여 주는 그의 시 두어 편을 보고 가는 것도 뜻있는 일일 듯싶다.

신선의 자취는 구름길처럼 아득하고
먼 길 떠도는 나그네 회포 날 저무니 더 어둡네
학 되어 날아간 신선 간 곳 물을 데 없고,
봉래산 소식은 꿈속에서만 희미하네.

젊은 몸에 기생 안으니 천금이 지푸라기 같고,
대낮에 술독을 끼니 만사가 구름 같구나.
먼 하늘 떠가는 기러기 물 따라 날기 쉽고,
푸른 산 지나는 나비 꽃 피하기 어렵네.

앞의 것은 「안변의 표연정(飄然亭)」이란 칠언(七言)으로, 안변 군수 조운경에게 지어 보인 것이라 한다. 그리고 뒤의 것은 「꽃을 피하기 어려워」란 칠언인데, 단천의 기생 홍련(紅蓮)과 사랑을 나누면서 주고받은 것이라 한다. 두 편 모두 아직은 과객으로 찌든 티가 조금도 묻어 있지 않은 호탕한 풍류객(風流客)의 시에 가깝다.

처음 몇 년 그런 그의 시가 거둔 성공은 스스로에게도 뜻밖일

만큼 놀라웠다. 지방 수령과 향임(鄕任) 토호들의 사랑방에서, 그리고 드물게는 문화적 허영에 들뜬 기생방에서 시와 술 속에 그의 젊은 날이 마지막 불꽃으로 타올랐다. 때로는 그들의 중앙 문화에 대한 열등감을 달래 주고, 때로는 그들의 저질한 문화적 취향에 노골적으로 야합해 가면서, 그 대가로 오는 값싼 감탄과 갈채에 취해 자신의 울분과 한을 잊고 지낸 몇 년이었다.

25

그러나 세월은 흘러가고 모든 것은 변한다. 백일 고운 꽃이 없고 열흘 반가운 손님이 없다더니, 변화는 먼저 그의 과객 생활에서부터 왔다. 알음에서 알음으로 이어져 그런대로 품위를 지켜 가던 그의 과객 노릇도 같은 사람에게 두 번 세 번 신세를 지게 되면서 점차 격하되어 갔다. 한 번 자신들의 사랑방을 다녀간 빛나는 재사(才士)가 아니라, 되풀이 찾아오는 과객에 지나지 않음이 밝혀지자 그의 시에 대한 사람들의 감탄은 급속히 줄어들고, 거기 따라 경제적인 지원에도 인색해졌다. 그리하여 서른이 넘어서면서 그의 생활 양식은 점차 유리걸식(流離乞食)이나 다름없는 당대의 전형적인 과객질을 닮아 갔다.

홍련(紅蓮)이니 가련(可憐)이니 하는 기생들과의 사랑도 그게 실제 이상 화려하게 보인 것만큼이나 처참한 끝장을 거듭했다. 지방 수령이나 토호들의 흔쾌하고 넉넉한 후원이 있고, 술과 시에 노래와 춤까지 곁들여 그녀들과 흥청거릴 때는 그것으로 쓸쓸하고 속절없이 지나간 그의 청춘이 한꺼번에 보상되는 듯도 싶었다. 그러나 어차피 허망할 수밖에 없는 사랑이었다. 예외가 아주 없지는 않았지만 본질적으로 기생은 경제적 급부를 매개로 성(性)을 파는 부류였고, 그런 그녀들에게 그는 오래, 진심으로 거래할 고객이 못 되었다. 대부분은 그의 후원자들이 경제적인 급부를 대신해 주는 동안에 한해서 그와 어울렸을 뿐이었고, 어쩌다 문화적인 허영에 달떠 스스로 몸을 내맡기는 때가 있어도 그 달뜸은 길게 가지 못했다.

하기야 그 자신도 그런 그녀들의 품 안에서 오래 안주할 뜻은 없었다. 그러나 아직 정이 미진하고 흥이 가라앉기도 전에 눈앞에서 차게 닫히는 그녀들의 방문을 보면 참담한 느낌이 들지 않을 수가 없었다. 그는 사랑하고 사랑받았다고 생각했지만 지나 놓고 나면 번번이 그것은 매음의 한 변형에 지나지 않았으며, 어떤 때는 그 거래에 시가 끼어들어 있다는 게 오히려 견딜 수 없는 역겨움이 되기도 했다.

나이와 더불어 그의 정서에도 변화가 왔다. 서른에 접어들면서 이제야말로 영영 사회 상층부로의 재편입을 포기해야 된다 싶어지자, 갑자기 값싼 갈채와 여자와 술에 취해 날려 보낸 젊은 날에 회의가 일기 시작했다. 한 어릿광대나 다름없는 싸구려 시인으로 늙어 갈 일이 두려워졌고, 이제는 한 과객으로 걷지 않을 수 없게 된 외롭고 고단한 남은 길이 아득해지기 시작했다.

철벽같은 정치적 무관심 속에 갇혀 있던 그의 의식도 조금씩 눈떠 가기 시작했다. 그의 과객 생활이 점차 고단해짐과 아울러 늘어나는 서민들과의 접촉은 그가 그동안 애써 외면하려 했던 밑바닥 삶의 비극성을 절감케 했다. 끝내는 자신도 그들 중의 하나로 주저앉아야 된다는 것이, 자신의 울분과 한을 과장하기 위한 가상이 아니라 명백한 예정이 된 이상, 그들의 삶은 곧 자신이 겪어야 할 삶의 원형일 것이었다. 따라서 그도 그들의 삶을 규정하는 여러 사회적 변수들에 눈길을 주지 않을 수 없었다.

그러자 그의 시에도 변화가 왔다. 먼저 형식 면에서 파격(破格)과 변조(變調)가 시도되고, 주제와 기교도 전과 서서히 달라져 갔다. 한 오륙 년 엇비슷한 시를 흩뿌려 오는 동안에 그는 무엇보다도 삶의 현실과는 동떨어진 허황되고 추상적인 감상의 추구에 싫증이 났다. 고답적(高踏的)인 취향에 얽매여 있는 기존 사대부 계층이나, 그러한 문화의 습득이 신분 상승의 마지막 마무리 과정인 양 착각하는 신흥계급에 아첨하는 것도 신물이 났고, 실제로는 질척한 방사(房事)의 전희(前戲)에 불과한 기생들과의 문답시(問答詩)에도 전 같은 열정은 일지 않았다. 토호들의 사랑방에서 그들의 누림을 정당화하거나 안락을 확인해 주는 일에 진저리가 쳐졌고, 그를 중앙 문화의 한 기준으로 삼고 가망 없는 자신의 재능을 위로하려는 지방 지식층과의 피곤한 교류에는 구역질이 나기까지 했다.

하지만 그로 하여금 시인으로서의 제일기(第一期)를 결정적으로 마감하게 한 것은 그런 내면적 변화보다도 그 시기 끝 무렵에 있게 되는 그의 평안도행(行)이었다. 서른둘, 이제 함경도에서는 그야말로 비럭질만 남았을 만큼 더 찾아볼 곳이 없게 된 그는 평안도로 넘어가게 되는데, 그곳에는 전혀 새로운 충격이 기다리고 있었다. 그것은 홍경래와 그의 모반에 대한 그곳 사람들의 평가였다.

그전에 그가 듣기로는 홍경래의 반란은 서북인에 의해 일어나고 서북인에 의해 진압되었다는 것이었다. 그도 그럴 것이 엄청나던 홍경래군 북군(北軍)의 기세를 꺾은 것은 의주를 비롯한 평안도 북부의 의병(義兵)과 향군(鄕軍)이었고, 그 남군(南軍)을 저지한 것도 안주(安州)를 중심으로 뭉친 지방관과 토병(土兵)들이었기 때문이다. 도성에서 내려온 관군이 한 일은 이미 정주성(定州城) 안으로 내몰린 반군을 어렵게 뿌리 뽑은 것에 지나지 않았다. 훨씬 우세한 병력으로도 몇 달이나 어처구니없는 고전을 하던 끝에 수만 근(斤)이나 되는 화약으로 성곽을 폭파하고서야.

따라서 홍경래에 대한 서북인의 평가는 당연히 조정의 그것과 같을 줄 알았는데 전혀 아니었다. 그가 평안도로 들어갈 때는 함경도에서와는 달리 처음부터 서민들을 상대한 까닭인지도 모르지만, 그곳 사람들에게 홍경래는 역적이라 불리기는 해도 악인은 아니었다. 홍경래가 한 일 또한 모반이라고 부르기는 해도 그러는 그들에게는 마지못해 하는 듯한 기색이 있었고, 그래서 홍경래가 만들려고 한 새 세상을 얘기할 때는 은근한 애석함까지 내비쳤다. 반역이 곧 악이며 죄라고 믿어 온 그에게는 적지 않은 충격이 아닐 수 없었다.

또 그곳 사람들은 홍경래를 드러내 놓고 치켜세우거나 흠모하지는 않았지만, 그렇다고 드러내 놓고 나무라거나 욕하는 법도 없었다. 눈앞에서 관군에게 죽어 가던 부모 형제를 추억하며 애통의 눈물은 뿌려도 그걸 홍경래 탓으로 돌리는 이는 드물었고, 전란의 고통을 말할 때도 홍경래 측의 징집이나 징발보다는 관군 쪽의 수탈과 폭압을 앞세우는 때가 많았다. 할아버지에 못지않게, 아니 할아버지의 허물까지 모두 옮겨 홍경래에 대한 원한을 키워 오던 그에게는 그것 또한 충격이 아닐 수 없었다.

그러나 충격은 평안도에서 보내는 날들이 늘어 갈수록 쌓여 갔고, 마침내는 그가 아무 거부 없이 받아들인 할아버지에 대한 평가마저 회의로 되씹어 보게 만들었다. 만약 평안도에서 들은 것이 홍경래의 참모습이라면 할아버지에 대한 평가도 달라질 수 있기 때문이었다. 또 그리되면 그의 상처 중에서도 가장 흉측하고 끔찍한 상처 하나가 치유될 길도 있을 것이고, 그가 품어 온 한과 울분도 처량한 신세타령에서 당당한 정서로 승격될 수 있을 것이었다. 비록 그것이 현실의 삶에서는 아무런 차이를 갖지 못한다 하더라도.

그리하여 평안도로 들어간 지 일 년 만에 그는 홍경래가 그 반란의 근거지로 삼게 되는 다복동(多福洞)을 찾게 되는데, 결국은 그날이 바로 그에게는 시인으로서의 제일기가 끝나는 날이 되었다.

26

그가 다복동을 찾아간 것은 서른세 살 나던 해의 초여름이었
다. 다복동은 홍경래의 반란이 완전히 진압된 뒤에도 여러 해 관
가의 감시를 받아 온 엄한 금지(禁地)였다. 그 무렵은 이미 난리가
있고 스물 몇 해가 지난 뒤라, 관가의 감시나 기찰(譏察)은 없어진
지 오래였지만, 사람들은 여전히 그 부근으로 들기를 꺼려 했다.
그 가까운 마을에 떠도는 말로는, 대낮에도 그곳에 가면 원혼들
의 울음소리를 들을 수가 있고, 한밤에는 화톳불 같은 귀화(鬼火)
가 여기저기 피어오른다고도 했다.

그러나 그가 맨 정신으로 다복동을 찾을 수 없었던 까닭은 그
런 마을 사람들과는 전혀 달랐다. 할아버지를 망나니의 칼날 아
래 숨지게 하고, 아버지를 젊은 나이에 피 토하며 쓰러지게 한, 그

리고 자신과 가족들의 운명을 하루아침에 구름과 진흙의 차이로 바꾸어 놓고 만, 그 시비 많은 반란의 근거지로 찾아간다는 생각이 맨 정신으로는 다복동으로 들 수 없게 했다. 그 때문에 대낮부터 가까운 마을 주막에서 주머니를 툭툭 털어 술을 퍼마신 그는 해가 서편으로 기웃해서야 고개를 넘어 다복동 골짜기로 들어섰다. 먼저 그 골짜기부터 살펴본 뒤 반군의 지도부가 회합 장소로 썼다는 강 건너 섶섬[薪島]까지 둘러볼 셈이었다.

그때는 그곳 관서(關西) 선비 노진에게서 받은 충격이 가슴 아프면서도 소중한 추억으로 바뀐 뒤라 골짜기를 들어서는 그의 정조(情調)는 그저 아득한 슬픔뿐이었다. 비록 김좌근이 일러 준 또 다른 죄목이 가슴속에 깊은 상처로 남아 있었으나, 그곳에는 다시 혈연의 정이 더께 앉아 원망이나 미움을 이끌어 낼 아픔은 주지 못했다.

그는 눈물로 자꾸만 흐려 오는 시야 때문에 원래보다 훨씬 더 울퉁불퉁해진 옛길을 따라 골짜기를 올라갔다. 그렇게 생각해서 그런지, 아직 해가 한 뼘은 남았는데도 스산한 바람결에 수많은 원혼들의 울음소리가 묻어나는 듯했다. 그러나 이상하게도 그 울음소리는 그가 품고 있는 슬픔을 키워 줄 뿐 조금도 두렵거나 귀에 거슬리지 않았다.

골짜기 안에는 이미 아무것도 남아 있지 않았다. 그곳이 그토록 큰 반란의 근거지였다는 것은 적의 관찰과 공격으로부터 방어하기 좋으면서도 안에 넓은 분지(盆地)를 가지고 있어 많은 군사를 조련할 수 있는 지형의 특이함으로 겨우 추측될 수 있을 정도였다. 이희저(李禧著, 홍경래의 난에 자금을 댔다는 지방 부호)가 사람을 모을 구실로 세웠다는 금점(金店, 금광)이나 광꾼을 가장한 반란군들의 움막 같은 것은 어디서도 그 흔적을 찾아볼 수 없었다. 다만 여기저기 흙이 조금 솟고 그 위에 풀이 무성한 곳이 불탄 옛 광꾼들의 움막 자리겠거니 싶을 뿐이었다.

그 같은 다복동의 경관이 주는 무상감이 다시 슬픔의 정조를 더해 참을 수 없게 된 그는 한군데 옛 반란군들의 움막 터 같은 풀숲에 앉아 울기 시작했다. 눈물을 쏟아 내면서 슬픔은 오히려 더 격렬해져 이윽고 그는 목을 놓고 울었다.

그는 울었다. 할아버지의 불행한 생애를 위해 울었고, 홍경래의 허망한 꿈과 그를 따르다 죽은 수많은 가련한 목숨들을 위해 울었다. 자신의 쓰라린 반생을 돌아보며 울었고, 얼마가 남았는지는 모르나 외롭고 막막할 것임에 분명한 앞날을 위해 울었다. 얼마나 그렇게 목 놓아 울었을까, 누군가 울고 있는 그 등 뒤에서 물었다.

"그대는 뉘신가? 무엇을 그리 슬퍼하며 우는가?"

그가 손등으로 눈물을 씻으며 돌아보니 어느새 왔는지 한 중년 사내가 기우는 햇살에 긴 그림자를 늘이고 서 있었다. 팔꿈치 아래가 떨어져 나가 옷소매만 바람에 건들거리는 왼팔과 얼굴을 갈라놓듯 이마 어름에서 입술 위까지 길게 난 흉터가 이상하게 불길한 느낌을 주는 중년이었다. 하지만 불길한 느낌 못지않게 예사롭지 않은 사람 같다는 예감도 컸다.

"그대는 누군가? 왜 거기서 울고 있는가?"

얼른 잦아지지 않는 울음 때문에 그의 대꾸가 늦어지자 그 중년사내가 한 번 더 물었다. 오다가다 그냥 물어보는 말 같지는 않았다. 그는 잠깐 망설이다 그의 흉터에서 받은 암시에 따라 대답을 결정했다.

"지나가는 나그네입니다. 홍 원수(元帥)의 허망한 꿈을 생각하고 그를 따르다 죽은 숱한 생령들을 슬퍼해 울었습니다."

그러자 중년의 얼굴에 쉽게 알아보기 힘든 표정이 떠올랐다. 두 눈이 번들거리고 칼에 맞아 생긴 듯한 얼굴의 긴 흉터가 실룩거렸으나 그게 분노를 나타내는지 반가움을 나타내는지 얼른 분간이 안 갔다.

"아니다. 그대는 결코 지나가다 들른 나그네가 아니다. 이 나라에서 그래도 명색 선비 행색을 하고서 이곳에 와서 그렇게 울어 줄 수 있는 사람은 흔치 않다. 바로 말하라. 그대는 누군가?"

그렇게 묻는 중년의 목소리에 실린 힘도 저쪽인지 이쪽인지 분간 안 되기는 마찬가지였다. 그 힘의 크기가 다시 그에게 본능적인 경계심을 일으켜 대답을 망설이게 했다.

"의심하지 마라. 나는 대원수(大元帥)의 사람이다. 설령 그대가 관가의 끄나풀이라 할지라도 나는 두렵지 않다. 허나 그게 아니거든 그대가 누구인지 바로 밝혀라."

그가 망설이는 까닭을 짐작한 듯한 중년이 목소리를 조금 부드럽게 해 대답을 재촉했다. 평안도에서 보낸 일 년 남짓의 단련 덕분일까, 아니면 바로 그런 사람을 만나기를 속으로 바랐기 때문이었을까, 대원수의 사람이라고 스스로를 밝히는데도 그는 그 중년이 섬뜩하기는커녕 반갑기까지 했다.

거기다가 그는 벌써 오래전부터 홍경래의 감춰진 면모를 궁금히 여겨 왔고, 지금은 또 오른 술기운으로 그 궁금함이 훨씬 과장되어 있었다. 혹시 그 중년에게서 자신이 원하던 걸 얻을 수 있을지 모른다는 기대에서 그는 더 망설이지 않고 바로 밝혔다.

"저는 김병연이라고 합니다. 전에 선천 부사를 하셨던 익(益) 자 순(淳) 자 어른이 제게 현조고(懸祖考)가 되십니다."

그러자 중년의 얼굴에 몹시 놀라는 빛이 떠올랐다. 한참을 눈만 크게 뜨고 벌린 입을 다물지 못하다가 천천히 다가와 하나 남은 손으로 그의 어깨를 어루만졌다.

"그대가 바로…… 우리 부사 어른의 손자란 말인가. 정녕 그게 사실인가?"

그런 중년의 외침에 그는 묘한 전율까지 느꼈다. 그는 일생에 단 한 번도 할아버지를 그 같은 표정과 말투로 얘기해 주는 사람을 본 적이 없었다. 갑자기 더 심해지는 눈물을 훔치며 그가 되물었다.

"할아버님을…… 아십니까?"

"안다, 우리 중에서는 가장 많이. 그 어른이 처음 고의 바람으로 끌려 나와 우리 김사용(金士用) 부원수(副元帥)께 인똥이를 바칠 때부터 마지막으로 죄수의 함거에 실려 한양으로 떠날 때까지…….

그래, 자네는 그 어른을 아는가?”

어느새 그를 자네라고 부르는 중년의 목소리에서는 희미한 정
감까지 느껴졌다. 그는 대답에 자신이 없으면서도 그 중년을 떠보
듯 말했다.

“압니다.”

“임금의 은혜를 저버리고 역적에게 항복한 욕스러운 조상으로
말인가? 그래서 목이 잘리고 시체마저 찢긴 대역 죄인으로서 말
인가?”

중년은 불길이 이는 듯한 눈길로 그를 쏘아보며 따지듯 물었다.
그 물음 속에서 느껴지는 강한 부인의 뜻 때문에 그는 얼른 대꾸
하지 못하고 한동안 망연히 그 중년을 쳐다보았다.

“그럼 ― 그 밖에…… 더 있습니까?”

한참 뒤에 그가 조심스레 물어보았다. 무서운 고함 소리까지 예
상한 반문이었으나 중년 사내의 반응은 예상 밖이었다. 조용히 그
를 내려다보다가 갑자기 굵은 눈물을 떨어뜨렸다.

“자네 궁금한 게 많은 게로군. 그렇다면 내 집으로 가세. 어차
피 자네는 묵을 곳을 찾아야 할 게고 ― 나도 자네에게 들려줘야
할 얘기가 있을 듯하이.”

이윽고 그 중년이 그런 말로 그의 옷깃을 끌었다. 그새 해는 져
서 사방에 땅거미가 깔리기 시작하고 있었다.

그 중년의 집은 거기서 한 시오리 떨어진 마을 끄트머리의 외
딴 오두막이었다. 처자도 없는지 중년은 한동안 혼자서 감자를 삶

는다, 마을 주막에서 술과 안주를 구해 온다 부산을 떨었다. 찐 감자로 저녁을 때우고 막걸리 잔을 비우는 자리에서 이것저것 살아온 이력을 묻던 중년은 초저녁 달이 떠올라서야 비로소 자신을 밝혔다.

"나는 원명대(元明大)라 하며 윗대부터 선천(宣川)에 살았던 토박이일세. 이제는 두 분 다 아니 계시네만, 선친께서는 고을에서 아전을 사셨고 형님은 수교(首校)셨지. 나도 한때는 무과(武科)에 뜻을 두고 무예를 익힌 적이 있네. 우리 서북인은 학문을 해 봤자 중용해 주지 않으니 어쩔 수 없이 고른 길이네만……. 그런데 먼저 나를 불러 쓴 쪽은 조정이 아니라 바로 홍(洪) 대원수셨네. 나는 열아홉 되던 해 여름에 다복동으로 들어가고, 선친과 형님은 선천에 남아 내응하기로 하셨네. 나는 그해 섣달 김사용(金士用) 장군의 북군과 함께 선천으로 돌아왔는데 그때 수(帥) 자 깃발을 들었지. 그리고 사송야(四松野) 전투에서 이 꼴이 날 때까지 그곳 유진장(留鎭將) 밑에 머물렀기 때문에 자네 선조고(先祖考)를 잘 아네……."

"그때 할아버님은 어떻게 되신 겁니까?"

그가 들던 술잔을 놓고 숨까지 죽이며 물었다. 얼굴도 기억나지 않는 할아버지이지만 핏줄의 끌림은 어쩔 수가 없었다. 원명대가 지그시 두 눈을 감으며 회상했다.

"돌이켜 보면 아직도 그때 우리 군사들[蜂起軍]이 선천 관아를 때려 엎던 날이 눈앞에 선하네. 그날 자네 현조고께서는 어떻게

탐지하셨던지 우리와 내통한 곽산 첨사(僉使) 박성신(朴聖臣)을 그곳에서 잡아 곽산으로 호송하려 하셨네. 그런데 우리 김사용 부원수께서 도중에 박성신 장군을 구하고 거꾸로 선천(宣川) 관아를 들이쳐 자네 선조고를 사로잡으셨지. 그때 자네 현조고께서 항복하신 것은 틀림없이 당신의 목숨이 아까우셨던 까닭이었을 거네. 부유한 백성들로부터 함부로 돈을 걷어 쓴 죄[推用富民錢罪]로 갇혀 계신 며칠 우리가 시키는 대로 한 것도 아마는 그러셨겠지. 그렇지만 그다음은 달랐네. 그분은 분명히 당신 뜻에 따라 스스로 우리를 돕고 나선 게야. 나중 우리의 믿음을 사 새로 벼슬을 받으신 뒤에 그분은 말씀하시더군. 며칠 사이 천지가 새롭게 보인다고. 명문거족의 자제로 호의호식하며 자라났고, 자란 뒤에는 곧 벼슬길에 올라 언제나 출세만 다투며 지내 오신 분에게는 우리 동무들과, 아래위의 우애와 합심이 감탄스러우셨겠지. 또 우리가 겁에 떠는 백성들을 다독이고 창고의 곡식을 헐어 그들을 먹이는 걸 보고 말씀하셨지. 진정 관장(官長)이 해야 할 일이 무엇인지 이제 알 것 같다고. 이미 오래전에 죽은 사람들의 말에 파묻혀, 입으로는 애민(愛民)이니 휼민(恤民)이니 하면서도, 목숨은 모두 어떤 굴레를 쓰고 태어나며 민초의 한이란 게 어떤 건지 전혀 모르는 채, 다만 그들을 마소 부리듯 후리고 몰아댄 게 괴롭다고……."

"그럼, 그 격문도 진정으로 쓰셨습니까?"

"격문이라고? 아, 그분께서 우리에게 빌려 주신 글 말인가? 물론 진심에서 우러나 쓰셨지. 명색 글줄이라도 읽었다면서 난리라는 말에 무식한 민초들보다 더 갈피를 못 잡고 우왕좌왕하는 선비들을 진정시키고, 우리의 대의 밑에 모이기를 간절하게 권유하는 좋은 글이었네. 생각해 보게. 우리 진중에 아무리 사람이 없다 한들 항복한 지 며칠 안 되는 전(前) 부사를 다시 높은 자리에 올려 쓰겠는가? 그만큼 우리의 대의에 대한 그분의 동조는 참된 것이었고, 그 도움은 우리에게 크게 쓸모 있었기 때문이었네."

원명대의 목소리는 감동으로 사뭇 떨리고 있었다. 그러나 그에게는 감동보다는 곤혹스러움이 앞섰다. 그로부터 얼마 안 돼 그들로부터 또 이탈하는 할아버지는 어떻게 이해되어야 할 것인가.

"그럼 군사(軍師) 김창시(金昌始)의 목을 벤 것은 무엇 때문입니까? 그리고 다시 관군에게 투항한 것은?"

"그걸 얘기하기 전에 먼저 내가 어떻게 이렇게 살아갈 수 있게 되었나부터 말해야겠네. 나는 선천에 머문 지 보름 만에 이제초(李提初) 장군을 따라 곽산으로 갔다가 이듬해 정월 초열흘 사송야(四松野) 전투에서 관군의 화포(火砲)에 이 꼴이 되고 말았네. 다행히 형님께서 파총(把摠, 육십 명을 거느린 수장)으로 거기서 함께 싸우신 터라 시체가 들판에 버려지는 것은 면했지만, 그게 정주성에서 대원수님 이하 여러 동무들과 함께 죽지 못한 한을 남겼네. 내가 우리 옛집 뒷산 동굴에서 겨우 기동할 수 있게 된 때는 벌써 정주성이 철통같이 에워싸인 이월이었으니까. 그 바람에 자네 선조고께서 하신 그 일을 직접 보고 들을 수는 없었네. 하지만 한 가지 김창시, 그놈은 죽어야 할 놈이었어. 우리 군의 군사(軍師)로서 당연히 정주성으로 들어가야 할 놈이 낌새가 유리하지 못하다 싶자 혼자 슬그머니 빠져나간 까닭이네. 그놈의 빤지르르한 붓끝에 울고 웃은 우리들만 불쌍하지. 자네 선조고께서 관군에게 다시 투항해 간 일은 — 나도 딱 부러지게 말할 자신은 없네. 그러나 나는 그분께서 마지막으로 내 손을 잡고 다짐하신 말을 잊을 수가 없네. 아직 기억에도 생생해. 내가 집 뒷산 동굴로 옮기기 하루 전이었으니까 아마 정월 열나흘 날이었을 거네. 그때까지만 해도 나는 집에서 구료를 받고 있었는데 그분께서 몸소 찾아오셨더군. 그분은 아직도 열이 펄펄 끓는 내 오른손을 잡고 말씀하셨네. '명대야, 너는 대의를 위해 몸을 바친 장부이니 너무 괴로워하지 마라. 뒷날 내게 이 혁명을 기록할 기회가 오면, 반드시 네 이름을 먼저 기억하마.'라고.

물론 그분의 투항을 이미 기울어진 대세를 보고 한 또 하나의 변절로 볼 수도 있겠지. 하지만 나는 그렇게 믿고 싶지 않네. 잘난 조정(朝廷) 쪽에서 보면 그분은 어쨌거나 죽어야 할 분이었어. 조정은 뒷날을 위해 한 본보기가 필요했고, 그분은 마침 거기에 딱 들어맞았겠지. 우리가 빼앗은 여러 고을 중에서 우리 손에 들어온 수령은 곽산, 선천, 가산 세 곳의 부사와 군수들인 바, 그중 가산 군수 정시는 꼴같잖게 우리에게 뻗대다 죽고, 곽산 군수 이영식은 도망쳐 관군의 반격전에 공을 세웠으니, 본보기로 죽어야 할 사람은 그분밖에 더 있었겠나? 가장 비굴하고 더러운 꼴로 죽어야 할 본보기 말이네. 따라서 사로잡혀 의연히 죽었다고 하기보다는 다시 살기 위해 관군에게 비굴하게 투항했고, 그 위에 김창시의 목을 사서 더러운 꾀를 쓰려 했다는 쪽으로 몰고 갔을 것일세. 내가 감히 그런 단정을 하는 것은 그 간교하고 탐욕스럽던 정시가 만고에 없는 충신으로 치켜세워지는 걸 보고 난 뒤야. 원래 그 정시란 놈은 가산 땅을 세 치나 깎아 먹었다 할 만큼 탐관오리였는데, 우리의 도총(都摠) 이희저와는 계집 뺏고 재물 뺏은 일로 깊이 원혐진 사이였지. 그런데 그 이희저가 이끌고 온 군사들에게 사로잡혀 어찌 살기를 바랄 수 있겠나? 어차피 죽을 몸이다 싶어 발악해 본 것을 절개다 충성이다 법석들이었네. 그런 세상이니 자네 선조고에게 무슨 누명인들 못 뒤집어씌우겠나?"

거기까지 들으니 그동안 말라 있던 눈물이 다시 샘솟듯 쏟아졌다. 그런 할아버지를 죽어 하늘에도 못 들 죄인으로 그리고, 정시는 또 악비(岳飛)와 나란히 할 만한 충신으로 그린 옛날의 시가 새삼 가슴을 후벼 오지 않는 것은 아니었으나, 그보다도 오랜 원죄의식(原罪意識)에서 놓여난 기쁨이 더 컸다. 그는 전혀 새로운 세계에 든 기분으로 물었다.

"홍(洪) 대원수의 대의, 아니 그 기치 아래 모여든 서북(西北) 인재들의 대의란 어떤 것이었습니까?"

"차별이 없는 세상, 그 사는 땅에 따라 차별받지 아니하고, 그 어버이의 높고 낮음에 따라 차별받지 아니하고, 그 하는 바 생업에 따라 차별받지 아니하고, 그 가진 바 많고 적음에 따라 차별받지 아니하는 세상을 우리는 꿈꾸었던 것이네. 사백 년 썩은 조정이 우리 민초들에게 해 준 게 무엇이던가. 빼앗고 억누르고 때리고 가두고 죽이는 그 밖에 무엇이 더 있던가. 크지도 않은 민초들의 희망을 조정은 어찌 그리도 모질게 짓밟기만 하더란 말인가. 그런데 우리는 그들에게 희망을 주려 했네. 새로운 세상을 보여 주려 한 것이네."

"그럼 성인(聖人)이 났다는 것은 무슨 소리며, 호(胡)의 철기(鐵騎) 십만이 내려왔다는 말은 또 무엇이었습니까?"

거기서 그는 문득 홍경래의 반군(叛軍)이 뿌렸다는 격문을 떠올리고 물었다. 그렇게 크고 환한 대의를 앞세우고 일어난 이들이라면 무엇 때문에 무리의 우두머리를 떳떳이 밝히지 못하고 성인이니 신인(神人)이니 하는 애매한 호칭을 쓰고 있으며, 있지도 않은 남의 나라 군대는 왜 끌어댄 것일까. 하지만 원명대는 떳떳하기만 했다.

"그것은 김창시의 속임수였지만, 대원수께서도 그렇게 쓰는 것을 허락하셨네. 어리석은 백성들을 끌어들이기 위해서는 어쩔 수 없었기 때문이었지. 병진(兵陣)에 당하여 그 정도 속임수야 쓸 수도 있지 않겠는가?"

"……"

"널리 알려지지는 않았으되, 우리는 만약 그 병혁(兵革)이 성공하면 공화(共和, 여기서는 주대(周代)의 공화(共和). 왕 없이 대신들이 다스림)까지도 꿈꾸었네. 사민(四民)의 구분을 폐지하고 전토(田土)를 새로이 나누어 이 땅에 무하유지향(無何有之鄕)이 이뤄지기를 바랐네."

그것은 또 듣느니 새로운 소리였다. 왕을 없이하고 토지를 나눠 가진다 — 듣기만 해도 전율이 이는, 그러나 또한 가슴 뛰는 소리였다. 돌연 원명대의 목소리가 비분으로 높아졌다.

"헌데 저들은 어찌 우리를 대했는지 아는가? 다른 곳은 다 제쳐놓고 정주성만 보세. 관군이 땅굴을 파 들어와 묻은 화약에 성문이 날아가고 성벽이 무너지던 날, 성안에는 도합 삼천의 군민(軍民)이 있었다 하네. 관군은 그중에 열 살 미만의 사내아이와 부녀자만 골라내고 나머지 이천의 목을 그 이튿날 하루 동안에 모조리 잘랐다고 하더군. 이미 항거하지도 못하는 사람들을 소, 도야지 목 따듯 말이네. 생각해 보게, 그게 나라이고 관군인가. 임금이고 어버이인가. 그리고 — 자네 같은 사람에게까지 삼십 년이 가깝도록 앙갚음을 하고 있고……."

그걸로 넉넉했다. 썩은 조정에게는 역적이지만 가련한 민초들에게는 의로운 선각자인 할아버지가 있었다는 것만으로도 그는 갑자기 앞이 환해진 느낌이었다. 그의 정서를 떠받치고 있는 두 개의 기둥, 울분과 한은 이제 사사로운 푸념이나 불평이 아니라 천하를 위한 대의와 떳떳이 어깨 겨눌 수 있게 되었다. 설령 소리 내어 노래하지 못한들, 영원히 가슴속에서만 불려야 할 노래인들, 그게 어때…….

한동안 벅찬 기쁨에 눈물만 줄줄이 쏟아 내고 있던 그가 문득 원명대 앞에 엎드려 절하며 말했다.

"형님, 참으로 귀한 말씀 들려주셨습니다. 하늘까지 차오르는 듯하던 이내 몸의 한이 다 스러지는 듯합니다. 갑시다, 형님. 오늘 밤 다복동으로 가서 우리 형제 밤새도록 목 놓아 웁시다……."

그게 바로 그에게 시인으로서의 제이기(第二期)가 시작되는 순간이었다.

27

뒷사람들이 그에게 붙인 여러 호칭 중에 민중 시인이란 게 있다. 그게 그의 시 전체의 특성을 다 묶을 수 있는 이름이라고는 하기 어렵겠지만, 적어도 어떤 한 시기를 특징짓는 이름이 될 수는 있을 것이다. 다복동을 다녀온 그가 주로 관서 지방을 떠돌던, 시인으로서의 제이기가 바로 그러하다.

그 시기 그는 이제 그전처럼 세도가 사랑방에서의 알음에 의지해 지방 수령이나 토호들만 찾아다니는 짓은 하지 않았다. 어쩌다 발길이 닿으면 여전히 그런 상류층에 의지할 때도 있었지만, 대개는 발길 닿는 대로 찾아가 먹을 것과 잘 곳을 비는 여느 천더기 과객으로 돌아갔다. 따라서 그 무렵의 그가 어느 계층보다 더 자주 접촉하게 되는 것은 밑바닥 서민들이 되었다.

그와 같이 과객 노릇 하는 방식이 달라진 것은 무엇보다도 그의 정서가 변한 데서 비롯됐다. 원명대가 그 정당성을 입증해 준 홍경래의 대의는 그를 원죄 의식에서 해방해 그의 짓눌리고 뒤틀려 있던 울분과 한을 공격적인 것으로 바꾸어 놓았다. 곧 법과 제도 아래서는 죄인이지만 진실과 정의 쪽에서 보면 의인(義人)이 되는 할아버지는, 그 자손이라는 이유 하나 때문에 소외당한 그의 울분과 한을 의식 속의 한 권리로 만들어 준 셈이었다. 그는 그때부터 자신이 김익순의 손자임을 스스럼없이 밝혔다.

세상에 대놓고 그 이유까지는 드러낼 수 없으되, 그는 또 자신에게 세상을 원망할 권리가 있다고 믿었다. 꾸짖고 욕할 권리가 있으며 조롱하고 야유할 권리가 있다고 믿었다. 그러자 그 믿음은 절로 그를 부패한 지배 계층이나 그 보조 계급보다는 자신과 같이 소외당한 계층 쪽으로 다가가게 했다.

거기 따라 그의 시도 당연히 변했다. 문예의 형식도 제도의 일부로 본 그는 먼저 형식 면에서 대담한 파격과 변조(變調)를 시도했다. 그는 그 시대의 시가 지켜야 할 기본적인 격식과 운율을 무시하기 시작했고, 때로는 그의 시를 담아 온 문자 그 자체까지 무시했다. 당시만 해도 부녀자와 서민들의 문자로서 언문(諺文)이라 낮춰 부르던 한글까지도 자신의 시 속으로 끌어들인 일이 그랬다.

青松듬성듬성立(푸른 솔은 듬성듬성 섰고)

人間여기저기有(사람은 여기저기 있네)

所謂엇뚝삣뚝客(이른바 엇뚝 비뚝한 나그네)

平生다나쓰나酒(평생 다나쓰나 술이네)

이와 같이 그가 한자와 한글을 섞어 쓴 그 시기의 칠언(七言)은 학자에 따라서는 조선 후기의 한시(漢詩)와 개화기의 창가(唱歌) 또는 신체시(新體詩) 사이에 놓인 다리로 보기도 한다. 그러나 그 시대로 봐서는 엄청난 파격인데 그래 놓고도,

언문진서 섞어作(한글과 한자 섞어서 시를 짓지만) 하니

是야非야 皆吾子(옳으니 그르니 하면 모두 내 아들놈)이라

라고 큰소리치는 걸로 미루어 거기에는 단순한 파격 이상 기성 사회와 정통에 대한 도전의 뜻까지 엿보인다. 그 시대의 시에서 생명에 버금가는 평측(平仄)과 운(韻)도 그의 공격성 앞에서는 성하지 못했다.

腰下佩기역(허리에 ㄱ[낫]을 차고)

牛鼻穿이응(쇠코에는 이[코뚜레]을 꿰었다)

歸家修리을(집으로 돌아가 ㄹ[己, 몸]을 닦아라)

不然點디귿(그렇지 않으면 ㄷ에 점을 찍는다[亡])

과 같은 오언(五言)은 한글의 자모로 평측과 운에 갈음하고, 어떤

인심 사나운 중에게 내뱉었다는,

> 四面기둥 붉었타
> 夕陽行客 시장타
> 네절人心 고약타
> 地獄가기 십상타

란 칠언(七言)은 국한문 혼용에 한글 '타'를 네 구절 모두에 각운(脚韻)으로 쓰고 있다. 그 밖에 동음이의어(同音異議語) 이중자의(二重字意)를 이용하거나 한자음을 한글 뜻으로 새겨야 되는 대부분의 파격시(破格詩)는 그 시기의 것이 된다.

그런 형식의 변화와 더불어 시의 내용도 제일기와는 대조를 이룰 만큼 판이해진다. 그의 주제는 이제 사사로운 감정의 과장된 토로나 아름다운 자연이니 신선이니 하는 추상적이고 허황된 소재는 거들떠보지도 않았다. 대신 높게는 학정을 베푸는 관찰사로부터 덜 돼먹은 양반, 인색한 토호, 엉터리 선비, 못 믿을 풍수[地師], 무식한 훈장 같은 사람들이 차례로 시의 대상이 되어 이전의 울분과 한이 변한 그의 악의에 짓씹혔다.

> 선화당 위에는 화적 떼가 득시글(宣化堂上宣火黨)
> 백성 즐기란 정자에는 백성들 눈물만 뚝뚝(樂民樓下落民淚)
> 함경도 백성이 모두 다 놀라 달아나니(咸鏡道民咸驚逃)

조기영의 집구석 어찌 오래가겠느냐(趙岐永家兆豈永)

이 시는 함경도 관찰사 조기영을 욕하는 것으로 동음이의어가 공교롭고 절묘하게 배합되어 있다. 관찰사의 공관[宣化堂]과 화적 떼[宣火黨], 백성이 즐기는 정자[樂民樓]와 떨어지는 백성의 눈물[落民淚], 함경도(咸鏡道)와 모두가 놀라 달아남[咸驚逃], 관찰사 조기영(趙岐永)과 어찌 길 수 있겠는가[兆豈永]가 그러한데, 한 풍자시로서도 자못 삼엄하다.

  너른 갓에 장죽 문 양반집 아이 놈.
  새로 산 맹자를 소리 내어 읽고 있네.
  대낮에 원숭이 새끼 막 태어나는 듯.
  저물녘 못 안에서 개구리 어지러이 우는 듯.

  풍수쟁이란 원래가 허황된 것들.
  남북을 가리키며 혀 바삐 놀리지만
  만약 청산에 명당이란 게 있다면
  왜 네 애비는 거기 묻지 않았느냐.

앞의 것은 양반집 아이를 조롱하는 시이고, 뒤의 것은 풍수를 비웃는 시다. 비유가 모질고 말이 각박해도 두 시 모두 아직은 기본적인 격을 잃지 않고 있다.

192

하지만 악의란 원래가 키우기는 쉬워도 줄이기는 힘든 법, 뒤로 갈수록 그들은 끔찍한 꼴을 당한다. 음은 한자로 읽고 뜻은 한글을 따르는 방식으로 서당은 乃早知(내 좆이)가 되고 방 안의 선비는 皆尊物(개 좆 물)이 되며 생도는 諸未十(제미 씹)이 되고 훈장은 來不謁(내 불알)이 된다. 중의 머리는 한자 뜻 그대로 땀나는 말 불알[汗馬閪]이 되고 선비의 상투는 앉아 있는 개자지[坐狗腎]가 된다.

형식과 주제의 변화에 따라 표현 방식도 달라졌다. 풍성하고 화려한 수사와 호방하고 유유한 감정의 전개 대신에 재치와 기지, 특히 기발함과 신기함이 그가 가장 우선해 추구하는 기교가 되었다. 앞서 말한 형식에서의 파격도 어쩌면 그런 그의 추구에서 비롯된 것일는지도 모르는 일이었다.

그의 시가 그렇게 변하자 그 소비층도 바뀌었다. 지난 예닐곱 해, 그의 중요한 후원자였던 지방 상류층은 혹은 분노에 차서 혹은 서운함을 품고 등을 돌리고, 대신 다수한 서민 계층이 떠들썩한 갈채와 함께 다가들었다. 중앙 권력을 기준으로 볼 때는 하찮은 신분이지만 자기들에게는 작은 압제자, 착취자의 구실을 하고 있는 그런 계층에 대한 그의 신랄한 풍자와 야유는 서민들을 시원하게 해 주었고, 조선조 후기처럼 닫힌 사회에서는 때로 통렬한 비판의 기능까지 수행했기 때문이었다.

거기다가 그가 김익순의 손자란 것도 관서 지방의 하층민들에게 호감이 가는 일이었다. 앞서 보았듯 그들에게 홍경래는 아직도

가슴 깊이에서나마 연민의 대상이었고, 그 연민은 할아버지 김익
순을 거쳐 그에게도 번졌다.

다수의 갈채가 주는 도취는 대단했다. 그전까지만 해도 함경도
의 지방 수령과 토호들의 사랑방에나 겨우 알려졌던 그의 이름은
단 두 해 만에 평안도의 모든 저잣거리며 산골짜기까지 전해졌다.
그는 이제 전처럼 먼저 자신의 재주부터 내보이고 숙식을 구걸해
야 할 필요가 없어졌다. 사람들은 그의 삿갓과 대지팡이만 보면
반갑게 집 안으로 맞아들이고 나물죽 흐린 술이라도 있는 대로
나눠 주었다. 하지만 그런 그들에게서 받은 도취와도 같은 감동은
이전의 기름진 음식과 맑은 술에 비할 바 아니었다.

그렇게 되자 서민 대중의 갈채와 그의 도취 사이에는 그 어느
쪽도 걷잡기 어려운 상승 작용이 일어났다. 그는 자기가 받고 있
는 갈채를 유지하기 위해서라도 상류층에 대한 악의의 강도를 높
이고, 시의 파격을 확대해 나갔다. 시의 전체적인 구조보다 우선
해 자구(字句)의 신기함을 찾고 비유의 기발함을 짜내었다. 그가
원래 경박한 사람이었기보다는 그만큼 대중의 갈채가 주는 도취
가 무서운 힘을 가졌다고 보는 편이 옳다.

대중들도 그의 기대를 저버리지 않았다. 배운 것들, 가진 것들
이 아는 척, 점잖은 척하며 갈채에 인색한 데 비해, 서민들은 감
정 표현에 정직하고 후했다. 그들은 그의 시에 담긴 대수롭지 않
은 익살과 풍자에도 배를 잡고 웃었고, 질 낮은 조롱과 야유에도
손뼉을 치며 즐거워했다. 때로는 탄식으로 그의 비판에 동조해 주

었으며, 눈물로 그 과장된 의분(義奮)에 감동했고, 사심 없는 갈채로 강개(慷慨)를 함께했다. 그리고 대중들의 그와 같은 반응은 새롭고 강력한 요구로 그의 시 창작에 투입되어 거칠고 통속한 민중성으로 확대 재생산되었다.

하기야 어떤 이는 그의 민중성에 대해 이의를 제기한다. 그의 풍자와 비판은 왕제(王制) 그 자체라든가 세도정치, 삼정(三政)의 문란 따위 구조적인 것에 대한 접근의 흔적이 전혀 없고, 야유와 조롱이란 것도 기실은 그 체제의 피해자를 겨우 면했거나 오히려 피해자에 가까운 계층만을 향하고 있기 때문이다. 실제로도 그 시절의 시에는 객관적인 비판 의식보다는 사사로운 감정에 더 치우친 듯한 풍자와 야유가 자주 보인다.

그러나 구조적인 접근이란 뒷날처럼 모두가 잘난 시대가 되면 개도 말도 알아듣는 소리지만, 그가 살았던 시대에는 아직 싹수도 안 보이던 말이었다. 가장 첨예한 비판 의식을 가진 진보적인 사대부들에게도 무엇이 잘못되었으면 높게는 혼암(昏暗)한 왕에서 낮게는 탐학스러운 아전에 이르기까지 개인의 잘못이 있을 뿐이었고, 왕정이라든가 삼정승(三政丞) 육판서(六判書) 제도에 대한 회의는 감히 품지 못했다. 따라서 언제나 시골 골짝골짝을 떠도는 그로서는, 자신이 직접 만나게 되는 계층의 대단찮은 죄악이나 어리석음을 조롱하고 야유하는 데 그칠 수밖에 없었는데, 그 시대로 보아서는 그 정도도 상당한 사회 비판의 기능을 수행할 수 있었다.

그의 행동력 내지 실천 의지도 시빗거리는 될 수 있다. 그의 시에 담긴 민중성이 진정한 것이라면 그는 어찌 세상 변두리를 떠돌며 말로만 배배 꼬고 행동하지는 않았는가. 설혹 그 자신이 바로 행동하지는 못해도, 민초들을 일깨우고 북돋우어 그들로 하여금 부조리한 시대와 제도에 저항하도록 이끌 수는 있지 않았는가 — 어떤 이들은 정색을 하고 그렇게 물으며 왼고개를 젓는다.

　하지만 그것 역시도 그가 산 시대와 그 시대 사람들의 의식을 돌이켜 보면 아무래도 억지스러운 시비가 될 것 같다. 한마디로 그가 산 시대는 아직 행동의 시대에 이르지 못하였고, 민초들의 저항 의식도 시인의 비판이나 풍자로 불붙을 만큼 성장해 있지 못했다. 그로부터 반세기가 더 지나서야 이 땅에는 동학운동이란 거대한 소용돌이가 일지만, 그때도 민초들로부터 행동을 이끌어 낸 것은 예술적인 비판 정신이 아니라 종교적 외양을 띤, 어떤 또 다른 어두운 열정이었다.

　오히려 그 시절의 그의 민중성에 이의를 달 수 있게 하는 것이 있다면, 그 민중성이 무분별한 대중성에 너무 깊이 함몰되어 버린 일일 것이다. 역시 시대의 원인이 크지만, 민중성과 대중성을 엄격히 구분할 만한 능력이 없던 그는 갈채와 함께 쏟아진 대중의 다양한 욕구를 아무런 여과 없이 수용했다. 그리하여 염정(艷情) 세태 영속(詠俗)하는 식으로 그의 주제는 좀 더 다양해져도, 그 엄청난 친화력에 끌려 대중 쪽으로 간 시의 질적인 저하는 피할 길 없는 운명이 되고 말았다.

사내는 위를 빨고

계집은 아래를 빤다.

위와 아래가 다르지만

그 맛은 똑같지.

그 시기에 지은 것으로 남녀의 질펀한 방사(房事)를 비꼰 듯한
이런 시는 그의 작품으로 인용하기가 민망할 정도다.

28

그렇지만 세상은 언제까지고 그런 그를 그냥 보아 넘기지 않았다. 순진한 그가 누리는 대중적인 인기를 시기한 여항시인(閭巷詩人) 무리가 먼저 그를 공격하기 시작했다. 그들은 서민들과의 거래가 시작되면서 문란하다 할 만큼 분방한 그의 여성 편력에서부터 시 형식의 지나친 파괴에 이르기까지 그의 약점이 될 만한 것이면 무엇이든 물고 늘어졌다.

사실 그 무렵 그가 보인 성적인 분방함은 두고두고 뒷사람의 얘깃거리가 될 만했다.

기생방의 먹물 묻고 지분 냄새 나는 사랑의 거짓되고 허망함에 깊이 상처 입은 탓일까, 그는 무슨 앙갚음이나 하듯 이번에는 흙 묻고 땀 냄새 나는 하층민의 부녀자들에게로 다가갔다. 그것

은 어쩌면 성적(性的)인 추구라기보다는 스스로 애써 다가가려고
하는 그 민초들과의 좀 별난 친화의식(親和儀式)이었는지도 모를
일이었다. 곡식보다는 풀뿌리 나무껍질에 더 많이 의지하면서도
눈부시게 피어난 화전민의 딸이며, 남편의 한나절 장 나들이에 틈
을 보아 삼베치마를 걷어 올려 준 농부의 아낙과, 풀숲이나 보리
밭 이랑 같은 데서 한 쌍의 죄 없는 들짐승처럼 몸을 섞고 나면,
그 자신도 어김없이 순박한 민초들 가운데 하나가 된 느낌이었다.

　　거리에서 만났으나 보는 눈이 많아
　　정은 있어도 말 못 하니 무정한 것 같네요
　　담 넘고 구멍 뚫기 어려운 일 아니지만
　　이미 농부에게 준 몸이라 다시 어쩔 수 없답니다.

　이 시는 못 이룬 시골 아낙과의 사랑을 그 아낙의 입을 빌려 노
래하고 있지만, 뒷사람들은 그 정도의 교감이 이루어지고 난 뒤
에도 그가 정말 그냥 떠났을까 의심하고 있다. 어찌 됐건 그때 그
는 곱고 곱지 않고, 늙고 젊고, 귀하고 천하고를 가리는 법 없이 기
회가 닿는 대로 이 땅의 여인들과 어울렸다. 그런데 한 번 세상의
미움을 받자, 그런 사사로운 애정 행각마저 지나치게 정격(正格)에
서 벗어난 그의 시와 함께 싸잡혀, 호된 비판의 도마 위에 올려지
게 되고 말았다.
　그와 같이 얄고 빤한 적의(敵意) 외에 정통의 문사들에게서 나

199

온 비판도 만만치 않았다. '살아 있는 사문유취(事文類聚)'라고 불리던 조선 후기의 선비 여규형(呂圭亨)은 자신의 문집에다 그의 시에 대해 이런 평을 남겼다.

……김삿갓이라 일컫는 이는 시정(詩情)이 기괴하여 쌀독을 기울인 듯 막히고 틔움이 고르지 않으니, 풍아(風雅)함이 마치 거친 잡목 숲에 떨어진 듯하다. 예문(藝文)에 뜻을 둔 듯하되, 가엾게 여기는 마음 없이는 들어 줄 수 없고, 뜻은 막막하여 찾을 길이 없다. 떠들썩하게 웃고 화내니 거칠면서도 또한 너무 가녀린 폐가 있다…….

그와 같은 평은 아마도 주로 그가 제이기에 지은 시가 주는 인상에서 비롯된 듯하다. 비록 반세기 뒷사람이기는 하지만, 여규형처럼 대과를 거쳐 당상(堂上)에까지 오른 적이 있는 이의 상처받지 않은 공령(功令)의 시의(詩意)로 그 시절에 지은 그의 시를 보면 대개는 그렇게 이해할 수밖에 없었을 것이다.

말할 것도 없이 그런 시에 대해서는 그의 내부에서 오는 저항도 있었다. 요란한 대여섯 해가 지난 뒤, 독한 술같이 취해 있던 대중의 갈채에서 점차 깨어나면서 그는 망연한 느낌으로 자신과 자신의 시를 돌아보았다. 그는 한때 자신이 힘없고 약한 민초와 하나가 되었다고 믿었으며, 그 믿음에 자신 없을 때조차도 그들에 대한 애정의 진정성만은 의심하지 않았다. 자신이 가진 자와 누리는 계층에 보인 악의는 어김없이 그들 민초들의 한을 대변한 것이었고, 욕설이나 음담패설에 가까운 저질의 풍자와 해학에 시를 내던지면서도 그게 바로 그들의 정직한 욕구에 충실하게 보답하는 길이라고 자신 있게 단언했다.

하지만 아니었다. 점차 세월이 지나면서 그는 자신이 온전히 그들 민초와 하나가 되었다고 믿는 순간에조차도, 가슴 한구석에서는 그러는 자체가 바로 하나의 큰 베풂인 양 뻣뻣이 고개 들고 있는 의식이 있음을 알게 되었고, 그 가망 없는 자신의 허위의식에 괴로워하게 되었다. 그들에 대한 애정이란 것도 기껏해야 그들의 무지, 천박, 이기, 비굴 같은 약점들을 참아 주었다는 것이지 적극적으로 껴안고 같이 아파하며 뒹군 것은 아니었다. 민초들의 한을 대변했다고 믿었던 것도 따지고 보면 자신의 세상에 대한 악의를 드러낼 구실로 삼은 것에 지나지 않았으며, 민초들의 욕구에 충실했다고 믿었던 것 또한 기실은 대중에 대한 질 낮은 아첨이었는지도 모른다는 의심마저 일었다. 그리하여 그 시기의 끄트머리에 다가설수록 그는 결국 자신도, 방식은 다르지만, 어리석고 힘없는 민초들의 한에 올라탄 더부살이거나 또 다른 종류의 작은 억압자 또는 착취자에 불과한 것 같다는 자괴감에 서서히 빠져들기 시작했다.

그렇게 되자 자신의 시가 처박히게 된 진창을 살피는 그의 심경은 더욱 착잡해졌다. 민초들이 누리는 삶의 양식과 그들이 품고 있는 감정의 형태가 그 시대 문화의 특성을 규정하는 것은 틀림없지만, 그들의 삶과 그들의 감정 그 자체가 바로 문화는 아니었다.

문화는 그런 일상성과 잡다함 가운데서 고르고 걸러 낸 것들로 다시 공들여 짜 맞춘 그 무엇이었으며, 시는 또한 문화의 그런 특성을 가장 엄격하게 규격화한 어떤 것이었다. 그런데 그는 서민적인 소박함을 구실로, 감정의 정직한 표출을 구실로, 그 분방함과 자유로움을 구실로, 자신의 시를 깊이 모를 잡다함과 일상성의 진창 속에 처박아 버린 것 같아 울적해졌다.

그 시기 그가 어쩔 수 없이 매달려야 했던 미움의 정서도 갈수록 싫증 나고 피로한 것이 되었다. 풍자며 조롱, 야유같이 그 시기의 시에 유별나게 두드러지는 특성들은 본질적으로 미움과 악의에 기초한다. 실제에 있어서도 그 시기는 세상에 대한 그의 악의가 가장 뜨겁게 바글거리던 시기이기도 했다. 그런데 그 미움과 악의는 또한 본질적으로 긴장의 일종이어서 오래 지속되면 피로하지 않을 수 없었다. 그 미움과 악의를 끝도 밑도 없이 재생산해야 하는 것도 차츰 싫증 나기 짝이 없는 노릇으로 되어 갔다.

나는 결국 이렇게 나의 시를 잃어 가고 있는 게 아닌가 — 떠들썩하게 자신을 둘러싸고 있는 사람들로부터 떨어져 나와 홀로 자신의 시를 생각하다가 가끔씩 그는 그런 불안에 소스라쳤다. 거기다가 관서 지방에서 여러 해 떠돌게 되면서 그가 다시 접하게 된 홍경래에 대한 또 다른 방향의 지식과 정보는 그가 자신 있게 연제이기의 시를 그 바탕부터 흔들어 댔다.

관서 지방을 떠돈 지 다섯 해째 나던 가을인가, 안주(安州)에서 몇 달 술밥 간에 부족 없게 돌봐 준 패거리와 묘향산에 들렀을 때였다. 그 어떤 인연에서였던지 유람을 끝내고 나오는 길에 지나게 된 산골 마을에서 하얗게 늙은 선비 하나를 만났다. 그 선비가 그를 알아보고 따로 불러 몇 마디 시를 얘기하다가, 홍경래 얘기가 나오자 문득 정색을 하며 조용하게 일러 주었다.

"결국 홍경래와 그 주위에 있던 무리들도 조정에 높이 앉은 왕이며 대신의 무리와 조금도 다를 바 없는 것들이었지. 권세와 힘을 그 무엇보다 높이 여기고 그걸 움켜쥐기 위해서는 못할 짓이 없는 것들 말이네. 대의라고? 물론 겉보기로야 그 비슷한 게 있었지. 그러나 그 속내를 들여다보면 기실 그들이 가장 힘들인 추구는 따로 있었네. 지금 대궐을 중심으로 좋은 것은 모두 거기 모아 차고 앉은 무리를 대신하여, 그들에게 무시당하고 따돌림받는 자기들이 그 자리를 차지하는 일이었다네. 그들을 따른 의로운 민초? 웃기지 말게. 그들을 지지한 계층을 지금의 세상을 유지하고 있는 계층과 하나하나 대비해 일러 줄까. 영달한 중앙의 대부(大夫)에 한을 품은 지방의 소외받은 사(士), 어떻게 돈은 모아 땅마지기는 장만했지만 하찮은 출신과 얕은 지적(知的) 소양 때문에 언제나 기존의 지주 계층이 지닌 권위와 문화적 전통에 주눅 들어 지내야 했던 새로운 지주 계층[經營型 富農, 농지를 생산 기반으로 삼고 임금노동자를 고용하여 생산의 극대화를 꾀한 농업 경영인들], 중앙의 세도를 업은 경상(京商)들에게 상권을 잠식당하고 있는 송상(松商, 개성상인), 굶든 먹든 땅에 의지해 사는 농민에 비해 상대적으로 불안정하던 광꾼과 떠돌이들[賃勞動者], 중앙에서 파견돼 온 지방관들의 횡포에 불만을 길러 온 향무(鄕武)와 향리(鄕吏)들 — 대개 이런 사람들이 홍경래의 세력 기반이었지. 그들이 오랫동안 왕실과 조정으로부터 차별받고 괄시당한 서북인(西北人)의 설움과 한에 올라타고 일을 벌인 거라네. 따라서 그렇게 명백하게 여러 기득권 계층에 반감을 품은 적대 계층이 모여 짜낸 대의라면 뻔하잖나? 그런 패 가르기가 된 이상 어리석은 민초를 한 명이라도 더 자기편으로 끌어들이기 위해서 못 할 소리가 무엇 있겠나? 물론 순진하게 그 대의를 믿고 따라나선 민초가 더러 있었지. 그러나 그들은 다만 가여운 희생자일 뿐 홍경래가 내세운 대의의 진정성을 증명해 주지는 못해. 이곳 민초들에게 보편적인 정서? 그것도 너무 믿지 말게. 기껏해야 관서라는 지역이 규정한 특별한 감정이야. 잘했든 못했든 중앙에서 보낸 관군에게 아비가 죽고 자식이 죽고 오랍동생과 남편이 죽는 걸 보고 들은 지역 주민들의 한이란 말일세. 그게 한 그대로 남아서는 너무 초라하고 무력하니까, 홍경래가 수단으로 꾸며 낸 몇 가지 대의에 기댄 거지. 그러니 제발 그 허황된 홍경래의 대의나 겨우 몇 달 동안의 북새통에 재수 없게 끼어들어 이쪽저쪽 모두에게 낯없게 죽은 자네 할아버지를 너무 그리 거창하게 떠들고 다니지는 말게. 자네가 품고 있는 것은 틀림없이 울분이고 한일 수 있겠지만, 그렇게 세상의 제도며 전통까지를 모조리 뛰어넘을 수 있을 만큼 대단한 대의에 의지한 것은 아니라네.”

　곽산의 향품(鄕品)이었다는 그 늙은 선비는 젊었을 적 한때 홍경래와 우군칙, 이희저 같은 반란의 우두머리 패거리와 어울리며 세상을 둘러엎을 모의에 가담한 적이 있었음을 거침없이 털어놓았다. 그러나 대의로 위장된 그들의 삿된 야망과 허황된 구상에 실망하여 진작 발을 빼고 멀리 피해 온 곳이 바로 그 묘향산 발치였다고 한다. 그 뒤 그곳 깊은 산골에서 없는 듯 숨어 살아오고 있었다는 것인데 — 그 모두가 한결같이 그가 한 말에 믿음이 가게 하는 이력이었다.

그러자 그날을 시작으로 언제부터인가 새로운 의심으로 수상쩍어지던 홍경래의 난은 처음부터 다시 풀어야 할 난제(難題) 같은 것이 되었다. 진실을 향한 그의 새로운 추적이 시작되고, 다른 살아남은 이들의 증언으로 방향을 달리하는 홍경래 난의 진상들이 잇따라 세월의 어둠을 뚫고 솟아올랐다. 전설로 굳어 가는 반군(叛軍)의 유언비어와 역사로 자리 잡아 가는 관군(官軍)의 방어 논리가, 그 모반의 이념과 체제 수호의 명분이, 상반된 기억으로 비틀려 각기 자신이 옳음을 우기며 거세게 부딪쳤다.

하지만 갈수록 굳어지는 그의 심증은 묘향산에서 만난 늙은 선비에게로 기울어졌다. 이쪽저쪽을 다 보았으면서도 어느 한쪽에 가담하지 않고, 일찍이 가해와 피해의 현장에서 멀리 벗어남으로써 감정의 논리, 비약과 과장에 빠지지 않은 것이 그의 믿음을 산 듯했다. 그렇게 되면 다섯 해 전 다복동에서 그가 원명대로부터 받은 감동은 나날이 엷어질 수밖에 없었다. 묘향산을 다녀온 지 일 년도 안 돼 다복동에서의 첫밤 그토록 그의 가슴을 벅차게 했던 원명대의 말은 공허한 울림으로만 남고, 거기서 느꼈던 그 감동은 씁쓸한 의심과 부인으로 바뀌어 갔다.

'결국 원명대는 열아홉의 설익은 나이와 무골(武骨)의 단순함으로 홍경래의 대의를 원래의 그것보다 훨씬 크고 휘황하게 받아들였으며, 다시 수십 년 외곬으로 갈고닦아 마침 찾아온 나에게 전한 것인지도 모른다. 할아버지에 대한 해석도 마찬가지다. 아무래도 원명대는 자신이 보고 싶은 것만 보고 이해하고 싶은 대로만 할아버지를 이해한 듯하다.'

마침내 그렇게 중얼거리게 되면서 그는 전에 느껴 보지 못한 참담함에 빠져들었다. 홍경래의 난과 할아버지의 진실이 참으로 그러하다면 그의 울분과 한은 원래의 모습으로 돌아가는 수밖에 없고, 그걸 바탕 삼았던 그의 정서와 예술적 감수성도 다복동을 찾기 이전으로 돌아가는 수밖에 없었다. 마침내는 그의 시도.

하지만 그때 그는 이미 너무 멀리 가 있었다. 그동안 널리 세상에 알려진 그의 이름은 이미 한 민중 시인으로서 돌아설 수 없는 외길로 접어든 지 오래였고, 그의 시도 마찬가지였다. 그 무렵 그가 자주 꾼 꿈은 자신이 헤어날 길 없는 수렁에 빠져 허덕이는 것이었다…….

29

하지만 그에게는 가혹하기 그지없어도, 어쨌든 그가 그 속절없는 시(詩)의 진창에서 벗어날 계기는 오래잖아 왔다. 그가 서른아홉 나던 해의 봄이었다.

胡地無花草라 하나(오랑캐 땅에 꽃 없다 하나)

胡地無花草랴(오랑캐 땅인들 꽃이 없으랴.)

胡地無花草라지만(오랑캐 땅이라고 꽃 없다지만)

胡地無花草랴(어찌 땅에 꽃이 없겠느냐.)

개천(价川) 장바닥에서 한겨울을 난 그는 그날도 그런 속임수 같은 시로 자신이 묵고 있는 주막방에 몰려든 어중이떠중이를 감탄시켰다. '胡'에 '오랑캐(되)'란 뜻과 '어찌'라는 뜻이 함께 있다는 것과 토를 달기에 따라 한시(漢詩) 구절의 뜻이 조금씩 달라지는 점을 교묘하게 이용한 장난이었다. 하지만 그걸로 술 한 잔까지 잘 얻어 마셨는데도 기분은 종내 울적하기만 했다. 시담(詩談)이랍시고 돼먹지도 않은 수작으로 아침나절을 보내고도 미진해 그대로 방 안에 눌러앉은 것들을 모두 내쫓듯 하고 혼자 누웠는데 누가 찾아왔다.

"노진이란 선비께서 안부와 함께 이 글을 전하라 하더이다. 천하의 김삿갓에게 평을 받고 싶어서이니 한 번 읽어 봐 달라는 청이굽쇼."

주모에게 그를 물어 다가온 하인 차림의 사내가 편지 한 통을 내밀며 말했다. 노진이란 이름에 공연히 가슴 철렁해진 그가 봉함을 뜯어 보니 안에서 나온 것은 편지가 아니라 낯익은 시구였다. 그는 얼른 그걸 읽어 나갔다.

김익순, 당신은 대대로 내려온 큰 신하였고
정공(鄭公)은 작은 벼슬아치에 지나지 않았소.
당신의 가문은 위세도 좋은 장동 김씨요,
이름은 장안이 다 아는 순(淳) 자 돌림이라더구려.
허나 당신은 오랑캐에게 항복한 이릉(李陵) 꼴이 나고,
정공은 악비(岳飛)같이 열사의 이름을 얻었구려.

서른여섯 행(行) 중에서 겨우 여섯 행뿐이었지만 그것은 바로 자신이 열아홉 해 전 정선의 백일장에서 지은 바로 그 시였다. 잊고 싶었던 시. 그러나 잊혀지지 않는 시. 노진도 그 시처럼 잊고 싶은 사람이었으나 끝내 잊지 못한 사람이었다.

'그런데 그가 왜 이 시를 내게 보냈을까.'

그는 갑자기 살아나는 듯한 그 옛날의 아픔에 가만히 가슴을 쓸며 생각해 보았다. 그러나 가슴에 오는 아픔만 커질 뿐, 얼른 노진의 뜻은 잡혀 오지 않았다.

"어떻습니까요? 선비께서 꼭 듣고 오라는 분부셔서……."

하인 차림의 사내가 망연해 있는 그에게 물었다. 그런 사내의 입가에 알 듯 말 듯한 비웃음이 떠오르는 것 같았다. 그게 무슨 암시이기라도 하듯 그의 귀에 노진의 차가운 목소리가 들렸다.

"한때는 할아버지를 팔아 영달을 구하기에 바쁘더니, 이제는 또 그 할아버지의 이름에 기대 저잣거리의 허명(虛名)을 즐기려 들어? 민초들의 한에 슬그머니 올라타 가여운 그들을 오히려 알겨먹으려 들어? 이 뻔뻔스러운 놈, 그래도 명색 네가 시를 한다는 자냐?"

만약 그때 홍경래와 할아버지의 대의에 대한 믿음이 뿌리째 흔들리고 있지만 않았더라도, 그가 심중에 들은 그 소리가 그토록 큰 타격은 되지 않았을 것이다. 하지만 그때 이미 그는 그들의 어두운 열정이나 불행한 선택을 이해하고 동정과 연민을 보내는 것조차 힘겨워하고 있을 때였다. 그 바람에 그는 오히려 열아홉 해 전보다 더한 고통으로 가슴을 움켜잡았다. 그때 그 하인 놈이 한 번 더 채근했다.

"어떻습니까? 가서 무어라고 말씀 올릴깝쇼?"

"참 잘 지었다……."

그가 겨우 그렇게 대답하는데 무언가 비릿한 덩이가 울컥 목구 멍을 치밀어 왔다. 무심결에 뱉고 보니 열아홉 해 전 그때와 똑같 이 시뻘건 핏덩이였다.

노진이 그에게 그 시를 보낸 것은 그의 재주를 시기해서였다는 말이 있다. 민담(民譚)은 스스로 공령시는 관서에서 으뜸이라고 으 스대던 노진이 그가 관서 지방을 휩쓸고 다니는 걸 못마땅히 여겨 내쫓으려고 그 시를 지어 보냈다고 한다. 그 시를 노진이 지었다는 것도 틀렸지만, 노진의 속셈을 그같이 속되게 풀이한 것 또한 아 무래도 너무 심한 것 같다.

어쨌든 — 노진과의 그 일 이후 관서 땅을 떠난 그는 그 후 죽 을 때까지 두 번 다시 그 땅에 발을 들여놓지 않았다.

30

관서 지방을 떠나면서 그가 가슴 깊이 불안해한 것은 다시는 시를 쓰지 못할지도 모른다는 것이었다. 나는 시를 잃어버렸다 — 실제로도 그는 스스로 그렇게 단정하고 그 뒤 두어 해를 미친 듯한 농지거리와 기행(奇行)으로만 흘려보냈다.

하지만 그는 어찌할 수 없는 시인이었다. 변용을 거듭하면서도 시는 어느새 그의 한 중요한 존재양식이 되어 있었다. 관서에서 받은 충격이 가라앉고 나이도 불혹(不惑)을 넘어서자, 여지없이 메말라 버렸던 것 같던 그의 시심(詩心)이 다시 조금씩 샘솟기 시작했다. 의식 깊은 곳을 일렁이던 불안에도 불구하고, 그의 시는 어느새 세 번째의 변용을 겪고 있었다.

그 시기 그의 시는 관조(觀照)와 자기 침잠(自己沈潛)을 주된 정조(情調)로 삼고 있었다. 제일기의 호방하고 화려한 시상 전개에 따른 감정의 과장이나 제이기의 풍자와 비판 뒤에 숨은 세상에 대한 악의는 가라앉고 무디어져 더는 시의 전면으로 나서는 법이 없었다. 대신 이번에는 인간의 외롭고 고단한 삶 전체를 향한 따스한 연민과 이해가 그의 정서를 이끌어 나갔다. 시의 형식도 기교도 변했다. 제이기에서 보여 준 파격(破格)의 열정은 식고, 기교 면에서도 기발함이나 재치에 이전 같은 집착은 보이지 않았다.

찬 소나무 아래 외딴 주막 안
한가롭게 누웠으니 딴 세상 사람 같네.
가까운 골짜기에서 구름과 함께 즐기고
개울가에서는 새소리 이웃한다.

시끄러운 세상일로 어찌 뜻을 거칠게 하리.
시와 술로 내 몸을 즐겁게 하네.
달이 뜨면 곧 옛 생각 하며
유유히 단꿈에 빠져들겠네.

「스스로 읊음」이란 제목의 이 시는 그 시기의 특징을 잘 보여 주는 것이고, 「죽 한 그릇」이란 다음의 시도 그 시기를 대표할 만하다. 오늘날까지도 널리 읽히고 있는 그 시는 대강 이러하다.

네 다리 소반 위에 죽 한 그릇

하도 맑아 하늘빛 흰 구름이 함께 비치네.

주인이여 부끄럽다 말하지 마오.

물속에 비치는 청산을 내 사랑한다오.

「거지의 시체를 보고」란 시도 절제된 감정과 아울러 버림받고
뿌리 뽑힌 삶에 대한 연민을 잘 나타낸 그 시기의 시다.

성도 알 수 없고 이름도 모를 그대.

어느 곳 산천이 고향이었던가.

아침 해에 파리 떼 썩는 몸을 뜯고

해 질 녘 까마귀는 외로운 넋 위로해 우네.

짤막한 지팡이는 죽어 남긴 유물이고

두어 홉 남은 쌀은 빌어먹던 거로구나.

바라노니 앞마을 사람들이여.

한 삼태기 흙을 날라 바람서리라도 막아 주오.

그때는 시로써만이 아니라 실천으로도 가난하고 어려운 이들
에 대한 동정과 연민을 나타내고 있다. 앞서 말한 『해장집』에는 이
런 구절이 보인다.

……그는 춥거나 덥거나 항상 흰 겹옷만 입고 다녔는데, 어떤 사람이 새로 솜옷을 지어 주었더니 마다 않고 받아 입었다. 그리고 입었던 겹옷은 둘둘 말아 어깨에 메고 가다가 길에서 추워 떠는 사람을 만나면 입고 있던 솜옷을 벗어 주고 자신은 메고 있던 겹옷을 다시 입었다…….

아마도 그 무렵의 그는 이미 어설픈 사회의식으로서가 아니라 자연의 일부로서 인간과 그 삶을 관조하고 있었던 듯하다. 그리하여 그 타고난 바 유한(有限)과 고독, 짐 지고 가야 할 피로와 슬픔에 대한 가슴 저린 공감과 연민이 그 같은 형태로 표현되었음에 틀림이 없다.

그의 시와 삶이 어찌해서 그런 형태로 변해 갔는지를 캐 보기는 크게 어렵지 않다. 그러나 번번이 깊이 모를 사람의 의식을 추적해 정연한 논리로 보여 준다는 것은 피곤하기도 한 노릇이려니와 듣기에도 지루할 수 있다. 그저 두 번의 성격이 상이한 시를 쓴 시기를 거치면서 축적된 그의 예술적 체험과 벌써 인생의 후반으로 깊숙이 접어든 그의 나이에 따른 미의식의 변화, 그리고 세상 읽기에서의 늘어난 눈썰미 같은 것들이 그러한 변화의 바탕이 되었으리라는 짐작으로만 넘어가기로 하자. 사람은 자연에서 와 자연으로 되돌아간다는 것, 그것도 언제나 홀로 와서 홀로 돌아간다는 식의 삶에 대한 흔해 빠진 해석만으로도 관조와 자기 침잠을 한 시인이 성숙해 가는 단계의 하나로 여겨 크게 틀릴 건 없다.

31
시인과 도둑

시인이 길을 간다. 사람의 자취 끊어진 그윽한 산길을 시인이 휘얼휠 간다. 바람이 불 때는 바람에 밀리듯이, 구름이 흐를 때는 구름 따라 흐르듯이, 들꽃을 만나면 들꽃 찾아 나선 듯이, 산새가 울면 산새에 불려 온 듯이.

그는 긴 세월을 허비해 두 개의 상반된 세계와 인식을 거쳐 왔다. 쓸쓸하고 슬퍼 오히려 아름답게 보이는 유년과 불같은 젊은 날의 태반을 바쳐 먼저 그가 건너야 했던 것은 긍정과 시인(是認)의 세계였고 그 인식이었다. 그 세계에서의 삶은 이겨 살아남고 이룩하고 누리는 것이 본모습으로 상정(想定)되어 있었으며, 인식의 주류는 '지금' 이루어지는 것은 모두 옳으며 '여기' 있는 것은 모두 존중되고 유지되어야 한다는 것이었다.

그러나 그의 일생을 인도한 일탈의 별은 그를 그 같은 세계와 인식 속에 안주할 수 있도록 놓아두지 않았다. 그의 젊음도 스산하게 저물어 갈 무렵 새로운 세계와 인식이 뒤틀린 운명에 피 흘리던 그의 영혼을 사로잡았다. 억눌리고 빼앗기고 괴로움 속에 던져진 시간을 때워야 하는 목숨들의 세계와 '지금' 이루어지고 있는 일은 모두가 틀렸으며 그르고, '여기' 있는 것은 모두가 부서져 거듭나야 한다는 인식이 바로 그것이었다.

그는 어두워 더 치열한 열정으로 그 새로운 세계와 인식에 자신을 내던졌다. 하지만 그 또한 그 안에서 늙어 갈 만한 세계도 그 믿음 속에서 죽어 갈 수 있는 인식도 아니었다. 그늘 없는 양지가 어디 있고 속 없는 겉, 뒤 없는 앞이 어디 있는가. 세계도 인식도 겹이었고, 그 시비는 '지금'과 '여기'에서의 하염없는 노래에 지나지 않았다.

그 뒤 그는 한동안 적막 같은 양비(兩非)와 양시(兩是)의 세월을 보냈다. 때로는 우주와 인생을 다 이해한 것처럼 그 두 상반된 세계와 인식을 한꺼번에 꾸짖었고, 때로는 그 둘을 아울러 껴안고 아파하며 뒹굴었다. 하지만 그가 가진 것은 답이 아니었으므로 스스로도 막막했으며, 두 세계와 인식은 너무도 완강하게 등을 돌려 그는 외로웠다. 극단으로 대립되어 있는 두 세계와 인식 사이에서 중용이나 조화를 추구함은 시비의 끝이 아니라 시작이었다. 양비일 때는 어김없이 양쪽 모두가 적이 되면서도 양시일 때는 모두가 벗이 되어 주지 않았다.

그러다가 그가 새로운 기대로 찾아 나선 것이 자연이었다. 그의 적막함은 결국 사람들의 시비에 끼어든 데서 비롯되었음을 깨닫고 사람들의 마을과 저잣거리를, 어느 쪽이든 편이 되지 않으면 허전하고 불안해 못 견뎌 하는 그들의 의식을 벗어났다. 그것은 또한 세상의 시비에 상처 입고 비틀거리는 그의 시를 위한 떠남이기도 했다.

오래된 지혜는 모든 앎, 모든 아름다움, 모든 참됨, 모든 거룩함의 원형으로 곧잘 자연을 암시해 왔다. 실은 그도 그러한 옛 지혜를 따라 앎을 길렀고, 아름다움과 참됨과 거룩함을 그렇지 못한 것들과 분별해 왔으며, 시에서는 진작부터 그 흉내를 내기도 했다. 하지만 그때는 아직 자연에 이르는 오래된 길인 관조(觀照)라든가 자기침잠(自己沈潛)에는 이르지 못하고 있었다.

그런데 이제는 아니었다. 반복 학습에 의해 강요된 전범(典範)으로서의 자연이 아니라 내면의 절실한 요구에 따른, 모든 가치의 이상태(理想態)로서의 자연 속을 그는 추구하며 헤매는 중이었다. 그와 그의 시가 아울러 이르려 했고 종당에는 아마도 이른 것으로 보이는 자연에의 귀일(歸一) 내지 합일과는 여전히 멀었지만, 공리적인 효용에서 점차 떠나고 있다는 점에서는 이전의 경험과는 또 다른 세계와 인식으로 접어들고 있는 셈이었다.

계절은 이미 가을도 깊어 산기슭은 불타는 듯한 단풍으로 덮여 있었다. 만지면 묻어날 듯 파아란 하늘과 어우러진 눈부신 단풍을 바라보던 그는 그곳이 기억에 있는 곳임을 깨달았다. 아련한 유년의 어느 날에 지금은 둘 다 가고 없는 형과 아버지와 함께 넘은 적이 있는 구월산(九月山)의 한 자락이었다.

그 무엇에 이끌렸는지 그는 금강산 다음으로 자주 그 산을 찾았다. 길은 달라도 거의 해마다 들렀는데, 그해는 공교롭게도 유년의 기억이 묻어 있는 그 기슭을 지나게 된 듯했다.

산은 언제나 옛 그대로이건만 자신은 어느새 여덟 살의 아이에서 귀밑머리 희끗한 중년으로 변한 게 새삼 비감(悲感)을 불러일으켰다. 그러나 뒷사람들이 가장 감탄하는 그의 특질 중에 하나가 자신의 비참과 고통을 일순에 빛나는 시정(詩情)으로 바꾸어 놓는 기지와 해학이었다. 그날도 그는 갑작스레 밀려든 비감을 이내 한 편의 희시(戲詩)로 지워 버렸다.

지난해 구월에 구월산을 지나고(昨年九月過九月)

올 구월에 또 구월산을 지나네(今年九月過九月)

해마다 구월에 구월산을 지나니(年年九月過九月)

구월산 풍광은 언제나 구월이네(九月山光長九月)

그가 단풍 그늘에서 땀을 식히며 동음이의(同音異義)인 '구월(九月)'을 여덟 번이나 되풀이해 그런 칠언(七言) 한 구절을 읊고 있는데 으슥한 숲 속에서 누군가 거친 목소리로 외쳤다.

"이놈, 게 섰거라. 꼼짝하면 머리통을 뚫어 놓을 테다!"

218

퍼뜩 정신을 차린 그가 소리 나는 곳을 보니 화승총을 겨눈 장정을 중심으로 환도며 창을 꼬나 쥔 화적패가 천천히 그에게로 다가들고 있었다. 그런 후미진 고갯길에서 흔히 만날 수 있는 도둑 떼로 특별히 놀랄 일은 아니었다.

그가 살던 시대에는 여러 이름의 도둑 떼가 깊은 산골짝마다 득시글거렸다. 흔히 화적으로 뭉뚱그려 불리는 명화적(明火賊), 선화당(宣火黨), 녹림당(綠林黨)이 있었고, 좀 거창하게는 활빈당(活貧黨), 살주계(殺主契) 같은 옛 도당의 후인(後人)을 자처하는 무리도 있었다.

무어라 불리든 그들 대부분은 조선조 후기의 문란해진 삼정(三政)에다 가뭄과 역병으로 대표되는 재해에 희생된 유맹(流氓)들이었다. 그러나 가만히 살펴보면 그들은 크게 두 부류로 나누어졌다. 하나는 그 노리는 바가 다만 재물이며 주장하는 바도 기껏해야 도둑됨을 스스로 발명하는 것에 지나지 않는 작은 도둑이고, 다른 하나는 노리는 바와 주장하는 바가 여느 동류(同類)와는 아주 다른 큰 도둑이었다. 그리고 흔하지는 않았지만, 그런 큰 도둑 중에는 세상을 노리고 사민(四民)의 평등과 공영(共榮)을 외치는 무리도 있었다.

일생을 떠돌며 산 그에게는 그런 패거리들과의 만남이 그리 드문 일이 아니었다. 그리고 그 어느 부류이든 그가 그들과의 만남을 두려워해야 할 까닭은 많지 않았다. 이름이 항간에 알려지기 시작한 뒤는 말할 것도 없거니와, 별로 이름이 알려지지 않았던 시절에도 마찬가지였다. 본질적으로는 그들과 크게 다를 바 없는 과객인 그라 대개는 별일 없이 놓여날 수 있었다.

그런데 그날은 달랐다. 그를 덮친 패거리는 그가 삿갓과 대지팡이를 앞세우고 시인으로서의 이름을 대도 알은체를 않았고, 실은 그들과 다를 바 없이 가난하고 힘없음을 밝혀도 그대로 놓아주지 않았다. 어르고 윽박질러 그를 기어이 산채로 끌고 갔다.

그가 말로만 듣던 큰 도둑을 만났음을 직감한 것은 오봉산(五鳳山) 쪽 후미진 계곡에 자리 잡은 산채로 끌려간 뒤였다. 지키기는 쉽고 쳐들어가기는 어려운 계곡 막장 험한 곳에 제법 돌성까지 쌓아 만든 산채부터가 길 가는 나그네의 봇짐이나 터는 좀도둑 떼의 소굴과는 달랐다. 망 보기의 배치며 저희끼리의 규율도 어지간한 관아보다 엄했다.

그러나 무엇보다도 심상찮은 느낌을 주는 것은 그들의 우두머리 되는 자였다. 살갗이 희면서도 어딘가 음침한 얼굴의 그 중년 사내에게서는 흔히 그런 산채의 두령들에게서 보이는 허세나 거드름은 찾아볼 수 없었다. 짐승의 털가죽을 덮은 교의(交椅) 따위도 없고, 호위하는 졸개도 없이 토막 안 짚방석에 앉아 있다가, 떠들썩한 보고를 듣고서야 가만히 뜰로 나왔다. 크지 않은 키에 근골도 크게 힘을 쓸 수 있는 사람 같지는 않았다.

그런데도 놀라운 것은 졸개들이 보여 주는 우러름의 자세였다. 그가 나서자 백 명이 넘는 범 같은 장정들이 일시에 굳은 듯 서서 공손히 두 손을 모았다.

그는 표정 없는 얼굴로 가만히 시인을 살폈다. 볼을 찔러 오는 듯한 강렬한 눈빛이 까닭 모르게 시인을 압도해 왔다. 그러나 한편으로는 그의 생김과 거동 어디에선가 짙게 밴 먹물 기가 있어 시인을 다소간 안도하게 했다.

"나는 가진 것 없는 길손이오. 앗아 가 봤자 두령께는 아무런 쓸모없는 목숨뿐이니 그냥 보내 주시오."

시인이 먼저 그렇게 입을 떼자, 곁에 있던 졸개들이 험한 눈길로 주의를 주었다.

"두령이 아니라 제세선생(濟世先生)이시다. 우리를 하찮은 화적 패로 보고 선생님을 망령되이 부르면 용서치 않으리라!"

그러는 졸개들의 목소리가 꽤나 높았으나 제세선생이라 불리는 그 두령의 귀에는 아무 소리도 들리지 않은 듯했다. 그대로 한동안을 그윽이 시인만을 바라보다가 가만히 고개를 저으며 말을 받았다.

"우리 젊은 동무들이 멀리까지 나가 길목을 지키는 것은 다만 재물을 바라서만은 아니다. 때로는 목숨을 거두기 위해서도 나간다."

나지막하면서도 뒷골에 찬바람이 이는 듯한 느낌을 주는 목소리였다. 시인이 섬뜩한 가슴으로 물었다.

"남의 목숨을 앗아 어디에 쓰려는 것이오?"

"쓰임이 있어서가 아니라 쓸데없으면서도 세상의 물자를 축내는 목숨을 줄이려 함이다."

"어떤 목숨이 그런 쓸데없는 목숨이오?"

"일하지 않고 먹는 자, 생산하지 않고 쓰는 자다. 그대에게 묻 겠다. 그대는 들에 나가 일하는가? 스스로 먹을 것은 스스로 거 두는가?"

그 같은 물음에 시인은 벌써 그 우두머리가 어떤 종류의 사람 인지 알 듯했다. 산속 깊숙이 들어앉아 있어도 장안 저잣거리에 선 것이나 다름없는 사람, 시인이 오래전에 지나온 시비의 한 극단 에 자리 잡은 정신을 뜻 아니 하게 만난 것이었다.

시인은 문득 치솟는 야릇한 호기심으로 그를 살펴보았다. 그 표정의 깊은 물속 같은 고요함이 오랜 세월에 걸쳐 닦아 온 자신 의 이념에 대한 확신을 싸늘하게 내비치고 있었다. 그게 까닭 모 르게 오기를 건드려 시인을 정직하게 만들었다.

"아니오. 나는 오랫동안 들에 나가 일하거나 무얼 거두어 본 적 이 없소."

"그러면 그대는 베를 짜는가? 그 베로 남을 따뜻하게 해 주고 밥을 빌어먹는가?"

"그렇지도 않소. 나뿐만 아니라 이 나라의 남자는 아무도 베 를 짜지 않소."

"묻는 말에만 대답을 하라. 그러면 그대는 공장(工匠)인가? 후 생(厚生)에 이용되는 도구를 벼리거나 만들 줄 아는가?"

"그렇지도 않소. 나는 녹로나 풀무 곁에 앉아 본 적조차 없소."

"가진 봇짐으로 보아 재화를 고루고루 나누어 주고 이문을 뜯어먹는 장사치도 아닌 듯하고 생김을 보니 백정도 아니겠다. 그렇다면 그대는 바로 선비겠구나."

"그렇지도 못하오. 벼슬을 해 그 녹을 사는 대부(大夫)를 꿈꾼 적도 없고 학문으로 빌어먹는 사(士) 되기를 바라지도 않았으니 선비라고도 할 수 없을 게요."

시인의 대답이 거기에 이르자 갑자기 두령의 목소리가 차고 매서워졌다.

"어쨌든 너는 일하지 않고 먹고, 생산하지 않으면서도 쓰는 자다. 우리가 목숨을 앗으려 하는 것은 바로 너 같은 도둑이다."

진작부터 예상해 온 진행이라 시인은 그대로 준엄한 선고가 될 수도 있는 그의 말에도 놀랍지가 않았다. 오히려 덜된 양반을 상대로 골계(滑稽)라도 던지는 심경이 되어 물었다.

"구차하게 목숨을 빌기 위해서가 아니라 궁금해서 묻는 것이니 대답해 주시오. 그럼 선생은 무얼 생산하시오? 무얼 생산하시기에 살아서 먹고 입고 쓰실 수가 있소?"

"나는 민초들이 믿고 의지할 꿈을 생산했고, 참고 기다릴 앞날을 생산했다. 그리고 장차는 보다 나은 세상을 생산하려 한다."

"그렇다면 나도 생산하오. 나는 시(詩)를 생산했소."

"시를 생산했다고?"

"선생 같은 분에게 시 그 자체가 바로 생산이라고는 말하지 않겠소. 그러나 꿈도 생산이 되고 기대도 생산이 될 수 있다면 시도 생산이 될 수 있을 것이오. 시도 꿈과 기대를 생산할 수 있기 때문이오. 하지만 보다 나은 세상을 생산하기 위해서는 어쩌면 훨씬 더 많은 것이 필요할지 모르겠소. 꿈과 기대 외에 다른 감정들도. 그런데 그 같은 감정의 생산에는 시도 유용한 도구일 수가 있소."

시인의 짐작대로 제세선생은 먹물 출신임에 틀림없었다. 선비로서 어느 정도의 성취를 이룬 뒤에 그 길로 접어들었는지는 알 길이 없었으나, 적어도 시의 외면적인 효용은 알고 있었다. 다시 한동안 말없이 시인을 살피다가 물었다.

"보다 나은 세상을 생산하기 위해서는 더 많은 것이 필요하다. 좋다. 그럼 그대는 시를 통하여 공포와 무력감을 생산할 수 있는가?"

"아마 그럴 수 있을 것이오."

"용기와 믿음도 생산할 수 있는가?"

"그것도 될 것이오."

"그렇다면 너는 생산하는 자다. 살아서 입고 먹고 쓸 수 있다. 그러나 여기에 남아 우리를 위해 생산해야 한다. 공포와 무력감은 우리의 적들을 위해 생산하고, 용기와 믿음은 이곳의 동무들과 산 아래의 우리 편을 위해 생산하도록 하라."

시인은 물론 그가 무엇을 원하는지 알아들었다. 어떤 이는 그걸 공리적 효용이라 말하지만 시인은 이미 세속적 효용으로 치부하여 내던진 시의 한 기능을 그 큰 도둑은 지금 자신의 최종적인 생산을 돕는 데 쓰고자 하고 있었다. 그런데도 시인은 왠지 불현듯한 의욕을 느꼈다. 비록 한때 민중 시인으로 떠들썩하게 저잣거리를 휘젓고 다닌 적은 있지만 시의 그 같은 효용은 속속들이 시험해 보지 못한 까닭이었다. 그때의 시는 기껏해야 가진 자, 누리는 자를 빈정거리거나 비꼬고 웃음거리로 만들었을 뿐 두려워 떨게 하지는 못했다. 가난하고 약한 이들에게도 그랬다. 그저 하염없는 동정과 연민을 보내었을 뿐, 용기와 믿음으로 새 세상을 열려고 떨쳐 일어나게 하지는 못했다.

'어쩌면 나는 그때 그 세계와 인식의 껍데기만을 훑고 지나쳤는지 모른다. 나는 부정과 거부의 열정에는 충실했지만, 그 세계와 인식의 핵심은 거기에 있는 것이 아니라 오히려 내가 소홀히 했던 파괴와 재창조의 의지에 있는지도 모른다. 낡고 부패한 세상을 무너뜨리고 살기 좋은 새 세상을 여는 것? 만약 나의 시가 그 일의 한 모퉁이라도 맡아 낼 수 있다면 그것은 큰 쓰임이다. 그리고 그 같은 큰 쓰임은 내가 지금 자연 속에서 찾고자 하는 몽롱한 그 무엇에 갈음될 수 있을지도 모른다……'

시인은 그렇게 때늦은 기대까지도 품어 보았다. 하지만 시인에게는 그 큰 도둑이 요구하는 생산을 약속하기 전에 먼저 풀어야할 궁금증이 있었다.

"자발적인 회개를 생산해 보는 것은 어떠하시겠소? 위로부터 스스로 고쳐 나갈 의지를 기르게 하는 것은? 그런 것들을 생산하여 선생의 적들에게 나눠 준다면 힘들고 험한 싸움 없이도 보다 나은 세상을 만들 수 있지 않겠소?"

시인이 조심스레 그렇게 묻자 제세선생이 처음으로 안색을 바꾸었다.

"그런 것들을 생산해서는 안 된다. 그것들은 생산하기 힘들 뿐만 아니라 생산해 봤자 아무 소용없다는 것은 지난 수천 년의 세월을 통해 이미 밝혀진 바다. 언제 가진 것들, 힘 있는 자들이 스스로 회개하고 고쳐 나갔느냐? 세상이 열리고 수천수만 년, 조금씩이라도 고쳐지고 나아졌다면 세상이 어찌 아직도 이 모양이겠느냐? 그들은 다만 더 버틸 수 없을 때에야 비로소 고쳐 나가는 척해 왔을 뿐이다. 아침에 세 개 주고 저녁에 네 개 주던 도토리를 아침에 네 개 주고 저녁에 세 개 주는 걸로 바꾼다고 배고픈 원숭이들에게 무엇이 달라지겠느냐?"

"반드시 그렇지만은 않을 듯싶소. 예를 들면 공자나 맹자 같은 이의 생산은 틀림없이 세상의 실질도 고쳐 나갔소. 그들은 힘없고 가난한 이들에게 참고 고개 숙이기를 가르치기도 했지만, 힘세고 가멸한 자들에게 스스로를 돌아보고 고쳐 나가도록 권하기도 하지 않았소? 그리하여 그들의 생산이 존중받던 시절에는 세상도 분명히 그전보다 나아지지 않았소?"

"그래서 나는 그들 높은 갓 쓰고 긴 수염 기른 선비들을 미워한다. 그것들은 공맹(孔孟)을 치켜세우며 이천 년을 보냈지만 과연 세상이 얼마나 나아졌느냐? 공맹의 생산은 다만 그 개 같은 선비들이 힘 있는 자에게 빌붙는 길로 이용되었을 뿐이다. 그것들은 민초 사이에 있을 때는 제법 그럴듯한 말로 왕도(王道)를 논하고 다스리는 이의 인의(仁義)를 따지나, 한 번 조정에 들면 그 하는 짓은 오직 각기 그 주인을 위해 짖어 대는 개와 다름없었다."

제세선생은 격한 어조로 그렇게 받더니 칼로 베듯 말을 받았다.

"우리는 이제 더 기다릴 수 없다. 힘센 자들과 가진 축이 스스로 뉘우치고 고쳐 갈 수도 있다는 것, 그래서 세상은 혁명 없이도 나아질 수 있다는 주장이야말로 어쩌면 이 세상이 지금 이대로 충분히 훌륭하다고 믿는 것보다 우리에게 더 해로울 수도 있다. 얼마나 기다려 온 우리냐? 그런데 아직도 그 가망 없는 주장에 홀려 더 참고 기다려야 한다는 것이냐?"

그때 시인이 아무런 저항 없이 그 산채에 남아 두 철이 넘도록 그 기이한 생산에 자신의 시를 바칠 수 있었던 까닭에 대해서는 여러 가지 설명이 있을 수가 있다. 아직은 함부로 던져 버리고 싶지 않은 목숨이 그 까닭이었을 수도 있고, 제세선생의 논리가 한 신선한 충격이 되어 일으킨 산 아래 사람들의 세상에 대한 새로운 관심 탓이었을 수도 있다. 하지만 가장 중요한 것은 아마도 한 시인으로서의 호기심이었을 것이다.

기실 시인에게는 제세선생이 신념으로 제시한 시의 자리와 쓰임이 그리 낯선 것도 새로운 것도 아니었다. 그러나 한 시론(詩論)을 구체적인 상황에 적용하고 관찰함으로써 그 진정성을 확인해 볼 기회를 갖는다는 것은 시인에게 함부로 포기할 수 없는 매력이 될 수도 있었다. 어쨌든 시인은 도둑들의 산채에 남았고, 기꺼이 시를 그들의 용도에 바쳤다.

곧 겨울이 오고 산채는 두터운 눈 속에 파묻혔다. 눈 때문에 크게 무리를 지어 산채를 내려가기도 나쁘고, 오가는 길이 끊겨 고갯마루 길목을 지키는 일도 생기는 게 없었다. 정탐을 위해 은밀히 가까운 고을을 나다니는 발 빠른 장정 몇과 높고 사방이 트인 산채 뒤 봉우리에서 망을 보는 한둘을 빼고는 모든 식구가 산채에 웅크린 채 긴 겨울을 보냈다.

제세선생이 생산하여 그들 모두에게 나누어 준 꿈은 생각보다 훨씬 원대하면서도 세밀했다. 공화(共和) 대동(大同) 정전(井田) 균수(鈞輸) 따위 오래된 이상과 제도들로 정교하게 짜인 세상이 바로 그 꿈에 바탕해서 생산하려는 보다 나은 세상이었는데, 그대로 될 수만 있다면 더할 나위가 없이 좋은 세상이 될 듯싶었다.

게다가 얼른 보기에는 그 생산의 방식과 과정도 실제적이고 일관되게 구성되어 있었다. 먼저 물고기가 놀 물을 마련하고, 다음에는 그 물에 물고기를 길러 늘리며, 마지막으로 뭍에 올라가 낡은 세상을 쓸어버린다는 것으로, 이미 그들은 첫 번째 단계에 올라선 뒤였다. 본거지는 그대로 구월산에 두되, 인근의 고을들을 들이쳐 나라의 다스림이 미치지 못하는 곳을 넓힘으로써 그들이 놀 물을 되도록이면 넓혀 둔다는 단계였다.

제세선생이 맨 먼저 나라의 다스림이 미치지 못하는 구역으로 삼으려 노리고 있는 곳은 신천(信川)이었다. 그는 봄이 되는 대로 그곳 관아를 들이쳐 인뚱이를 빼앗은 뒤 버틸 수 있을 때까지 버티면서 고을 전체를 위압해 뒷날에도 그들이 놀 수 있는 물을 만들어 두려 했다. 경사(京師)의 관군이 내려와 다시 고을을 내주고 산채로 물러나더라도 그 고을의 인민들은 한 번 자기들을 다스린 적이 있는 세력을 쉽게 무시하지 못할 것이기 때문이었다.

제세선생과 그의 젊은 동무들이 이듬해 봄을 위해 스스로를 다그치고 단련하는 동안 시인도 그들에게 약속한 시를 생산하는 데 전념했다. 주제가 결정돼 있고 목적이 뚜렷한 그러한 종류의 생산은 어쩌면 그 이전에 경험한 어떤 생산보다 쉬웠을 것이다. 그가 고심해야 되는 것은 어휘의 선택이나 운율의 조정 따위 기교의 문제로만 축소되기 때문이었다.

오래잖아 시인의 생산이 쏟아지기 시작하고 제세선생은 그중에서 자신의 생산을 가장 효율적으로 도울 수 있는 것들만 골라미리 정해 둔 대로 분배했다. 산채의 젊은 동무들은 동짓달로 접어들면서부터 새로운 노래들로 적개심을 높이고 용기와 믿음을 길러 갔다. 그때 시인이 그들의 노랫말[歌辭]로 생산한 시는 그 뒤거의가 산일되었으나 더러는 아직도 전해지고 있다.

구월산에 눈 내린다.

창칼을 들어라, 출전이다.

원수의 칼날에 쓰러진 동무여.

그 원수는 내가 갚으리.

높이 올려라, 의(義)의 깃발을

그 밑에서 싸우다 죽으리라.

비겁한 자여, 갈 테면 가라.

우리들은 이 깃발을 지킨다.

원수와 싸우다가 목숨을 던진

우리의 죽음을 슬퍼 말아라.

흘린 피 방울방울 꽃송이 되어

살기 좋은 세상으로 피어나리라.

시인이 생산한 또 한 갈래의 노래는 몰래 산 아래 고을을 정탐 가는 젊은 동무들에 의해 그곳의 적들에게 전해졌다. 그러나 적들이 부르는 노래로서가 아니라 듣게 되는 노래로서였다.

정월달에 접어들면서 신천 고을에는 전에 들어 보지 못한 괴이한 노래들이 퍼졌다. 젊은 종놈은 쇠여물을 썰면서 웅얼거렸다.

저문 날 등불 걸고 여물을 썬다.

나뭇짐 물지게에 무거운 팔다리로

싹둑싹둑 썬다, 여물을 썬다.

부자 놈들 흰 손목을 작두로 썬다.

탐관오리 굵은 목을 싹둑싹둑 썬다.

백정은 버둥거리는 돼지에 올라타고 그 멱을 따며 신명 나게 불러 제쳤다.

　　오늘은 너희를 위해 돼지를 잡는다만
　　너희 부른 배를 더 불리기 위해
　　주린 배를 움켜잡고 돼지 멱을 딴다만
　　언젠가는 이 칼로 너희 멱을 따리라.
　　기름 껴 두터운 그 배때기를 도리리라.

　늙은 작인(作人)의 아낙도 밤새워 길쌈을 하다 말고 난데없는
김매기 타령을 한 가락 뽑아냈다.

　　어화, 동무들아 김매러 가세.
　　가라지 도꼬마리 매자기 어수라지
　　밭곡식 아니어든 모두 뽑아 태우세.
　　밭은 그렇다손 세상 김은 누가 매나.
　　양반 나리 부자 나리 누가 모두 없애 주나.
　　바이 걱정 마소. 구월산이 있지 않나.
　　구월산 동무들이 세상 김을 매 준다네.
　　양반 없고 부자 없는 좋은 세상 만든다네.

　제세선생이 알아본 바로 시인의 생산은 매우 효과가 있었다. 새
세상을 만들 열정에 들뜬 산채의 젊은 동무들은 봄이 더디 오는

것을 한탄했고, 더러는 제세선생을 찾아와 눈 속의 출진을 졸라
대기도 했다. 그들은 한결같이 원수를 향한 불타는 증오심과 목숨
을 돌보지 않는 용기와 승리에 대한 확고한 믿음으로 충만해 있었
다. 노래 속에서 죽이고 노래 속에서 죽고 노래 속에서 이기는 것
만으로는 성에 차지 않아 했다.

산 아래 고을에서의 효과도 대단했다. 아무리 아랫것들 사이에
서 은밀하게 불리는 노래라지만 윗사람들 중에도 귀 밝은 이는 있
게 마련, 정월도 가기 전에 신천 고을의 양반과 부자들에게는 물
론 관아에까지 그 노래는 흘러 들어갔다. 그 엄청나고 끔찍한 내
용에 놀란 부사(府使)는 사람을 풀어 내막을 캐는 한편 엄하게 그
노래들을 금지시켰지만 소용없었다. 노래는 막을수록 훨씬 더 빨
리 퍼져 나갔고 뒤따라 공포와 무력감이 무슨 모진 염병처럼 번
졌다. 겁을 먹은 부자와 양반들 중 더러는 아예 짐을 싸 성벽이 높
고 든든한 인근의 큰 성읍(城邑)이나 임금과 경군(京軍)이 있는 서
울로 옮겨 앉기도 했다.

그 같은 생산의 효용 덕분에 시인은 산채에서 군사(軍師)나 막
빈(幕賓)에 못지않게 귀한 대접을 받았다. 한동안은 차고 엄하기
만 하던 제세선생도 누그러져 마침내는 시인을 참된 동무로 받아
들여 주었다. 그러나 시인은 그 어느 것도 기쁘거나 즐겁지 않았
다. 자신 없는 시권(試券)을 내고 과장(科場)을 나서는 선비의 그것
과 흡사한 불안감과 초조함만이 그 겨울을 난 정서의 전부였다.

이윽고는 언제까지고 끝날 것 같지 않던 겨울도 가고 봄이 왔다. 앞뒤 산에 첩첩이 쌓였던 눈이 녹으면서 산 아래로 길이 열리고 막혀 있는 먼 데 소문도 전해져 왔다. 삼월에 접어들면서부터 이따금씩 걸려드는 길손들에 따르면 삼남(三南)은 민란이 일어 시끄러웠고, 관북(關北)에는 괴질이 돌아 민심이 흉흉하다는 내용이었다.

겨우 산 아래로 내려갈 수 있을 만큼 길이 열리면서부터 시작된 젊은 동무들의 성화를 억지로 누르고 있던 제세선생도 그와 같은 소문들이 거듭 확인되자 출진을 결정했다. 춘궁기를 기다려 시끄러운 지방이 더 많아지면 움직이려 했으나 들리는 소문만으로도 이미 넉넉하다는 판단이 선 듯했다.

산채의 젊은 동무들이 고대하고 고대했던 출전의 날이 왔다. 겨울 동안 벼린 창칼과 쌓은 훈련, 그리고 시인이 생산해 준 용기와 믿음으로 단단히 무장한 삼백 가까운 병력은 삼월 삼짇날을 출진의 날로 받아 진작부터 노려 오던 신천으로 밀고 내려갔다. 전에도 여러 번 고을을 들이쳐 재미 본 적이 있을 뿐만 아니라, 준비도 그 어느 때보다 세밀해 그들의 기세는 그지없이 드높았다.

"창칼을 들고 싸우지는 못하겠지만, 그대도 가야 한다. 가서 그대의 생산을 확인하고 뒷날의 보다 효용이 큰 생산을 준비하라."

제세선생이 그같이 권해 시인도 그들 무리의 뒷줄에 섰다. 살육하고 파괴하는 그 자체는 시인의 몫이 아니었으나, 그에게도 불안한 대로 자신의 생산을 확인하고 싶은 마음은 있었다. 어쩌면 자신을 몽롱한 자연으로부터 결별시켜 확실한 시비의 세계, 사람들의 거리와 마을로 되돌릴 계기가 될지도 모른다는 기대까지도 품었는지 모를 일이었다.

한낮에 산채를 떠난 그들은 다음 날 새벽녘에 신천 고을 뒷산에 이르러 거기서 하루낮을 쉬었다. 밤새 걸은 피로를 씻은 다음 다시 어둡기를 기다려 불시에 관아를 들이칠 작정이었다.

그런데 거기서 벌써 차질이 났다. 그들은 전 같으면 숲 속에 죽은 듯 숨어 날이 저물기를 기다렸겠지만 그날은 그렇지가 못했다. 제세선생의 생산에 시인의 생산이 더해져 그들이 당연히 유지했어야 할 조심성을 줄여 버린 까닭이었다. 그리하여 그들의 실세(實勢)와는 무관하게 관념적으로만 생산된 근거 없는 자신감으로 그들이 숨어 있던 산골짜기는 공연히 웅성거렸고, 그 기척은 나무꾼과 이른 봄나물을 캐러 나온 아낙들에게 감지되어 그날이 저물기 전에 이미 관아에 알려지게 되고 말았다. 피로하더라도 그 새벽에 그대로 관아를 들이치는 것보다 훨씬 못하게 되고 만 셈이었다.

시인이 생산해 적들에게 내려 보낸 공포와 무력감도 반드시 제세선생이 기대한 대로의 효과를 낸 것은 아니었다. 고을의 가진 자들과 벼슬아치며 아전바치들 가운데는 그 겨우내 어디선가 흘러든 섬뜩한 노래들과 상민들 사이를 떠도는 심상찮은 분위기에 겁먹은 자들이 많이 있었다. 그리고 또한 틀림없이 그것은 구원을 바라기 어려운 썩은 중앙정부 때문에 무력감과 패배감으로 자라

234

가기도 했다. 도성이나 방어사(防禦使)가 지키는 큰 성안으로 옮겨 앉은 자들의 심리가 바로 그랬다.

하지만 지킬 게 너무 많아 아무래도 자신의 땅을 버리고 떠날 수 없는 자나 어떤 연유에서건 결국은 그 사회 그 체제와 운명을 같이할 수밖에 없는 자들은 달랐다. 곧 방어 본능이 되살아난 그들은 이제는 감정으로서가 아니라 생존을 위한 처절한 결의로 그 예사 아닌 도둑 떼의 내습에 대비했다.

그들은 그동안 버려두었던 녹슨 무기들을 꺼내 손질하고 무너진 성벽을 수리했다. 불만에 찬 향무(鄕武)들을 다독거려 다시 자신들의 칼로 기능하게 달래 두었고, 철 이른 기민(饑民)까지 먹여 양민들의 흔들림도 어느 정도 막아 두었다. 거기다가 조심성 없는 행군 때문에 도둑들의 동정까지 미리 전해지니 고을의 대비는 더욱 튼튼해져 그야말로 철통같았다.

이경 무렵 제세선생 패거리가 어둠을 헤치고 산을 내려가 보니 관아에는 횃불이 대낮같이 밝고 원래 있던 역졸(驛卒) 토병(土兵)에 적잖은 인근의 장정이 가세해 수백이 넘는 군사가 관아를 에 워싼 채 진을 치고 있었다. 그 뜻밖의 사태에 제세선생이 알 수 없다는 듯 물었다.

"저게 어찌 된 일인가?"

알 수 없기는 시인도 마찬가지였다. 어떤 썩은 체제라도 어쩔 수 없이 지켜야만 하는 자들이 있다는 것, 그리고 그들에게는 공포가 오히려 절망적인 용기와 결의를 이끌어 낼 수도 있다는 것

235

— 아무리 시인이라지만 어떻게 그런 미묘한 이치를 한순간에 알아낼 수 있겠는가. 하지만 그때까지도 제세선생은 그 같은 사태를 자기편에 유리하게만 해석했다.

"저것들이 마지막 발악을 하고 있다. 허장성세(虛張聲勢)에 속지 마라."

제세선생이 그렇게 영을 내리자 아직도 자기들의 노래에 취해 있던 젊은 동무들은 기세도 좋게 그 어림없는 공격에 들어갔다. 함성과 함께 화승총에 불을 댕기고 창칼을 휘두르며 밀고 들 때까지는 좋았으나 결과는 참담했다. 관아 담벼락에 이르기도 전에 벌써 여남은 명의 동무들이 화살에 다치고, 담벼락에 이르러서는 다시 지키던 군졸들의 창칼에 앞선 여남은이 짚단처럼 쓰러졌다.

거기다가 그들의 패배를 한층 결정적으로 만든 것은 그들 자신의 질적인 변화였다. 미래에 대한 전망도, 보다 나은 세상에 대한 환상도 없던 시절의 그들은 용감했다. 자포자기적인 흉포성과 막연한 울분에 차 있던 무식한 산도둑 떼에 지나지 않던 그들은 그런 싸움에서 물불 가리지 않고 내달았으나, 제세선생의 이치와 시인의 감정으로 겨우내 세례받은 그때는 달랐다. 이치를 따지게 됨으로써 스스로의 목숨까지 따지게 되었고, 시인의 생산으로 감정을 다스리는 동안 어느새 문약(文弱)이 스며든 것이었다. 그 겨울 내내 말로 너무도 많은 부자와 탐관오리를 죽여 와 그동안에 얻은 대리 만족도 전 같은 용감성을 이끌어 내는 데는 방해가 되었다.

"젊은 동무들, 어찌 된 일인가? 지난날의 용기와 투지는 어디로 갔는가?"

한바탕 싸움에서 형편없이 져서 쫓겨 온 패거리를 보고 제세선생이 불안을 감추지 못하며 물었다.

"적이 너무 강합니다. 산채로 돌아가 힘을 더 기른 뒤에 쳐야겠습니다."

젊은 동무들은 그렇게 이치로 대답했다. 이미 겁먹은 눈치가 완연했으나 한사코 그것만은 부인하려 들었다.

"모두 달려 나가 죽으라면 죽겠습니다. 하지만 그리되면 새 세상은 누가 엽니까? 도탄에 빠진 저 민초들은 누가 구합니까?"

그러는 사이 관아 근처에는 적잖은 백성들이 몰려나와 있었다. 제세선생은 문득 그들에게로 기대를 옮겨 소리쳤다.

"여러분 무얼 하고 계시오? 우리를 도와 썩은 벼슬아치들과 조정을 몰아내고 새 세상을 엽시다! 여러분이 주인 되는 나라를 만듭시다!"

하지만 백성들의 반응도 기대와는 전혀 달랐다. 전에는 드러내 놓고 돕지는 못해도 은근히 편들어 주던 그들이었다. 거기에 제세선생과 시인의 생산이 더해졌으니 이제는 당연히 팔 걷어붙이고 나서야 하건만 그렇지가 못했다. 그들도 이미 감정과 이치로 배불러 있었다. 그 겨우내 노래 속에서 그 미운 양반 놈들과 벼슬아치들을 수없이 먹을 따고 배를 가른 뒤라 실제로 칼을 들고 일어날 마음은 전보다 오히려 줄어 있었다. 대신 구경꾼 심리만 발달해 오히려 멀찍이서 눈만 멀뚱거리며 이제 또 어떤 재미난 일이 벌어

지나 기다리고 있을 뿐이었다.

제세선생은 거기서 거의 젊은 동무들을 내몰 듯하여 한 번 더 관아로 돌진했지만, 백성들의 가담이 없는 한 머릿수부터가 모자랐다. 다시 여남은 명을 잃고 그사이 자신감을 되찾은 관군에게 오히려 쫓겨 십 리나 물러나서야 겨우 대오를 수습했다.

"이제는 하는 수가 없구나. 외딴 부잣집이나 털어 산채로 돌아가자. 가서 더 힘을 기른 뒤에 뒷날을 도모하리라!"

제세선생은 그렇게 방향을 바꾸었다. 하지만 그쪽도 뜻 같지가 못했다. 겁을 먹고 대처로 나가 버린 부자들의 집에서는 쌀 한 가마 비단 한 자 제대로 남아 있지 않았고, 움직이기에 너무 몸이 큰 부자들은 또 그들 나름대로 대비를 해 놓고 있었다. 건장한 머슴들을 수십 명씩 배불리 먹여 파수 보게 하는 한편 인근의 소작인들에게도 연통을 놓아 그들이 저택을 에워쌌을 때는 그 방비가 관아에 못지않았다. 거기다가 잘 닫는 말을 여러 필 놓아 가까이 있는 다른 부잣집이며 관아에 구원을 청하니 도무지 어찌해 볼 수가 없었다.

한 군데 부잣집에서 허탕을 치고 또 다른 외딴 부잣집을 찾아 나서면서 제세선생이 탄식처럼 물었다.

"어째서 저것들까지 맞서 싸울 생각을 하게 됐을꼬……?"

"어차피 물러날 곳이 없는 까닭이 아닌지요. 우리의 노래가 그걸 일깨워……."

시인이 쓸쓸한 목소리로 말끝을 흐렸다.

그들이 두 번째로 덮친 부잣집은 첫 번째 집보다 규모가 작고 지키는 사람의 머릿수도 적었다. 구원을 청하는 말이 빠져나간 것은 앞서와 마찬가지였지만, 담 안에서 날아오는 화살의 수나 횃불의 밝기로 보아, 젊은 동무들이 조금만 더 거칠게 밀어붙였으면 관군이 오기 전에 털어 갈 수도 있었다.

하지만 두 번이나 져서 쫓긴 뒤라서 그런지 그들은 그 허술한 담조차 넘지 못했다. 함성만 요란하고 저희들끼리의 목소리나 높을 뿐, 막상 돌진을 하다가도 화살 수십 대만 날아오면 허둥지둥 물러나고 마는 것이었다.

"틀렸다, 물러나라!"

마침내 단념한 제세선생이 괴로운 듯 소리쳤다.

그들이 모든 추격을 따돌리고 산채로 접어드는 산기슭에 이르렀을 때는 날이 훤히 밝아 오고 있었다. 한 군데 후미지고 바람 없는 산자락에 밤새껏 소득 없는 싸움에 다치고 지친 무리를 쉬게 한 제세선생은 자신도 넓적한 바위 위에 자리 잡고 앉았다. 이어 두 눈을 질끈 감는 것이 무슨 깊은 생각에라도 잠겨 드는 모습이었다.

알지 못할 불안에 이끌린 듯 제세선생 곁으로 간 시인은 그런 그를 가만히 바라보며 서 있었다. 무거운 정적 속에 한식경이나 지났을까, 이윽고 눈을 뜬 제세선생이 문득 시인을 돌아보고 말했다.

"그대는 이제 떠나도 좋다. 애초에 그대가 약속한 생산은 반드시 지켜진 것은 아니었다. 그러나 적어도 목숨을 부지하고 떠날 수 있는 생산은 틀림없이 했다. 그게 무언지 아는가?"

"……."

"혁명을 꿈꾸는 자들에 대한 경고다. 무릇 혁명하려는 자는 실질 없는 혁명의 노래가 거리에서 너무 크게 불려지는 걸 경계하여라. 온 숲이 다 일어나야 날이 새는 것이지, 일찍 깬 새 몇 마리가 지저귄다 해서 날이 새는 것은 아니다."

"……."

"오히려 일찍 깬 그들의 소란은 숲의 새벽잠을 더 길고 깊게 할 수도 있다. 선잠에서 깨났다가 다시 잠들게 되면 정말 날이 새도 깨나지 못하는 법."

그러면서 번질거리는 두 눈을 소매로 씻은 제세선생이 차갑게 덧붙였다.

"어서 떠나거라. 이번 실패의 연유를 그대에게 전가할 유혹이 일기 전에."

시인이 다시 길을 간다. 사람의 자취 끊어진 그윽한 산길을 시인이 휘얼휠 간다. 세상 시비의 먼지 툭툭 털며, 구름처럼 바람처럼 들꽃처럼 산새처럼.

32

그 뒤 그의 시는 어떻게 변해 갔을까. 그의 시도 그의 몸과 더불어 서서히 늙음과 죽음을 향해 다가갔을까. 그 뒤 그가 남긴 시에 관해 이렇다 할 구전(口傳)이나 기록이 없는 것은 그 쓸쓸한 스러짐을 그토록 해학과 기지에 넘치고 분방과 처연함을 아울러 보여 주던 그의 삶 끄트머리에 얹기 싫어서였을까. 그리하여 오늘날 대부분의 사람들이 믿는 바처럼 그의 늙은 몸은 그 세 번째의 변용에서 멈춘 그의 시와 더불어 어느 외롭고 고단한 길 위에서 소리 없이 잦아들고 말았던 것일까.

그렇지는 않다. 쉰이 되던 해, 지천명(知天命)이라는 그 나이의 딴이름에 걸맞게 그의 시는 또 한 번 변용한다. 그해 금강산 길에서 그때껏 살아 있던 취옹(醉翁)을 뜻밖에 다시 만나고, 오래 길을 돈 그의 시는 마침내 취옹의 시와 함께 그 마지막 자리를 찾는다.

지금까지 별로 강조하지 않고 지나쳐 왔지만 취옹은 결코 그에게서 잊혀진 사람이 아니었다. 젊은 날에 한 번 만나고 헤어진 지 스무 해, 깊은 인상으로 그의 기억에 새겨진 취옹의 시와 삶은 세월이 지나가도 깎이거나 지워질 줄 몰랐다. 오히려 그 뒤 그가 매년 찾은 금강산처럼 취옹은 갈수록 새롭고 가깝게 다가오는 시심(詩心)의 고향 같은 사람이었다.

실제로도 그는 헤어진 지 몇 해 안 돼서부터 취옹을 만나고 싶어 했다. 하지만 처음 몇 해 그가 주로 떠돈 곳은 관북과 관서 지방이어서, 매년 금강산을 들러도 관동(關東) 쪽의 초입에 있는 취옹의 주막을 다시 찾기는 쉽지가 않았다. 그러다가 예닐곱 해 만에 마음먹고 그 주막을 찾아갔을 때는 이미 그 주모도 취옹도 만날 길이 없었다. 아랫마을 사람들에게 물어서 알게 된 것은 다만 주막 맞은편 양지바른 언덕에 새로 생긴 무덤의 임자가 취옹과 함께 살던 주모라는 것뿐이었다.

하지만 그 뒤로도 그는 금강산을 찾을 때마다 그 절경에 대한 기대에 못지않게 이번에는 취옹을 만날지도 모른다는 예감에 가슴 설레었다. 처음 만났을 때 이미 적지 않던 나이로 그 죽음을 예측할 수도 있었으나, 왠지 그는 취옹이 반드시 살아 자신을 기다리는 것 같았다. 바로 금강산 어딘가에서, 자신은 아직 한 번도 대하지 못한 비경(秘景)의 일부가 되어. 그러나 끝내 만날 수 없다가 나이 쉰이 되던 그해에야 겨우 만나게 되었다.

그때 취옹은 외금강의 어느 외진 암자에서 자신의 시 그 자체처럼 살고 있었다. 취옹의 오래된 벗이 맡고 있는 말사(末寺)였는데, 거기서 다시 만난 두 사람은 마치 오래 그리워하던 동문(同門)처럼 감격하고 반가워하면서 사흘 낮 사흘 밤을 시로 보냈다. 그는 자신의 시가 젊은 날에는 그저 아득하게만 들리던 취옹의 시에 어느새 그토록 가까이 다가가 있음에 놀라면서 새삼스러운 겸손으로 취옹의 말에 귀를 기울였다. 취옹은 먼 길을 돌아온 젊은 벗을 아이 같은 기쁨으로 맞았으며, 또 이제 막 시의 이치를 깨친 젊은 시인 같은 진지함으로 시의 하늘과 땅과 사람을 말하였다. 홀로 우뚝하고 절로 갖추었고 스스로 넉넉한 시를 다시 한 번 일러주었다. 하지만 그것은 결코 일방적인 전수는 아니었다.

취옹이 아직은 시비와 원혐(怨嫌)의 진창에서 두 발을 다 빼지 못한 그의 시를 거침없는 신사(神思)로 하늘 높이 끌어올리려고 애쓰는 만큼이나, 그는 그동안의 쓰고 신 삶으로 곰삭은 지기(志氣)에 기대 지나치게 하늘로 솟아오르는 취옹의 시를 대지로 끌어내렸다. 따라서 그것은 오히려 먼저 간 자와 나중에 이른 자의 만남에 가까웠으며, 거기서 합치된 원리는 각기 다른 길을 걸은 두 시인이 그 마지막에 얻은 깨달음의 정수를 아우른 것이라는 편이 옳았다.

그때 그들이 주고받은 말은 이 세상의 말로는 잡기도 어려운 것이거니와 기록도 전문(傳聞)도 남아 있지 않다. 그 뒤에 얻어진 그의 시도 마찬가지였다. 언제나 듣는 이를 상정한 쌍방행위(雙方行

爲)로만 인식되던 시가 원래의 일방성(一方性)을 회복함으로써 생긴 자연스러운 현상이었을까. 그가 시를 읊조리는 것을 들은 이도 없고 그 자신도 써서 남기지 않은 탓도 있지만, 설령 입으로 전하거나 문자로 정착시키려 해도 이미 그럴 수 있는 말과 글이 없었을 것이다.

따라서 변용을 거듭하던 그의 시가 마지막으로 이른 단계는 말과 글 이외의 것을 통해 추출해 내는 수밖에 없는데 그것도 쉽지는 않다. 쌍방행위로서의 시작(詩作)이 끝나자 그는 이미 세상에서는 시인이 아닌 게 되었으며, 그의 시가 스스로 목적이 되고 홀로 넉넉하게 되자 밖으로 드러남도 끝나, 아무도 그의 만년을 눈여겨 보지 않게 되었기 때문이다. 세상 사람들에게 그 시기의 그는 알수 없는 충족감에 차서 조는 듯 깨어 있는 듯 자기들의 마을을 지나가는 한 늙은 과객일 뿐이었다.

33
시인의 아들

읊어지지도 씌어지지도 않은 시가 시일 수 있을까. 듣는 이도 읽는 이도 없는 시가 시일 수 있을까. 오직 자신만을 목적으로 의식 속에서만 눈부시게 피어올랐다가 스스로 완성됨을 흐뭇해하는 미소 속에 스러지고 마는 시, 그리하여 '짓는' 것이 아니라 '하거나' '사는' 시도 시일 수 있을까. 그런 시를 하고 그런 시를 사는 사람도 시인일 수 있을까.

아마도 있겠지만 — 그런 시도 시인도 만나기는 어려울 것이고, 어쩌다 만난다 해도 알아보기는 더욱 어려울 것이다. 그런데 우리 시인과 마침내 그가 이른 그런 시에는 한 사람 그 예외가 있다. 바로 시인의 둘째 아들 익균(翼均)이었다. 시인이 죽기 삼 년 전 익균은 남도(南道) 어디에서인가 아버지를 찾아 집으로 모시려 한 적이 있어, 세상에서 그가 시인인지를 알고 그를 본 마지막 사람이 되었다. 그 익균에게서 끝내 아버지를 모셔 가지 못한 연유를 들음으로써 우리의 시인과 그의 시가 마지막에 이른 곳을 어렴풋하게나마 가늠해 보자.

형 학균(學均)이 자식 없이 죽은 큰아버지 병하 앞으로 양자 가는 바람에 익균은 일찍부터 어머니 황씨 밑에서 외아들로 자라 세상 사람들에게는 오직 그만이 시인의 아들로 알려졌다. 익균은 어른이 되어 어느 정도 살림살이가 자리 잡혀 가자 아버지를 찾아 집을 나서기 시작했다. 외롭고 고단하게 떠도는 아버지를 모셔 와 잘 봉양해야 한다는 유교적 효심에 내몰리기도 했겠지만, 그에 못지않게 일생을 과부나 다름없이 살아야 했던 어머니 황씨를 위한 배려도 있었을 것이다.

통신도 잘 이어지지 않고 교통도 불편하기 짝이 없는 그 시대에 살아서 끊임없이 움직이는 사람을 찾는 일은 쉽지가 않았다. 풍문으로 아버지가 있다고 들은 곳을 어렵게 찾아가 보면 시인은 이미 그곳을 지나간 뒤이기 일쑤였다. 어떤 때는 풍문이 잘못된 것이라 천 리 길이 헛걸음이 되는 수도 있었고, 드물게는 전혀 엉뚱한 사람이 삿갓과 대지팡이만으로 시인 행세를 하다가 찾아온 익균을 보고 무안해하며 달아나기도 했다.

거기다가 무엇보다 익균을 어렵게 만드는 것은 아버지 자신이 돌아가기를 원하지 않는 일이었다. 그해 마지막으로 찾아 나서기 전에도 익균은 이미 두 번이나 어렵게 찾아낸 아버지를 집으로 모셔 가는 도중에 잃어버린 적이 있었다. 한 번은 경상도 안동 땅에서였는데, 아버지는 익균에게 자신이 신고 갈 짚신을 구해 오게 해 놓고 자취를 감추어 버렸다. 그리고 또 한 번은 황해도 구월산 쪽에서였는데, 함께 집으로 돌아오다가 천연스러운 핑계를 대고 숲 속으로 사라져 버리고 말았다.

따라서 익균이 마지막으로 아버지를 남도 하동(河東) 땅에서 찾아냈을 때 결심은 아주 단단했다. 이번에는 결코 놓아드리지 않으리라, 잠시도 눈을 떼지 않고 한 발짝도 떨어지지 않으리라, 잠을 잘 때는 옷고름을 서로 매어 두고 아무리 고단해도 결코 깊이 잠들지는 않으리라 — 그렇게 마음을 다지는 익균에게는 그사이 길러진 오기와 원한 같은 것도 얼마간은 섞여 있었다.

'당신이야 일평생 좋아서 떠도셨겠지만 나는 뭐고 어머니는 뭔가요. 당신은 당신의 한을 이기지 못해서라지만 그게 새로운 한을 기르고 있었다는 것은 모르셨겠지요. 당신은 아비 없는 후레자식 소리를 들으며 자라야 했던 내 한을 아시는지요. 그 가난과 외로움이 내 어린 넋을 할퀴어 남의 아비 된 지금에조차 아물지 못한 상처로 욱신거리고 있음을 짐작이나 하실는지요. 더 있습니다. 꽃 피는 봄 잎 지는 가을밤에 잠 못 들어 하며 밤새도록 한숨으로 뒤척이던 어머님의 한을 아실는지요. 미움도 원망도 세월과 더불어 사위어 이제는 임종이라도 곁에서 보고 싶다는 비원만으로 당신을 기다리는 어머니의 애달픈 삶을 한번 헤아려 보신 적이나 있으신지요. 아니 됩니다. 부여잡는 제 손을 또다시 뿌리치셔서는 아니 됩니다. 이번에는 결코 놓아드리지 못합니다······.'

실제로도 익균은 자신의 결심에 충실하게 아버지를 감시했다. 잠잘 때는 아버지의 삿갓과 짚신을 감추고, 깨어서는 아버지로부터 한 자 넘게 떨어지는 법이 없었다. 세수조차도 나란히 개울가에 서서 아버지의 움직임을 살펴 가며 하고, 심하게는 뒷간까지 아버지를 따라가 지키기도 했다.

시인도 이상하리만치 그런 익균의 성화를 순순하게 받아 주었다. 그렇게 여러 말은 않아도 이번에는 굳이 아들을 따돌릴 생각이 없음을 틈만 나면 은근히 내비쳤다. 시인의 나이도 어느덧 쉰넷, 과객으로는 너무 늙었고, 서른 해 가까운 떠돌이 삶의 조식(粗食)과 피로에도 어지간히 지친 듯했다. 거기다가 구경꾼까지 꾈 만큼 떠들썩하던 그 시도 그 무렵은 더 나오지 않는지, 그전에 만났을 때처럼 아버지 주위에 이런저런 사람들이 몰려 있지 않던 것도 얼마간 익균의 마음을 놓게 했다.

그런데 아버지와 함께 집을 향해 떠난 지 이틀 만에 익균은 참으로 놀라운 일을 겪게 되었다. 험하다는 함안(咸安) 산청(山靑) 어떤 영마루를 넘을 때였다. 고갯길이라 숨이 차는지 노송 그늘에 앉아 쉬는 아버지를 두고 대여섯 발짝 떨어진 참나무 뒤에서 소피를 보고 나오니 아버지가 없었다. 아버지가 자신을 따돌리고 어디론가 사라진 줄 안 익균은 또 속았다는 느낌에 일순 피가 거꾸로 솟는 것 같았다. 이 어른이 끝까지······ 하며 가만히 이를 악물고 아버지가 몸을 숨겼음직한 곳을 차례차례 눈길로 헤집듯 주변을 살펴보기 시작했다.

그때 더욱 알 수 없는 일이 벌어졌다.

"얘야, 뭐 하느냐? 뭘 잃어버렸느냐?"

그 같은 아버지의 목소리가 들려 퍼뜩 돌아보니 아버지가 원래 자리에 그대로 앉아 있는 게 아닌가.

"어딜…… 갔다 오셨습니까?"

워낙 땅에서 솟듯이 나타나 놀라기도 하고, 어쨌든 아버지를 잃은 것이 아니라 반갑기도 해서 익균이 더듬거리며 물었다. 그러자 아버지가 오히려 이상하다는 듯 되물었다.

"나는 한 발짝도 움직이지 않았다. 왜 무슨 일이 있었느냐?"

익균으로서는 까닭 없이 으스스하게 들리는 물음이었다. 조금 전 자신이 그렇게도 눈을 부릅뜨고 살폈지만 틀림없이 그 소나무 아래에는 아무도 없었다. 그런데 되묻고 있는 아버지는 또 아버지대로 그새 거기서 손가락 하나 까닥한 것 같은 느낌을 주지 않았다. 실로 알 수 없는 일이었다.

그런 일은 그 뒤로도 더 있었다. 그날 그 고개를 다 넘은 뒤에 어떤 작은 계곡을 만났을 때였다.

"얘야, 저기서 발이나 좀 식히고 가자꾸나. 오늘 길은 이만하면 어지간하지 않느냐?"

아버지가 그러는 바람에 익균도 계곡 개울가로 가게 됐는데, 거기서 또 비슷한 일이 일어났다. 물가 바위에 걸터앉은 아버지가 버선을 벗고 물에 발을 담근 걸 보고서야 다소 마음이 놓여 한눈을 팔다가, 이상한 느낌에 퍼뜩 돌아보니 여남은 발짝 저쪽의 아버지가 안 보이지 않는가. 익균이 놀라 화닥닥 뛰어 일어났다. 그리고 근처에 있는 가장 큰 바위에 올라가 사방을 살피는데 아까의 그 자리에서 아버지의 목소리가 들렸다.

"또 왜 그러느냐? 무슨 일이 있느냐?"

익균이 내려다보니 아버지는 두 손으로 물에 담긴 발을 주무르며 그를 쳐다보고 있었다. 원래 앉았던 자리 그대로였다.

익균이 어렴풋하게나마 그 이상한 현상의 원인을 짐작하게 된 것은 그런 일을 몇 번이나 더 겪은 뒤였다. 그다음 날 어떤 바위산 기슭을 지날 때 익균은 마음먹고 아버지에게서 멀어지면서 어떻게 아버지가 없어지는가를 살펴보았다. 그때 아버지는 바위산 기슭으로 비어져 나온 청석 끝에 앉아 쉬고 있었는데, 익균이 대여섯 발짝 떨어지면서부터 벌써 아버지의 형태는 희미해져 가기 시작했다.

익균은 놀라면서도 몇 발짝 더 떨어져 보았다. 아버지가 또 없어졌다 싶었으나 눈여겨보니 그것은 아니었다. 아버지는 틀림없이 그 자리에 그냥 앉아 있었다. 그러나 삿갓을 벗고 망연히 구름을 바라보고 있는 게 그대로 그만한 청석 덩이 같았다. 그것도 수천 년 전부터 원래 그 자리에 있어 퍼렇게 이끼가 낀. 따라서 주위의 경물과 너무도 잘 조화를 이룬 까닭에 아버지가 거기 있다는 걸 자신이 얼른 알아보지 못한 듯했다.

하지만 아버지와 길을 함께하면서 익균이 겪어야 했던 놀랍고 이상한 경험은 더 있었다. 그것은 바로 아버지의 시였다. 아니, 소문으로만 요란하게 전해 들었던 그 시일지도 모르는 어떤 웅얼거림이었다.

겨우 콧등이나 울리고는 입 안으로 어물어물 잦아들어 버리기는 하지만, 그전에도 이따금씩 아버지는 길을 가다 무어라 웅얼거린 적이 있었다. 그러나 익균은 짐짓 그 소리를 못 들은 체해 왔다. 그게 시란 짐작은 있어도 아버지가 누구보고 알아듣게 읊조리는 게 아닌 데다, 애써 알아듣는다 해도 학문을 제대로 익히지 않은 익균으로서는 뜻을 알 길이 없었다. 어쩌면 서른 해 전 아버지를 집에서 끌어내 일생을 과객질로 떠돌게 한 게 바로 그놈의 알지 못할 시였는지도 모른다는 생각에 오히려 은근한 반감만 일 뿐이었다.

그런데 그날 아버지가 무언가를 웅얼거릴 때는 달랐다. 이미 그 며칠 여러 가지로 놀라운 경험을 한 터라, 그 웅얼거림이 바로 시이며 거기에도 무언가 예사롭지 않은 뜻이 있을 것 같았다. 익균은 난생처음으로 아버지에게 시를 물었다.

"저기 저 꽃이 아름답다고 했다."

아버지가 애매한 표정으로 길가의 바위 벽을 가리켰다. 아버지가 손가락질할 때는 틀림없이 벌건 바위 벽이었는데 — 익균이 바라보자 놀랍게도 그 바위 벽을 쪼개고 한 줄기 눈부신 자색(紫色)의 천남성(天南星) 꽃이 피어오르는 게 아닌가. 마치 완강한 바위 벽에 갇혀 있다가 아버지의 손가락에 끌려 나온 듯이, 또는 아버지의 말 한마디가 그 순간 바위 위에 빚어 놓은 것처럼.

처음 익균은 그 신비한 느낌이 무언가 헛것을 본 것이거나 눈길이 닿는 순간의 차이가 일으킨 미묘한 혼란 때문인 줄 알았다. 하지만 아니었다. 그 뒤 익균은 그 신비한 느낌이 무엇 때문인지를 알아보려는 마음으로 아버지의 웅얼거림을 들을 때마다 거기 대해 물어보았는데, 매번 앞서와 비슷한 경험을 해야 했다.

"저 구름이 참 유유하구나."

마지못해 하는 듯한 그런 풀이를 듣고 아버지의 손가락 끝을 올려다보면 그때껏 무덤덤하던 하늘 한곳에서 전에는 한 번도 본 적이 없는 잘생긴 구름이 불려 나와 유유하게 흘러갔고,

"저 잉어가 참 한가롭다 했다."

하는 소리를 듣고 언덕 아래 강물을 보면, 조금 전까지도 아무것도 안 보이던 물속에 마치 아버지의 웅얼거림에 이끌려 온 듯 미끈한 잉어 몇 마리가 떼를 지어 한가롭게 노닐고 있었다. 아버지가 새를 읊으면 새 중에서도 가장 깃털 예쁘고 소리 고운 새가 어디선가 날아와 지저귀었고, 바람을 읊으면 바람 중에서도 가장 시원한 바람이 불어와 그들 부자의 땀을 씻어 주었다.

오래잖아 익균은 그런 아버지의 시에 대해서도 나름대로 어렴풋한 짐작은 하게 되었다. 아버지는 기실 그 시로 원래 없는 걸 불러내거나 만드는 게 아니라, 거기 있었지만 자신은 볼 수 없었던 것들을 홀로 알아보았거나 찾아냈을 뿐이었다. 그러나 익균의 짐

작은 겨우 그뿐, 그게 왜 자신에게는 없는 걸 새로 빚어내거나 다른 곳에 있는 것을 그리로 불러오는 것처럼 느껴지는지는 끝내 알 수가 없었다.

한 번 아버지를 살피는 눈길이 되자 익균에게는 그 밖에도 또 다른 알 수 없는 일들이 많이 생겨났다. 그것은 아버지가 사람들이 많이 모여 사는 곳, 특히 대처 저잣거리로 들어설 때 그랬다. 자연의 경물 사이를 지나올 때와는 달리, 아버지는 여러 사람 가운데만 끼어들면 금세 그들 중에 가장 초라하고 지쳐 빠진 늙은이로 불거지는 것이었다. 마치 화려한 봄꽃 밭 가운데 꽂힌 삭정이처럼. 아버지의 말도 마찬가지였다. 시를 웅얼거릴 때의 그 신비한 힘은 어디 갔는지 사람들은 거의 아버지가 하는 말을 알아듣지 못해 자신의 통변(通辯)이 필요할 정도였다. 그런 아버지가 지금껏 굶어 죽지 않고 과객 노릇을 해 왔다는 게 영 믿을 수가 없었다.

그럭저럭 길 떠난 지 이레째 되는 날이었다. 어느새 경상도가 끝나 부자는 죽령(竹嶺) 아랫마을에서 하룻밤을 묵게 되었다. 그때까지도 아버지를 집으로 데려가겠다는 생각만으로 가득 차 있던 익균에게 문득 한 물음이 일었다.

'결국 아버지는 무엇일까. 내 아버지만일 수도, 어머님의 지아비만일 수도 없이 일생을 떠돌며 살게 한 아버지의 다른 이름과 쓰임은 무엇이었을까. 또 나는 지금 무엇을 하고 있는가. 이런 아버지를 이제 와서 굳이 집으로 모시고 돌아가는 게 옳은 일일까.'

그 며칠 경험한 일들이 익균의 머릿속에서 한 방향으로 천천히 종합되면서 생긴 물음이었다. 사람들은 아버지를 시인이라 했다. 시를 잘 짓는 사람. 그러나 어린 날의 익균에게 시란 저주나 재앙과 동의어였다. 더러는 아버지를 과객이라 했다. 머리와 몸이 너무도 지나치게 따로따로 노는 그 사람들. 몸은 유리걸식의 진창을 헤매면서도 머리는 글과 학문이 지어내는 꽃구름 위에 떠 있는 사람. 어렸을 적부터 몸에, 현실 쪽에 무게를 주고 살도록 스스로를 훈련시켜 온 익균에게는 과객이란 그럴싸한 호칭 또한 거지의 다른 이름에 지나지 않았다.

아버지를 그 두 가지 불행한 운명에서 빼내 온다 — 그게 아버지를 향한 익균의 소박한 효심(孝心)이었다. 일생을 외롭게 지낸 홀어머니를 향한 절실한 효도와는 거리가 멀지만 진심의 일부임에는 틀림없었다. 그런데 며칠 사이에 갑자기 그 모든 자명했던 이치들이 의심스러워지고, 아버지를 모셔 간다는 결의마저 흔들어 놓았다.

하기야 아버지가 빠져 있는 것이 불행도 저주도 아닌지 모른다는 의심은 이미 첫 번째 만남에서 느껴진 바 있었다. 그때 아버지가 한사코 돌아가기를 마다하는 데는 어딘가 자신이 누리고 있는 것을 잃게 될까 봐 두려워하는 듯한 기색이 엿보였다. 그러나 익균은 그 누림을 어떤 적극적인 권리이기보다는 소극적인 회피나 면제로만 이해했다. 삼강(三綱)과 오상(五常)의 삼엄한 규정뿐만 아니라, 그 시대의 가장(家長)에게 요구되던 여러 책무들로부터 독서인(讀書人)의 사회적 기능에 이르기까지, 일찍이 아버지가 지기를 마다하고 떠나온 그 모든 성가시고 난감한 짐들 ― 그리하여 아버지가 진정으로 두려워하는 일은, 살아가며 두고두고 그 불이행을 추궁당할 지난날의 책임과 구차하고 힘들어도 수행하지 않으면 안 될 앞날의 책임으로 다시 끌려 들어가게 되는 것이라고 보았다.

아버지가 두 번이나 거짓말에 속임수까지 써 가며 일껏 먼 길을 찾아간 자신을 따돌린 뒤에도 익균의 생각은 크게 변하지 않았다. 아버지를 만나 본 뒤 기껏 변한 게 있다면, 그런 아버지의 의식을 이해하는 데 그 두려움 외에 홀림을 하나 덧보탠 정도일까. 모든 불행과 저주가 적건 크건 반드시 지니고 있기 마련인 그 알지 못할 불길한 힘, 어떤 뿌리치기 힘든 홀림도 아버지를 일생 길 위에서 헤매게 한 것들 중에 하나일지 모른다는 게 그때 새로 품게 된 익균의 짐작이었다.

그런데 그 닷새, 가까이에서 아버지를 보는 동안에 익균의 가슴을 점점 무겁게 짓눌러 오는 것이 있었다. 아무래도 아버지는 무엇에 홀리거나 져야 할 짐이 두려워 길 위로 내몰리게 된 것이 아니라, 드물지만 드높고 값진 무언가를 누리기 위해 스스로 떠돌고 있는 것 같다는 의심이었다. 그런 의심을 이내 흔들림 없는 믿음으로 바꾸어 놓은 것이 아버지와 함께한 지난 며칠의 여러 놀랍고 신기한 경험들이었다. 그러자 다시 익균의 가슴을 무겁게 짓눌러 오는 물음들이 있었다.

'이제 돌아가면 머물게 될 내 초라한 초가 사랑채에서도 아버지는 과연 푸른 하늘에 구름을 불러내고 벌건 바위 벽에 꽃을 피울 수 있을까. 그 낮은 추녀 밑으로 울음소리 곱고 깃털 예쁜 새들을 불러들이고, 산가(山家) 좁은 뜰에서도 미끈한 잉어 떼와 노닐 수 있을까. 나와 아내와 어머니의 수고로움에 얹혀, 또는 그 보잘것없는 생산을 함께 거들면서, 늙은 소나무처럼 이끼 낀 바위처럼 멋스러울 수 있을까, 꿋꿋할 수 있을까. 또는 이제 죽음을 맞이하기 위해 돌아온 늙은 떠돌이를 보는 차가운 눈길 속에서, 혹은 당신이 젊어 한때 드날렸다는 그 허황된 이름을 좇아 부나비 떼처럼 몰려들지 모르는 어중이떠중이 문사(文士)들 속에서, 아버지는 변함없이 시인일 수 있을까. 하늘을 지붕 삼고 땅을 돗자리 삼아 매인 곳 없이 떠돌던 그 시인일 수 있을까……'

초저녁부터 코를 고는 아버지 곁에 누워 익균은 그 같은 상념에 밤늦도록 잠을 이루지 못했다. 어쩔 수 없는 피의 동질성이 그 자신의 배움이 줄 수 있는 것보다 훨씬 높은 수준의 이해를 끌어내 익균을 느닷없으면서도 마음 무거운 망설임에 몰아넣고 있었다.

그러는 동안에도 아버지는 줄곧 그침 없이 코를 골았다. 이윽고 밤이 깊어 얼마 전까지 들리던 아랫방 주막집 내외의 두런거림도 그치고 사방이 고요해졌다. 그 고요 속에서 자신의 상념을 좇던 익균도 아슴아슴 잠 속으로 빠져들었다.

그렇게 얼마나 시간이 흘렀을까. 깜박 잠이 들었던 익균은 야릇한 허전함에 눈을 떴다. 옆 자리는 비어 있고, 대신 윗목에서 무언가 사르락거리는 소리가 들렸다. 아버지구나 — 익균은 직감으로 그렇게 느꼈다. 그날 밤은 자신이 감추지 않은 삿갓과 두루마기를 챙기는 듯했다.

그러나 익균은 왠지 몸을 일으키고 싶지 않았다. 그보다는 기어이…… 하는 알 수 없는 체념이 먼저 일며 온몸에서 스르르 힘이 빠졌다. 이어 되살아난 간밤의 상념도 집을 나설 때의, 그리고 어렵게 아버지를 찾아낸 순간의 굳은 결심을 무력하게 만들었다.

그사이 아버지는 챙겨야 할 것들을 다 챙긴 듯 문께로 갔다. 이제는 일어나야 한다 — 익균은 그제야 슬며시 조바심이 일었으나 몸을 일으킬 수 없기는 마찬가지였다. 그때 갑자기 아버지의 동작이 멈춰졌다. 어둠 속이지만 익균은 한동안 얼굴에 따스한 햇살 같은 게 느껴졌다. 아버지가 날 굽어보고 계시는구나……. 익균은 그런 느낌에 보이지 않는 아버지의 눈길을 피하듯 가만히 눈을 감았다. 그런 그의 귀에 문득 담담한 아버지의 목소리가 들리는 것 같았다.

'아들아, 아무래도 나는 돌아갈 수가 없구나. 아비는 일찍이 신하 되기도 마다하고, 아비 되기도 마다하고, 어른 되기도 마다하고, 벗도 끊고, 지어미도 버리고, 너희 세상을 떠나 시인이 되었다. 마땅히 져야 할 그 모든 것을 털어 버리고 삶을 흥거운 이승 나들이로 여겨 시로 떠돌며 이 한살이를 때우려 했다. 그런데 해 기울고 날 저물려는 이제 와서 다시 아비가 되라 하고 지아비로 돌아가라 하느냐. 받아들여지지 않는 신하로, 받들어 주지 않는 어른으로, 미쁨 얻지 못한 벗으로 되돌아가자는 것이냐. 아니 되겠다. 그것들은 모두가 처음부터 이 아비에게는 맞지 않는 옷과 같은 것이었다. 더구나 아비에게는 그것들과 맞바꾸어 일생을 함께한 시가 있다. 나는 그 시로 내내 평온하고 넉넉하였다. 더군다나 — 이미 너무 멀리 와 다시 돌이킬 수 없는 그 시의 길은 또 어찌할 것이랴. 아들아, 나를 이만 놓아주려무나. 이대로 시인으로 살다 비갠 뒤의 노을처럼 스러지게 버려두려무나…….'

익균이 다시 눈을 뜬 것은 방문 열리는 소리가 나서였다. 바깥의 어스름한 하현(下弦) 달빛 때문에 삿갓을 끼고 구부정히 방을 나가는 아버지의 모습이 보였다. 마당으로 내려서기 전에 힐끗 돌아보는 품이 아들이 깨어 있는 걸 알고 있는 것 같기도 했다.

알 수 없는 마비에 빠져 있던 익균이 비로소 있는 힘을 다해 몸을 일으킨 것은 마당으로 내려선 아버지의 발자국 소리가 멀어져 가고 있을 무렵이었다. 그제야 다급해진 익균은 엉금엉금 기어가 문지방을 잡고 밖을 내다보며 소리쳤다.

'아버지…….'

그러나 익균의 목소리는 그보다 앞서 눈에 들어온 아버지의 뒷모습에 막힌 듯 입 밖으로 새어 나오지 못했다. 어둠 속에서 희끗희끗 멀어져 가는 아버지는 이미 자신의 아버지가 아니었다. 시인일 뿐이었다. 세상 아무것에도 얽매이지 않는 시인일 뿐이었다. 어느새 주막 사립문을 벗어난 아버지는 풀숲 길로 들어서는가 싶더니 이내 자취가 사라졌다. 나무가 되었거나 돌이 되었거나 꽃 하얀 찔레 넝쿨이 되었거나 혹은 짙어지기 시작하는 새벽안개가 되어……라는 생각이 들자 익균은 아직 못 뱉어 낸 만류의 말을 얼른 축원(祝願)으로 바꾸며 깊숙이 머리를 숙였다.

'안녕히 가십시오, 아버님. 부디 당신의 시 속에서 내내 평온하
고 넉넉하십시오……'

그는 시인의 아들이었다.

그 뒤 그들 부자는 살아서는 다시 만나지 못했고, 그래서 그 새
벽 그들이 가슴으로 주고받은 말은 그대로 이 세상에서 나눈 마
지막 별사(別辭)가 되었다.

34
시인의 사랑

봄은 눈뜸과 피어남과 움직임의 계절이다. 또 봄은 떠나는 이와 떠나야 할 이, 그리고 이미 떠나 떠돌고 있는 이들의 계절이기도 하다. 대지의 따스한 숨결은 겨울의 추위로 굳고 잠들어 있던 것들을 깨우고, 쉼 없는 봄바람은 끌듯 밀듯 사람의 넋을 길 위로 내몬다.

산속 깊은 곳 오두막에서 한겨울 늙고 지친 몸을 쉬었던 시인에게도 봄은 그랬다. 지난해 가을 늦게 시인은 큰 짐승(호랑이)을 쫓는 사냥꾼들이나 심마니 또는 이런저런 까닭으로 세상을 떠나 숨어 사는 이들이 얽어 놓은 오두막에 해진 삿갓과 나날이 무거워지는 지팡이를 내려놓고 길고 매서운 겨울 추위로부터 비껴 앉았다. 바람 없고 볕 좋은 골짜기 덤불 속에서 작은 깃을 오그리고 있는 멧새처럼, 또는 깊고 어두운 바위 굴에서 혼곤한 겨울잠에 빠져

든 곰처럼. 그러다가 소리 없이 다가온 봄과 더불어 그 긴 잠과 같은 멈춤에서, 어지럽고 스산하던 꿈에서 깨어났다.

온몸을 스멀스멀 간질여 오는 듯한 봄기운에 끌리어 시인이 오두막을 나서 보니 먼 산자락까지 두텁게 쌓여 있던 눈은 봉우리 끝으로 밀려가고, 겨우내 얼어붙어 있던 계곡에는 눈 녹은 물이 졸졸 소리 내어 흘렀다. 내려다보이는 들판은 벌써 기분 좋은 아지랑이를 피워 올리고 양지바른 둔덕을 덮고 있는 참꽃의 꽃망울도 어느새 터질 듯 부풀어 있었다. 바람도 많이 데워져 낡은 무명 핫옷이면 처마 밑에서도 밤을 지새울 만했다. 같은 나무 그늘 아래 사흘을 머물지 않는다던 어느 운수(雲水)의 말이 아니더라도 시인이 그 어둡고 퀴퀴한 오두막에 더 틀어박혀 있어야 할 까닭은 없었다.

시인은 그날로 괴나리봇짐을 꾸려 오두막을 나섰다. 이 세상에서의 날들이 이젠 그리 많이 남지 않은 듯한 예감이 그 봄의 시인을 바쁘게 내몰았는지도 모를 일이었다. 언제부터인가 시인에게는 봄 꽃 여름 구름이, 가을 물 겨울 눈이 어우러져 빚어내는 정경들조차도 허망하게 스러져 가는 노을처럼 안타깝고 애달프게 느껴졌다.

그사이 시인은 더욱 늙어 있었다. 스스로 시가 되고 시를 사는 동안에 세월은 속절없이 흐르고, 나고 늙고 죽는 자연의 일부인 그의 몸도 그 세월을 따라 시들어 갔다. 이제 시인은 솔밭에 서면 소나무 중에서도 가장 늙고 구부러진 소나무 같았고, 바위 언덕을 오르면 바위 중에서도 가장 오래 풍상을 겪어 푸슬푸슬하고 이끼 낀 바위처럼 보였다.

하지만 그 몸처럼 또한 자연의 일부인 시인의 마음은 그 봄과 함께 새로이 피어나고 있었다. 삭아 가는 굴참나무 등걸에서 새움이 돋듯이, 늙은 사슴이 묵은 털을 벗듯이, 또는 아직은 메마른 산봉우리 위로 힘차게 피어오르는 봄 구름처럼. 그리하여 — 아직 가 보지 못한 땅과 만나 보지 못한 사람들의 세상에 다시 가슴 두근거리며 시인은 늙은 발길을 재촉했다.

시인이 자연과 인간 사이를 넘나들며 걷는 동안에 봄은 점점 짙어 갔다. 들풀들이 파릇한 싹을 틔워 내고 산꽃들도 하나 둘 망울을 터뜨렸다. 들짐승도 산새도 저마다의 소리와 빛과 냄새로 짝을 부르고 있었다. 시인은 조금씩 그런 봄에 취해 가며 급한 부름이라도 받은 사람처럼 멈출 줄 모르는 떠돌이의 넋에 시든 몸을 맡겼다. 그러다가 어느 이름 모를 영마루에서 발아래 골짜기의 작은 마을을 저만치 굽어보고 있을 무렵에는 벌써 봄이 한창이었다.

마을의 복숭아나무들은 불타는 구름 같은 복사꽃을 둘러쓰고, 하이얀 배꽃은 윤삼월에 때 아닌 눈꽃을 동구가 자옥하게 뿌려 댔다. 마침 한나절이라 몇 줄기 점심 짓는 연기를 피워 올리고 있는 마을의 초가집들이 야트막한 언덕 위에 모여 한 폭의 아늑한 그림 같았다. 그리고 그 언덕 발치에는 가까운 골짜기에서 흘러내린 차고 맑은 물이 한줄기 쪽빛 띠처럼 감아 돌고 있었다. 일생을 떠돌며 이 땅 구석구석에서 흔하게 보아 왔지만 그날따라 시인에게는 그런 정경들이 너무 정겹고 아름다워 눈물이 핑 돌 지경이었다.

시인은 알 수 없는 슬픔과 외로움으로 한동안 그 마을을 내려다보았다. 그런데 문득 그런 시인의 두 눈을 찔러 오듯 다가드는 정경이 하나 있었다. 마을에서 한 마장쯤 떨어진 호젓한 골짜기 어귀의 개울가에서 빨래하는 아낙네였다. 무엇이 이끌어 낸 힘일까, 먼빛으로나마 여인의 자태가 비치자 그 무렵 들어 스스로 느낄 만큼 침침해 오던 시인의 눈은 갑자기 높이 뜬 소리개의 눈처럼 밝고 맑아졌다.

시인이 그런 눈으로 찬찬히 보니, 처음에는 그저 빨래 나온 산골마을 아낙쯤으로 여겼던 여인은 뜻밖에도 댕기 머리 처녀였다. 시인이 그녀의 등 뒤로 길게 드리운 댕기 머리를 알아본 순간 갑자기 그녀 주위를 무슨 환한 빛 무리 같은 것이 감싸는 듯했다. 아직 멀어 얼굴생김까지 알아볼 수는 없었지만, 맑은 개울물 가에 앉아 빨래를 하고 있는 그녀는 아련한 자태만으로도 그 개울가 골짜기에 지천으로 피어 있는 그 어떤 봄꽃보다 아름다워 보였다.

시인은 자신도 모르게 몸을 일으켜 그 처녀가 있는 골짜기 개울가로 걸음을 옮겨 놓았다. 아름다움은 시인이 한 살이[生] 내내 얻고자 뒤쫓은 것들 가운데서도 으뜸이었다. 그렇게 고달프고 어렵게 떠돌면서도 손 뻗으면 얻을 수 있는 아름다움을 시인이 그대로 지나친 적은 없었는데, 여인의 아름다움이 특히 그랬다. 젊은 날 시인은 그 아름다움에 이끌리고 빠져듦을,

먼 하늘 떠가는 기러기 물 따라 날기 쉽고

푸른 산 지나는 나비 꽃 피하기 어렵네.

라고 읊어, 마지못해 그런 양 했다. 하지만 그것은 어디까지나 시
(詩)에서 둘러댄 핑계에 지나지 않았다. 시인은 언제나 스스로 다
가갔고, 때로 아름다운 여인을 차지하기 위해서라면 낯 뜨겁고 위
태한 짓도 마다하지 않았다. 그러다가 늙음과 더불어 여인의 아
름다움이 주는 감동은 조금씩 시들해 갔는데, 그날따라 그 아름
다움은 젊은 시절의 그 어느 날보다 더 강렬하고 신선한 매혹으
로 시인을 이끌었다.

느닷없는 정염(情炎)으로 후끈 달아오른 시인은 처음부터 그녀
를 바라 길을 떠난 사람처럼 걸음을 재촉했다. 그런데 알 수 없는
일이 일어났다. 그를 앞으로 내몰듯하는 정염에 감응한 것일까, 시
인의 모습이 자신도 모르는 사이에 빠르게 바뀌어 갔다. 눈에 띄
게 휘어져 가고 있던 허리는 꼿꼿이 펴지고 비척이던 두 다리와
끌 듯하던 발걸음도 반듯하고 사뿐해졌다. 푸슬푸슬 세어 가던 머
리칼이 젊은 구렁말의 갈기처럼 힘차게 너풀거리는가 하면, 숱 많
지 못한 수염이며 희끗한 눈썹까지 거뭇해지는 듯했다. 나중에는
풍우 친 정자 기둥처럼 삭아 가던 시인의 피부마저도 은은한 윤기
를 머금으며 피어나기 시작했다.

시인이 홀린 듯 다가가고 있는 그 처녀는 마을 끝 골짜기 안에

따로 떨어져 사는 산지기네 외딸이었다. 그날 늙은 산지기는 머잖아 시작될 농사철에 쓰일 호미와 낫을 벼리러 몇 십 리 밖 장터로 나가고, 그 아낙은 고사리를 꺾으러 깊은 산속으로 들어가고 없었다. 혼기를 한참 넘긴 스물세 살 외딸만 남아 눈 어둡고 가는 귀 먹은 할머니와 함께 집을 지키고 있자니 활짝 핀 봄날이 그녀를 가만히 버려두지 않았다.

먼저 흩뿌리는 꽃비가 산지기네 처녀를 마당으로 불러내고, 다시 영마루 위로 높이 솟는 뭉게구름이 그녀를 사립 밖으로 이끌었다. 그러자 훨씬 가까워진 듯한 앞산 두견이 울음소리며 여럿이 엉켜 알싸하기까지 한 봄꽃 향기가 모두 그녀를 심란하게 만들었다. 가난하고 지체 낮아 이팔청춘도 일곱 해나 넘긴 데다, 그 봄에는 재취 자리 권하는 방물장수 할멈조차 오지 않았다. 그러나 알 수 없는 그리움과 기다림은 더욱 세차게 그녀를 몰아댔고, 끝내 견디지 못한 그녀는 빨래를 핑계 삼아 멀리 재넘이 길이 보이는 개울가로 나와 앉은 참이었다.

빨랫감을 물에 담그며 가만히 돌아보니 봄은 사방으로 그녀를 에워싸고 있었다. 산기슭 집 앞에 환한 복사꽃 돌배 꽃부터 응달진 골짜기의 늦은 참꽃과 산수유에 이르기까지 어느 것 하나 그녀의 다치기 쉬운 마음을 건드리지 않는 것이 없었다. 맑은 물을 따라 어지럽게 떠내려 오는 갖가지 빛깔의 꽃잎들도 하나같이 그녀의 가슴을 날카로운 손톱으로 할퀴어 대는 듯했다. 그것들이 어우러져 난데없이 초여름 흐드러진 밤꽃에서와 같은 야릇한 향내를 풍기며 그녀를 메스껍게 했다.

하지만 오래잖아 처녀의 마음도 곧 그녀를 에워싼 봄 속에서
다시 피어나기 시작했다. 시집 못 가고 나이만 먹어 가는 시름과
외로움은 봄눈 녹은 맑은 물에 씻겨 가고, 처녀다운 기다림과 설
렘이 되살아났다. 미명귀(未命鬼)도 못 돼 손각시(손말명)로 호젓한
길가에 눕게 될지 모른다는 슬픔과 두려움도 곧 오래 묵어 푹 익
은 다감함으로 바뀌었다. 그래도 이 봄에는 무언가 좋은 일이 있
을 것 같아. 어쩌면 밤마다 꿈꾸며 기다려 온 그 님이 올지도 몰라.

그러자 새로워진 마음을 따라 처녀의 모습도 달라졌다. 개울을
덮듯 떠내려가는 복사 꽃잎 고운 빛깔이 두 볼에 어리면서 원래
도 밉상스럽지는 않던 그녀의 얼굴은 그 어떤 봄꽃보다 환하게 피
어났다. 잡곡밥과 산나물로 기른 그녀의 몸도 봄비에 씻긴 자작나
무 줄기처럼 미끈해졌고, 해진 무명 치마 저고리로 감싼 그 속살
은 금세 터질 함박꽃 망울처럼 희게 부풀어 올랐다. 시인이 멀리
서 알아본 것은 바로 그렇게 피어난 그녀였다.

처녀도 자기 쪽으로 다가오고 있는 시인을 진작부터 알아보았
다. 멀리 대처로 넘어가는 길목 영마루에 시인이 처음 나타났을
때, 그녀의 젊고 밝은 눈은 벌써 그 늙음까지 가늠했다.

'나이보다 훨씬 많이 늙고 시든 나그네가 일찍도 길을 떠나 이
깊은 산골까지 왔구나.'

무심한 눈길의 그녀에게는 처음 시인은 그렇게만 보였다. 그런
데 그 나그네가 자신을 바라보며 다가오기 시작하자 그녀의 느낌

은 달라졌다.

'영마루에서 보면 빤히 보이는 곳이지만 이리로 접어들면 이십 리는 더 길을 돌게 되는데, 무슨 일일까. 주막은 재 너머에 있고, 우리 집에는 찾아올 손님도 없는데…….'

처녀가 그렇게 중얼거리며 살피는 동안에 나그네의 모습은 점점 변해 갔다. 기이하게도 그녀가 먼저 느낀 것은 멀리서부터 쏘아져 나오는 듯한 나그네의 눈빛이었다.

'나이는 들어도 눈빛만은 맑고 힘찬 분이로구나.'

이어 나그네의 걸음걸이가 처음 그를 보게 되었을 때의 느낌을 의심하게 했다.

'멀리서 보기보다는 젊은 분인지도 몰라. 힘차고 가뿐한 걸음걸이가 마치 산등성이를 차고 오르는 수노루 같구나.'

그러는 사이에도 나그네는 빠르게 다가왔고 처녀는 차츰 혼란스러워져 갔다.

'내가 잘못 보았어. 그렇게 나이 든 분이 아닌 것 같은데. 아래배미 위토(位土)의 주인 되시는 재 너머 마을 새서방님이 한식 성묘라도 오신 걸까. 아냐. 저것 보아. 멀리서도 저리 얼굴이 환해 뵈고 근골이 번듯한 게 아직 장가들지 않은 도련님 같아. 책을 지고 스승을 찾아 멀리 길을 나서시기라도 한 걸까. 아니면 이른 과거(科擧)라도 보러 가시는 길일까. 그렇게 저렇게 여기를 지나시다 — 들메끈이라도 끊어지신 게지.'

그러다가 저만치 나그네가 다가오자 처녀는 갑자기 화톳불이라도 쬔 듯 달아오르는 두 볼에 자신도 모르게 얼굴부터 붉혔다. 뚜렷하게 알아볼 만큼 가까이 이른 나그네의 얼굴은 그녀가 열두엇 소녀 때부터 밤마다 애태우며 꿈꾸어 온 그 님을 닮아 있었기 때문이었다. 하지만 나그네의 얼굴에 눈길을 보내기도 잠깐, 그녀는 소스라치듯 굳어지며 두 눈을 꼭 감았다. 차마 뜬눈으로 나그네를 바라보지 못하고, 오직 속으로만 그가 바로 그토록 기다려 온 그 님이기를 간절하게 빌었다.

오래잖아 처녀의 뜨거운 바람은 믿음으로 바뀌고 나그네는 어김없이 그녀가 기다렸던 그 님이 되었다. 그녀는 그토록 늦어서야 자신에게 이른 그 님이 야속하면서도 한편으로는 그제나마 찾아온 것이 가슴 터질 듯 기뻤다. 다시 눈을 뜨고 안길 듯 그 님에게로 다가가려는데 문득 나그네의 추레하고 군색해 보이는 차림이 눈에 들어왔다. 그것이 자신을 찾아오는 동안의 길고 고달픈 헤맴을 보여 주고 있는 듯해, 그녀는 다시 벅차 오면서도 미어질 듯한 가슴을 두 손으로 가만히 감싸 안았다.

그 갑작스러운 감정의 변환과 뒤엉킴은 눈부시게 피어나고 있던 처녀의 아름다움에 전과 다른 풍정(風情)을 더했다. 그믐밤의 별빛 같은 처녀의 눈동자에는 마주 보기조차 가슴 저린 애련함이 어렸다. 미끈한 허리와 무명 저고리 안에서 터질 듯 부풀어 오르는 가슴에서는 까닭 모르게 처연한 떨림까지 느껴졌다.

그때쯤은 시인도 늙은 그를 단숨에 그곳으로 내몬 느닷없는 충동에서 퍼뜩 깨어났다. 취한 듯 어린 듯 이끌리어 오기는 했지만, 막상 호젓한 골짜기 물가에서 낯선 처녀와 눈길이 마주치게 되자 겸연쩍지 않을 수 없었다. 그러나 이내 그 겸연쩍음은 새롭고도 세찬 감동으로 갈음되었다. 풍성하고 다채롭던 젊은 날의 그 어떤 말로도 다 그려 낼 수 없을 듯한 그녀의 아름다움이 주는 감동이었다.

'여기 세상에서 가장 아름답고 향기로운 꽃이 한 떨기 피어 있다……'

못 박히듯 그 자리에 멈춰 선 시인은 소스라쳐 굳어 있는 처녀를 한참이나 그윽하게 바라보았다. 눈길을 받은 처녀의 얼굴이 더욱 붉어지며 정말로 세상 그 어느 것보다 청초하면서도 화사한 꽃송이가 다소곳이 수그리고 있는 듯했다. 그 때문에 더 눈부셔진 그녀의 아름다움이 문득 오래 잊고 지내 낯설어진 시인의 열정을 불 지폈다.

'나는 너를 알듯하다. 어쩌면 지난겨울 내 스산스러운 꿈속에서 그토록 나를 간절하게 불러 댄 것은 바로 너였는지도 모르겠다. 아니, 너를 만나기 위해 이 봄 그토록 일찍 내가 길을 떠난지도 모르겠다.'

시인은 열일곱 소년처럼 두근거리는 가슴을 가벼운 기침으로 감추며 탄식하듯 속으로 중얼거렸다. 이어 오래 시(詩)로 갈고닦지 않아 밑감(원재료) 그대로 시인의 의식 밑바닥을 뒹굴던 말들이 급하게 다듬어지고 엮이어, 그 느닷없으면서도 세찬 홀림과 이끌림을 스스로 발명해 나갔다.

'네 아름다움은 내 시의 한 외경(外經)이었다. 일생 수다하게 들쳐 봐 왔지만 언제나 새롭고 낯설기만 하던 그 비전(秘傳). 구석구석 살피고 샅샅이 더듬어 보았으나 끝내 다 풀 수는 없었던 그 깊고 아득한 오의(奧義). 그래도 나는 네 살과 피의 따듯함과 부드러움과 아늑함을 기억하고, 그것들이 내 고단했던 살과 피에, 내 외로운 넋과 얼에 베푼 것들을 일생 감격하며 사랑해 왔다. 나는 네 속에 감추어진 모든 아름다움과 부드러움, 따스함과 푸근함과 달콤함과 짜릿함과 또 그 허망함을 안다. 특히 네 아름다움, 희거나 검거나 붉어서 아름다운 것들과 좁거나 가늘거나 작아서 아름다운 것들, 그리고 길거나 넓거나 통통해서 아름다운 그 모든 것들을 이제는 늙어 쓸쓸해진 꿈속에서도 모두 그려 낼 수 있다. 그것들이 내 감각에 펼쳐 보이던 낙원을 한 번도 잊은 적이 없고, 내 영혼에는 그것들에 대한 몰두와 탐닉의 기억이 지워지지 않는 흉터처럼 남아 있다. 복초(復初, 본성(本性)대로 돌아감)를 말하고 이치를 따지지 않으리라. 하늘에 솔개가 날고 못에 물고기가 튀어 오르듯이[鳶飛魚躍, 자연의 이치대로] 이제 다시 한 번 네 아름다움 속에 내 몸과 마음을 풀어놓아 너와 나를 아울러 자유케 하고 싶구나. 너와 함께 시가 되고 싶구나.'

어찌 보면 그런 시인의 정념은 말라죽어 가는 소나무가 더 많은 솔방울을 맺듯 느닷없고 하염없는 욕정 같은 것이었을런지도 모르겠다. 질탕한 잔치가 끝나고 자리를 거두면서 그래도 미진하여 마지막으로 급하게 걸치는 한 잔의 궁색일 수도 있다. 즐거운 놀이를 끝내고 집으로 돌아가다가 저무는 길섶 한 군데 피어 있는 들꽃 한 송이까지 꺾어 가는 각박함으로 볼 수도. 하지만 우리 시인에게는 아니다. 이미 시가 되고 시를 살고 있는 시인에게는 아니다.

그런 정념을 펼치려는 시인의 마음가짐도 젊어 모든 것이 설익은 시절의 그것이나 저잣거리 속된 한량들과는 달랐다. 복수를 앞둔 것 같은 다급함이며 가학(加虐)과도 같이 거친 다가듦은 식어 버린 피와 성숙해 간 시심(詩心)으로 진작 잦아들고 없었다. 틀림없이 우리의 삶은 불확실한 데가 많지만 여인과 한 번의 사랑을 나누기조차 불안할 만큼 다급하지는 않다. 그때 뺏는지 뺏기는지 모르게 주고받는 것도 모진 괴로움과 다름없이 진저리쳐지는 즐거움이지만, 그렇다고 반드시 거칠게 움켜야 할 까닭은 없었다.

여인의 아름다움으로 다가들 때 곧잘 일던 죽음과 소멸의 예감이나 부질없는 소유와 독점의 망상에도 더는 부대끼지 않았다. 남녀가 몸을 섞는 일은 언젠가는 끝나게 되어 있는 우리 개체의 존재와 연관이 있지만, 그것이 바로 지금의 내가 죽고 사라짐을 뜻하는 것은 아니다. 또 자신을 본뜬 새로운 목숨을 싹 틔우기 위해서는 다른 씨앗이 날라 듦을 막아야 하지만, 남녀의 만남이 오직 그런 본뜸[自己複製]만을 위한 것일 수만은 없다. 나비는 한 꽃에 머물지 않으며, 만남은 떠나고 헤어짐으로써 비로소 온전해짐을 시인은 진작부터 알고 있었다.

그러는 사이 다시 한 번 빠르고도 놀라운 변용이 시인에게 일어났다. 시드는 두 뺨 군데군데 피어나던 검버섯과 골 깊게 자리 잡아가던 주름이 어느새 말끔히 사라지고, 언제부터인가 은은한 윤기를 머금으며 피어나던 살갗은 이제 막 관례(冠禮)를 치른 젊은이처럼 희고 맑아졌다. 그 볼에는 갈겨니의 혼인색(婚姻色)처럼이나 고운 홍조가 어리고 잿빛으로 메말라 가던 입술도 붉게 부풀어 올라 있었다. 거기에다 이제는 가라말의 갈기보다 짙고 숱 많아진 머리칼이 어우러져 처녀가 꿈꾸었던 것보다 더 눈부신 그 님을 빚어냈다.

시인이 어떤 여인도 거부 못할 성징(性徵)을 휘황한 빛처럼 내뿜으며 한 발 더 다가들자 처녀에게도 똑같은 변용이 일어났다.

'그래 저이야. 태어날 때부터 하늘에서 받아 온 기억 속의 내 님이야. 젖가슴에 멍울이 맺히기 시작하면서부터 밤마다 내가 그리워하던 그분이야. 까닭 모르게 내 몸을 달아오르게 하고 긴 밤 잠 못 이루고 뒤채게 하던 내 낭군. 저이와 만나는 것은 내 오랜 꿈이었고, 저 품에 안겨 저이와 하나가 되는 것은 내가 철들면서 줄곧 기다려 온 일이었어. 그런데 이제 오신 거야. 드디어 내게 이르신 거야……'

시인의 추레한 차림에서 느낀 처연함도 잠시, 처녀가 그렇게 속으로 중얼거리며 부신 눈으로 시인을 바라보는 동안 그녀 모습도 빠르게 변해 갔다. 개울가에 지천으로 피어 있는 봄꽃 가운데서도 가장 아름다운 꽃이었던 그녀는 그사이 더욱 화려하고 요염하게 피어나 보는 이를 넋 빠지게 했다. 그녀가 걸친, 쑥물 치자물 다 날아간 해진 무명 치마저고리도 어느새 수놓고 구슬 입힌 비단 활옷보다 더 호사스러워 보였다. 그 마음도 시인과 마찬가지로 자연이 되어 가슴에 더께 앉은 망설임을 털어 버리고 시인과 똑같은 바람을 품었다.

'저이가 나를 안고자 하신다면 기꺼이 안기겠어. 저이가 내 안으로 들어오시겠다면 나는 서슴없이 나를 열어 받아들이겠어. 아니, 오히려 나야말로 저이와 하나가 되고 싶어. 몸과 마음 모두로 저이와 함께하고 싶어.'

이윽고 그렇게 알지 못할 조바심에 달떠 있는 처녀에게서는 사향노루의 암컷에게서처럼 배릿한 향내 같은 것도 풍겼다.

시인이 가만히 처녀에게 두 팔을 벌렸다. 그러자 무언가 눈부신 빛 같은 것이 시인의 두 팔 사이에서 쏟아져 나와 처녀를 끌어당겼다. 그게 시였을까. 어쩌면 시였을 것이다. 거기에 끌린 듯 다가간 처녀가 시인의 품에 몸을 맡기고, 시인은 그녀를 안아 가까운 산수유 꽃그늘로 데려갔다. 그 둘레에는 향기 짙은 인동덩굴과 찔레떨기들이 두터운 담처럼 우거져 바람을 막고, 바닥에는 지난가을의 낙엽이 두텁게 싸여 푹신한 요처럼 덮여 있었다.

두 사람은 얼싸안고 쓰러지듯 그 낙엽 위에 누웠다. 시인은 순결한 새의 깃털에 잘못 들어붙은 먼지나 짚 검불 같은 처녀의 거친 무명옷을 벗기고 이어 자신의 몸에서도 해묵어 흉측한 허물 같은 입성들을 떼어 냈다. 흐드러진 꽃그늘 아래 원래 하나였다

273

나뉜 두 몸이 아무런 머뭇거림 없이 합쳐지고…… 그리고 영원과
도 같은 시간이 흘러갔다.

구름이 잘생긴 봉우리를 휘감았다 가는가 싶더니, 꽃사슴 한
쌍이 부끄럼 없이 어울렸다 나뉘어 갔다. 바람이 무심히 함박꽃
가지를 흔들어 그 향기를 흩어 놓고, 골짜기 골짜기에서 쏟아져
내린 물이 함께 만나 흐르다 다시 갈라졌다. 모든 존재하는 것들
의 죄 없는 만남과 헤어짐이 거기 있었으며 시인의 사랑도 그 가
운데 하나였다. 그런데? 그것도 시였을까. 그래, 시였을 것이다. 틀
림없이.

먼저 몸을 일으킨 것은 시인이었다. 시인은 언제 그랬는지도 모
르게 벗어 내던진 자신의 낡고 해진 옷가지를 찾아 조용히 걸쳤
다. 봄볕은 아직도 따뜻하게 내리쬐고 있었으나, 봄바람은 이미 열
정이 식은 그의 늙은 몸이 벗은 채 오래 견뎌 내기에는 아직 쌀쌀
하였다. 그러나 시인의 마음을 채운 것은 젊은 날 그토록 자주 그
를 서글프게 하던 환락 뒤의 적막과는 달랐다. 세상 아름다운 꿈
가운데서도 가장 아름다운 꿈에 흠뻑 젖었다가 깨어난 이의 나른
함과 포만감이 있을 뿐이었다.

이윽고 처녀도 바람에 쓸려 누웠던 풀처럼 일어나 그때껏 가린
것 없이 펼쳐져 있던 알몸을 깔고 있던 무명 치마로 가렸다. 물에
씻긴 조약돌이 부끄럼 없이 그 깨끗한 속살을 햇볕 아래 드러내
듯, 자작나무가 그 희디흰 줄기를 무심히 바람에 내맡기듯, 시인에

게 맡기고 있던 그녀의 보얀 속살이었다.

처녀가 처음 그 산수유 아래로 들 때처럼 온몸을 단정히 무명 치마저고리로 여미고 일어났을 때 어느새 떠날 채비를 마친 시인은 그림자처럼 조금씩 그녀에게서 멀어지고 있었다. 그녀는 그럴 때 해야 할 말이 있고 지어야 할 몸짓이 있다는 것을 떠올렸다. 그러나 그녀는 멀어 가는 시인을 끝내 그냥 보냈다. 소리치거나 움직이면 허망하게 부서지고 흩어져 버릴 곱고 달콤한 꿈속에 있는 듯한 느낌 때문이었다.

처녀가 다시 빨래터로 돌아간 것은 한 번 되돌아보는 법조차 없이 멀어지던 시인의 뒷모습이 마침내 영마루 너머로 가뭇없이 사라져 버린 뒤였다. 남은 빨래를 마치려고 차가운 계곡 물에 다시 손을 담갔을 때에야 비로소 깨어난 그녀는 자신에게 무슨 일이 일어났나를 되새겨 보았다. 화안하고 고운 봄꿈을 한바탕 꾸었다는 막연한 느낌뿐, 그녀의 기억 속에 남아 있는 것은 아무것도 없었다. 화안하고 고운 봄꿈을 한바탕 꾸었다는 막연한 느낌뿐.

재 너머 내리막길을 늙은 시인이 숨을 헐떡이며 걸어가고 있었다. 팽팽하게 부풀었다 꺼진 욕망의 자리처럼 그의 살갗에는 전보다 한층 더 골 깊은 주름이 덮이고 불 꺼진 재처럼 식어 가는 몸은 갑자기 쇠잔해 걸음마저 비틀거렸다. 방금 그가 떠나온 것은 여인과 나눈 이 세상에서의 마지막 사랑이었지만, 기억을 거부하는 그의 의식에 남은 것은 그윽한 골짜기에 함초롬히 이슬을 머금고 피어 있는 한 떨기 청초한 나리꽃의 영상뿐이었다.

그런데 — 조잡한 민담(民譚)은 이들의 사랑에도 저희 속된 말을 집어넣었다. 민담은 이름 몰라도 좋을 그 산지기 딸에게 '간난이'라는 이름을 붙이고, 그때로 보아서는 혼기를 넘겨도 한참 넘긴 그 시골 아가씨의 다감함은 마을 사람들이 지어 준 '처녀 문장'이라는 별명을 귀뜀해 넌즈시 설명해 주려 한다. 그리하여 시를 하고 시를 살던 늙은 시인의 감흥이 그녀의 티 없는 갈망에 감응하여 연출된 그 연애시를 비속한 골계(滑稽)로 바꾸어 놓았다.

한바탕 흐드러진 정사를 치른 시인이 너무도 거리낌 없이, 그리고 익숙하게 자신을 받아들여 준 그 처녀의 행실을 의심하여,

수풀 짙은 어귀 접어들며
그윽하다 여겼으나,
골짜기 넓고 물 넉넉히 흐르니
반드시 먼저 지나간 사람 있겠네.

라고 물음 삼아 던진 시를 그녀는 이렇게 받았다고 한다.

앞 골짜기 응달 눈은
봄이 오면 절로 녹아 흐르고
뒷동산 누런 가을 밤송이는
벌이 쏘지 않아도 절로 벌어진답니다.

35

　자, 이제 무슨 얘기를 더할까. 그 몇 년 뒤에 있는 그의 죽음? 아니면 그의 유골을 전라도 어디에서 강원도 영월로 옮긴 둘째 아들 익균의 갸륵한 효심? 그래도 모자라면 그가 일생 보여 준 것들 중에서도 자신이 보고 싶은 것만 골라 본 뒷사람들의 이러쿵저러쿵하는 시비? 다 부질없다. 여기서 우리가 찾아 나섰던 것은 한 시인으로서의 그였으며, 이제 그 추적은 끝났다.

　우리가 그 아들 익균을 통해서 본 것은 이미 이 세상의 시를 넘어서고 떨쳐 버린 그였고, 그 뒤는 이미 말했듯 말과 글로 뒤쫓기는 글렀다. 힘들여 그의 마지막 사랑 얘기 한 자락을 더 들춰 보았지만 어쩌면 그것은 처음부터 옛이야기 속의 장사(壯士)가 도깨비를 사로잡으려고 했다는 온밤의 씨름 같은 것이었는지도 모르겠

다. 그래서 어렵게 말과 글로 되살려 낸 그의 마지막 모습 또한 새
벽에야 겨우 씨름에 이긴 장사가 도깨비라고 잡아 묶어 둔 그 몽
당 빗자루 같은 것일지도.

게다가 오래잖아 찾아오는 그의 죽음 — 그래, 그다음은 막말
을 하자. 죽은 시인은 시인이 아니다. 그가 걸은 시의 길에서는 시
도 시인도 죽음으로 모두 끝이 난다. 죽은 시인은 시를 하지 못하
고 시를 살 수도 없으므로.

어느 시인의 초상

유종호(문학평론가)

한 작가의 작품 세계를 정의한다는 것은 언제나 어려운 일이다. 정의의 그물을 빠져나가는 세목과 특징들이 허다하고 그것을 좇다 보면 다른 요소들이 또 빠져나가기 때문이다. 이문열처럼 젊은 거장이 되어 버린 작가의 경우 그 어려움은 걷잡을 수 없이 된다. 1970년대의 막바지에서부터 작품 활동을 시작한 그는 저 험난했던 1980년대의 10년 동안 폭발적인 정력으로 우리 소설에 새롭고 중요한 부를 보태었다. 물론 문학적 대량 생산은 그만의 독점적 쾌거가 아니었다. 제 각각의 장르에서 기운 센 장사들이 줄줄이 나서서 부지런히 생산하고 씩씩하게 거두어들였다. 조금 예스럽긴 하나 여전히 천하의 대본에 종사하는 농부에게 작가를 견줄 수 있다면 이문열은 이 시기의 단연 두드러진 다수확왕이었다. 벼

농사, 밭농사, 과수원, 특용 작물 등 그가 손대지 않은 농사일은 없고 그 모두에서 품질 좋은 다수확왕이 된 것이다.

한때의 영화가 가시긴 했지만 본격 문학의 정도(正道)라고 생각되던 단편 분야에서도 그는 「필론과 돼지」에서 「금시조」에 이르는 많은 수작을 보여 주었다.

경제적 기초의 상대적 공고화가 문학 장르에 반영된 사례라 할 수 있는 중편이라는 조금 모호한 분야는 그의 득의의 영역이라 할 만하다. 「그해 겨울」이 포함되어 있는 『젊은 날의 초상』 삼부작을 위시해서 「새하곡」, 「칼레파 타 칼라」 등 수많은 명편을 쏟아 내었다.

그의 정력적 상상력이 마음껏 힘을 발휘한 장편소설은 더욱 다채롭다. 초월의 문제를 과거와 현대의 대비 속에서 다룬 『사람의 아들』, 기품 있고 반어와 해학으로 짜낸 진지한 패러디인 『황제를 위하여』, 해방 이후의 가장 핵심적인 사회 문제를 건드린 『영웅시대』, 한 시대의 벽화를 겨냥한 『변경』을 상기하는 것만으로도 우리는 그 소재의 다채로움에 압도된다.

그 밖에도 귀속이 쉽지 않은 일종의 조곡(組曲)이라고 해야 할 『그대 다시는 고향에 가지 못하리』가 있고, 요약된 작품 연보에는 별로 드러내지 않는 중·장편도 여럿 있다. 이 모든 것을 포괄하는 정의의 어려움은 단순한 둔사가 아닌 것이다.

이문열이 작가 활동을 시작한 지 몇 해 안 되어 상재하였던 「금시조」에 부친 발문 제목을 필자는 "능란한 얘기 솜씨와 관념적 경향"이라고 단 일이 있다. 그것이 계기가 되어 '얘기꾼'이라는 호칭이 달라붙게 된 것 같다고 불만스러운 어조로 그가 토로한 적이 있다. 얘기꾼이란 말을 얼마쯤 부정적으로 사용하는 사람들에 의해서 촉발된 반응이라고 생각되지만 필자는 얘기나 얘기꾼이란 말에 부정적인 함의를 담은 바가 없다. 그것은 그 글의 맥락에 드러나 있지만 지금도 '얘기'를 서사문학 일반을 가리키는 우리 토박이 말로 이해하며 사용하고 있다. 얘기꾼은 소설가의 원형이다. 소설이 어른을 위한 동화라고 방언하는 블라디미르 나보코프의 말에 동조하지 않더라도 그러하다. 얘기꾼을 아주 소박한 의미로 쓰고 있는 발터 벤야민도 그를 교사와 현자(賢者)의 동렬에 올려놓고 "얘기꾼이란 의로운 자가 자기 얘기의 인물 속에서 자신을 만나게 되는 그런 인물이다."라고 적고 있다.

능란한 얘기 솜씨와 관념적인 경향이란 말로 이문열의 작품 세계가 탕진될 수는 없다. 그러나 그것이 그의 작품 세계의 중요한 특징의 한둘이라는 것만은 부정할 수 없다. 그 밖에도 허다한 그의 줏대 되는 특징과 매력을 장편『시인』을 통해서 밝혀 보려고 한다.『시인』은 장편이라고는 하지만 그렇게 긴 작품이 아니다. 따라서 상세한 분석과 검토에 적합하다. 어떤 작품이건 작가의 풍모와 취향과 솜씨는 드러나게 마련이지만『시인』은 작가 자신을 해명하는 데도 시사의 빛을 듬뿍 던져 준다. 달리는 말 위에서 산을 보듯이 그의 전 작품을 건드리기보다도 한 작품에 대한 집중적 조명이 더욱 뚜렷하게 작가의 작품 세계를 드러내 줄 것이다. 게다가 예술가 소설인 『시인』은 작가를 밝히는 데 더할 나위 없이 호적하다.

기억과 평설

　『시인』은 19세기 실재 인물인 김병연에 관한 허구적 평전(評傳)의 형태를 취하고 있다. 사망 연도와 수명은 각각 다르지만 미국 시인 에드거 앨런 포나 영국의 존 스튜어트 밀과 동시대인인 김병연은 김삿갓이란 속명으로 더 잘 알려져 있다. 그의 소작으로 알려진 시편과 함께 전해 오는 문서상의 기록이 없는 것은 아니나 많지 못하다. 죽장과 삿갓 차림으로 전국을 떠돈 즉흥 시인이란 구비적 초상에 어울리는 일이기도 하지만 체제 귀속적 지위가 없는 국외적 개인에 대한 사회적 무관심을 썩 잘 보여 주고 있다. 지배층이나 지배층의 수사관(修史官)이 그를 묵살하는 것은 당연하지만 시문을 다분히 상위 신분의 현시적 부록쯤으로 영위하였던 문집 작가들의 속물주의 또한 그를 완강하게 기록에서 배제하였다. 그러나 예외적인 희소 기록은 그의 삶에 우리의 상상력을 자극하는 추정 공간을 부여해 준다. 지배층이 묵살한 국외적 개인을 당대인들은 구비적 상상력으로 극화하고 채색한다. 문헌 부족은 역설적이게도 구속 없는 상상 작용을 매개로 해서 국외적 개인의 삶을 더욱 진진하고 풍요하게 만들어 줄 편안한 가능성을 마련해 준다.

이 작품에서 작가 이문열이 한 일은 김병연에 관한 얼마 안 되는 당대 기록, 그의 작품, 그의 작품과 사람에 대한 구비 전승을 재료로 해서 시인 김립(金笠)의 삶을 재구성하는 것이다. 정신분석가는 꿈의 '표층 내용'이란 일차적 텍스트를 소재로 해서 '잠재 내용'이라는 이차적 텍스트를 읽어 낸다. 언뜻 보아 뒤죽박죽의 혼란 자체였던 꿈은 일관성 있는 의미의 실체로 드러난다. 이때 정신분석가가 의존하는 것은 '꿈 작업'의 원리이다. 이문열은 결락(缺落) 많고 지나치게 극화되어 있는 구비 전승과 몇몇 기록을 이를테면 일차적 텍스트로 해서 『시인』이라는 이차적 텍스트를 마련해 내는 것이다. 이때 작가가 의존하고 있는 것은 소설가 고유의 자유로운 상상력이다. 관습이라는 굴레가 가장 허술한 장르인 소설의 자유를 마음껏 구사해서 한 계급 탈락자의 시인으로서의 전신과 변모를 진진하게 보여 준다. 그리고 그것은 구비 전승의 대담한 역전과 수정을 통해서 속도 있게 전개된다.

작가는 가까운 역사적 과거의 인물을 조형함에 있어 그 소설적 세목에 크게 개의하지 않는다. 세목이 또렷한 구체적 장면이 개연성 있게 인상적으로 펼쳐지는 경우가 없는 것은 아니다. 그런 것 없이 훌륭한 소설이 성립되기는 어렵다. 그러나 구체적 장면은 길이에 걸맞게 한정되어 있으며 세목도 매우 선택적이다. 그리고 그것을 보충하고 있는 것은 작가의 주관과 솜씨를 유감없이 보여 주는 요약이다. 작가의 요약 능력은 이 허구적 평전 혹은 평전적 허구 작품에서 평설의 형태로 드러나는데, 작품의 속도감에 크게 기여한다. 묘사 못지 않게 평설적 지문에 무게가 실려 있다 할 만큼 해석의 묘에 작품의 흥미가 의존하고 있기도 하다. 그 점에서 작품의 첫머리는 아주 시사적이다.

그의 일탈된 삶을 추적하는 일은 기억의 문제에서 출발함이 좋을 듯싶다. 늘그막에 그는 자신의 한 살이[生]를 긴 노래로 요약하면서 다음과 같은 구절을 남겼다

머리터럭 자라면서
명운(命運) 점차 기구해짐이여.
가문은 결딴나고
뽕밭은 푸른 바다가 되었네.

뒷사람들은 통상으로 그 구절을 구체적인 기억의 시적(詩的) 변용으로 여겨 주지 않았다. 기껏해야 의식 밑바닥에 깊이 묻혀 버린 유년의 체험이 뒷날 남에게 들어서 알게 된 그 자신의 내력과 어울려 조작해 낸 유사(類似)기억이라는 게 일반적인 믿음이었다. ― 15~16쪽

묘사가 정도인 소설의 지문이라기보다도 비평문의 대목으로 비친다. 앞서 허구적 평전이란 말을 썼지만 단순한 수사적 정의가 아님이 분명해진다. 위의 대목은 김병연이 스물이 지나서 시골 백일장에서 장원할 때까지 가문의 사단을 알지 못했다는 구비 전

승을 역전시키기 위한 문제 제기이다. 그러나 세밀하게 검토해 보면 그 이상의 소설적 의미를 갖는 구조적 장치이기도 하다. 소설의 줄거리와 진행에서 세목 선택의 기초가 되어 주고 있는 것이 김병연의 기억이기 때문이다. 제6장에는 "그런데 참으로 알 수 없는 것은 기억의 요사스러움이었다."는 구절이 보인다. 김병연의 심사를 적은 대목이다. 김병연의 기억에 의존한다는 세목 선택의 작품 원리가 숨겨져 있다.

어떤 길로 어떻게 걸어 여주로 갔는지도 별로 그의 기억에 남아 있지 않다. 다만 한 군데, 어떤 산을 지나는데 형이 불타는 것 같은 단풍을 보고 산 이름을 묻던 게 언뜻 떠오를 뿐이었다. 그때 아버지가 한 대답은 기억의 재생 과정을 거쳐서 나중에야 떠올랐다.
"여기가 바로 황해도 구월산(九月山)이다." — 44~45쪽

김병연의 '기억'에 따라서 작가는 그의 삶의 어떤 국면을 도입하기도 하고 배제하기도 한다. 어릴 적의 희미한 '기억'이 허용하는 대로 세목이 제시되고 혹은 사상(捨象)된다. 따라서 작가에게 부담스러운 역사적 과거의 세목은 대담하게 배제되어도 상관없는 것으로 된다. 김병연이 기억하지 못하는 세목까지 천착할 필요가 없다는 구실이 마련되기 때문이다. 우리는 치밀한 계산 아래 준비해 둔 기억이란 구조적 장치를 확인하게 된다. 김병연이 기억하고 있는 것인 양 도입되고 있는 구체적 세목 장면과 작가의 목소리가

직접 배어 있는 평설과 요약 부분이 상호 교체 혹은 교직되어 작품은 전개된다. 구체적 세목 장면은 작가의 능란한 얘기 솜씨로 해서, 또 평설 부분은 특색 있는 독자적 관점 때문에 제각기 진진한 재미의 원천이 되어 준다. 이 양자는 상호 보완적 관계에 있으며 실상 그 뿌리는 같다. 첫 장에 있어서도 김병연의 '기억'에 관한 평설과 다섯 살 나던 해 섣달에 정신 외상(外傷)을 입은 경험의 장면은 뗄 수 없이 얽혀 있다.

구체적 세목 장면이나 평설 부분이나 간결한 경제적 처리가 특징이다. 대담한 생략과 집약을 통해서 핵심을 부각시키며 과밀한 세목 축적은 경원한다. 구상적 장면은 대화나 발화가 중심으로 되어 있으며 이때 옛 상황을 재현시키겠다는 과도한 의고주의에 집착하지 않는다. 구체적 상황도 현대의 시속 경험에 의거해서 강렬하게 채색되어 있다. 세계 속의 현상이란 궁극적으로는 인식 주체에 의해서 해석된 현상이긴 하지만 작품 속의 사회 현상이 우리들 현대인의 당대 경험에 의해서 해석되어 있음이 두드러진다. 김병연의 기억의 벌통은 작가가 수집한 우리 시대의 벌꿀로 가득차 있다.

훈장의 기뻐함과 성냄, 굄과 밀어냄은 배우는 아이들의 재주나 정성의 많고 적음에 있지 않았다. 대단찮은 글이라도 풍헌이니 좌수니하는 재물깨나 있는 향반(鄕班)의 자식이 지으면 명문(名文)이네 신동(神童)이네 치켜세우고, 강(講)을 외다 하찮은 구절이 막혀도 그들 형

286

제같이 가난하고 이름 없는 백성의 자식일 때는 무슨 큰 배신이나 당한 듯 불같이 성을 내며 회초리를 들었다. 항시 그 훈장의 주름진 입을 오물거리게 하던 식탐(食貪), 돈 주고 산 공명첩(空名帖)으로 거들먹거리는 엉터리 향품(鄕品)들에게 보이던 비굴, 그리고 학동의 물음에 답이 막히면 성부터 내던 천학(淺學)……. ― 37쪽

황해도 곡산의 서당 훈장에게서 받은 좋지 못한 첫인상을 얘기한 후 작가는 그의 행태를 위와 같이 적고 있다. 서당 훈장에 대한 시인 김립의 야유와 경멸의 근원을 어린 시절의 경험으로 소급해서 설명하면서 서당 결석이 "뒷날의 일탈의 최초의 싹"일지도 모른다고 부연하고도 있다. 위에 적은 훈장의 화상이 세간에서 회자되고 있는 우리 시대 교육 비리를 대입해서 작성된 것임은 한눈에 선하다. 매우 개괄적이고 일반적인 요약이지만 평면적 사실성에 집착하는 단조한 필치가 마련하지 못하는 리얼리티를 구현하고 있다. 현세 경험의 소급 대입이 빚어내는 해학이 유례없는 재미를 일으킨다. 또 세간의 교육 비리의 간결한 의고주의적 처리는 문제의 핵심을 드러내어 우리의 오늘을 돌아보게 한다. 절묘한 현재와 과거의 혼융이다. 이와 다른 맥락에서 가령 "떠도는 게 삶의 한 중요한 양식이 되고 나서도 나루터나 관문을 지날 때면 언제나 그는 가슴 서늘해짐을 느껴야 했는데, 아마도 그것은 그의 영혼 깊이 새겨진 어린 날의 기억 때문이었을 것이다."란 대목이 보인다. 면천 노비의 아들로 위장하고 서울을 빠져나간 김병연의 유

년 경험에 관한 서술이지만 파출소 근처를 꺼리는 시국 사범이나 사상범의 심리를 활용하고 있음은 분명하다. 그 대표적인 사례는 현대의 연좌제라는 맥락에서 김병연 일가에 대한 박해를 평설하고 있는 대목이다.

> 행형(行刑)이 한 등급 감해지기는 해도 반역에 대한 체제의 보복은 집요하고도 철저했다. 조정이 그들 일가에 대해 직접적인 형벌권의 행사를 포기했다고 해서 체제 전체가 그들에 대한 악의를 지운 것은 결코 아니었다. 오랫동안 이런저런 교육을 통해 반복적으로 주입된 체제 이데올로기는, 역시 되풀이 행해진 반역자에 대한 끔찍한 징벌의 본보기와 더불어, 체제에 순응을 거의 본능에 가까운 수준으로 끌어올려 놓고 있었다. 그리하여 조선의 사회체제와 이익을 같이하는 계층은 물론, 실제로는 그 체제의 피해자에 지나지 않는 계층까지도 역적이란 말에는 본능적으로 몸서리를 치게 했고, 그 후예(後裔)마저도 가까이하면 옮게 되는 무슨 치명적인 역질(疫疾)처럼 여기게 만들었다. ― 55쪽

이러한 현대 경험의 소급적 대입과 해석이 재미의 지속적인 원천이 되어 있음은 말할 것도 없다. 그리하여 기억과 현대 경험의 대입은 매우 현대적인 역사소설 『시인』을 꿰뚫고 있는 기본 뼈대가 된다. 작가에게 부담이 되는 모든 세목은 '기억'에 없기 때문에 사상(捨象)된다. 사회사에 대한 의존할 만한 증빙 세목이 곁에 없

는 데서 생기는 역사적 과거의 결락 부분은 현대 경험의 소급적 적용에 의해서 충전된다. 여기에 구비 전승의 낯설게하기, 의표를 찌르는 역전적 해석에 의해서 작품의 힘이 충전되고 추가된다. 이 작품이 발휘하는 독특한 매력, 어떤 독자들을 매혹시키는가 하면 다른 독자들의 반감을 촉발하는 것은 바로 소급 적용된 현대 경험, 혹은 그 기초가 되어 준 해석의 준거 틀이라 할 수 있다. 모든 역사소설이 이러한 특성을 갖게 마련이지만 정치라는 민감한 부위에 직접 닿아 있어 『시인』은 찬반 간에 상당히 날카로운 반응을 일으키는 것 같다.

글결과 글체

똑같이 언어를 매체로 하고서도 문학이 되는 산문이 있고 문학이 되지 않는 산문이 있다. 그 차이점의 근거의 하나는 허구냐 아니냐의 여부로 가늠된다. 허구와 비허구라는 분류법에 우리는 익숙하다. 그러나 간과하기 쉬운 중요한 차이는 문체에서 오기도 한다. 문체가 주는 즐거움은 어떻게 보면 문학다움의 시금석이라 할 수도 있다. 비허구 산문이면서 문학으로 수용되는 역사나 르포르타주는 그 태반이 문체에서 기운을 얻고 있다. 이야기가 가지고 있는 입심이 문체로 무게를 옮겨 가면서 예술로서의 근대소설이 변모해 왔다고 할 수 있다. 요컨대 문학과 비문학을 구분 짓

고 있는 것은 문체이다. 한 작가가 얼마만큼 예술가인가 하는 것
은 문체로 판가름 난다고 해도 무방하다. 문체를 단순히 문장 기
교나 주제에 대한 수식적 첨가라고 생각하는 한 문학의 핵심으로
근접하지 못할 것이다.

빼어난 작가가 흔히 그렇듯이 이문열도 특색 있고 세련된 문체
의 소유자다. 가령 「그해 겨울」이나 『그대 다시는 고향에 가지 못하
리』 같은 작품의 힘의 태반은 글체에서 온다. 거의 산문시라 이를
만한 울림과 가락을 가지고 있는 대목도 많다. 그것이 단조롭지
않고 다채로운 모습을 보여 주는 것은 소재와의 적정성을 가늠하
는 과정의 비평적 노동의 소산이다. 『시인』과 같이 역사적 과거의
인물을 다루고 있으며 그의 삶의 전기적 결락 부분을 상상력의
자유에 맡기고 있는 작품 속에서 글체의 기능은 특별히 중요하다.

세목과 장면의 현실성을 보증하는 것은 오로지 문체의 힘이기
때문이다. 실생활과 현실 세계에서의 개연성이라는 것이 현실성
을 가늠하는 데 큰 역할을 하는 것은 사실이다. 흔히 얘기하는 전
형성이라는 것도 이 개연성과 연관되어 있다. 독자들이 익히 알고
있는 당대 세계를 다루는 현대 소설에서 개연성에 대한 독자들의
판단은 매우 엄격하고 까다롭다. 그러나 그려진 현실 세계에 대한
생각이 막연하고 그 세목이 결여되어 있는 역사소설에서 작품의
현실성은 소여 현실 세계의 개연성에 대한 판단이 느슨해지고 무
디어지는 그만큼 글결과 글체에 의존하게 되는 것이다.

흔히 대화 언어는 성격 묘사의 일환으로서 발언자를 선연하

게 드러낸다. 또 사투리로 되어 있을 경우 비교적 쉽게 리얼리티를 획득한다. 이 작품에서도 의고체에 근접한 대화의 간결한 기술은 작품에 속도를 부여하고 사람됨을 부각시키며 아울러 경제적인 상황 처리에 기여하고 있다. 작가의 솜씨는 이 부분에서 아주 탁월하다.

① "몸 성히 가거라, 가여운 것들아. 하늘이 무심치 않으면 살아서 다시 만날 날도 있으려니……." ― 22쪽

② "됐네, 이제 그만하게. 처참해서 더 못 듣겠네." ― 96쪽

③ "고추야 달고 나왔다만 저 불쌍한 목숨을 어찌할꼬. 이 첩첩산 골에 농투성이 자식으로 태어났으니, 짐승 같은 그 한 살이[生]가 물 밑같이 훤하구나." ― 106쪽

④ "아니다. 그대는 결코 지나가다 들른 나그네가 아니다. 이 나라에서 그래도 명색 선비 행색을 하고서 이곳에 와서 그렇게 울어 줄 수 있는 사람은 흔치 않다. 바로 말하라. 그대는 누군가?" ― 177쪽

①은 제1장의 끝부분에서 병연 형제를 아랫것에게 딸려 보내면서 아비가 하는 작별의 말이다. 비통한 심정이 간결하게 처리되어 더 보탤 것도 뺄 것도 없다. 그러면서 기품을 잃지 않으려는 젊

은 아비의 절도가 보인다. ②는 김병연 삶의 전기가 되었던 강원도에서의 백일장 응시 직후의 술자리 장면이다. 관서 사람 노진의 말로 되어 있지만 몇 마디로 발언자의 태도 변화를 극명하게 보여 준다. 말은 적게 할수록 힘이 있다는 사실을 확인시켜 준다. ③은 가문의 재기를 비원으로 가지고 있는 병연 모친의 자식에 대한 심정을 보여 주고 있다. ④는 평안도 방랑 시절 다복동에서 만났던 원명대(元明大)의 말이다. 불과 몇 마디로 상황과 인물됨을 극명하게 떠올리게 한다. 지극히 엷은 의고적 채색으로 극대화된 효과를 낳고 있다. 19세기의 관북 사람이 과연 이런 투로 대화를 했겠느냐 하는 따위의 의문은 애초부터 끼어들 여지가 없다. 희곡이나 소설 속의 발언이나 대화는 성격 묘사와 줄거리의 진행과 상황 제시의 갖가지 요구를 충족시키면서 구상된 이상형이지 실제 대화의 복사가 아니다. 그런 만큼 양식화되어 있기도 하다. 원명대의 말은 유려하지만은 않은 어눌함이 있고 그것이 도리어 사람됨을 잘 드러내 준다. 의고체라는 공통성에도 불구하고 제각기 차이성을 드러내며, 각각 발언자의 모습을 떠올리게 한다는 점에서 뛰어난 솜씨임을 다시 확인하게 된다.

서양 근대소설을 모형 삼아 얘기할 때 훌륭한 소설이 제공하는 진진한 흥미의 하나는 생동감 있는 작중 인물의 제시이다. 몇 줄의 서술로 현실성을 얻게 되는 인물도 있고 의외로운 국면을 보여 주면서도 일관성과 동일성을 확보하고 있는 복합적인 인물도 있다. 어느 쪽이건 언어를 통한 묘사요, 조형이니만큼 그 현실성은 글체에 크게 의존할 수밖에 없다. 삿갓을 쓰고 집을 나서기 직전에 김병연의 모친이 충청도 친정으로 돌아가는 짤막한 삽화가 보인다. 며느리 황씨에게 남기고 간 그녀의 편지에는 다음과 같은 구절이 보인다.

한 가문에 며느리 되어 소임을 다하지 못하면 응당 내쳐지는 법, 내칠 사람이 없다 하여 마냥 미련을 부리고 있을 수는 없는 터이다. 이에 어미는 조상의 혼령에 죄를 빌고 스스로 친정으로 물러가고자 한다. 쉰이 다 되어 흰 머리터럭을 덮어쓰고 돌아가는 친정 길이 오죽할까마는, 할 일을 다 못한 주제에 어찌 김문(金門)의 귀신 되기를 바랄 수 있겠느냐. 다만 바라는 바는 네가 하루속히 청운에 올라 이 어미의 죄를 씻고 다시 김문으로 불러들여 주는 일이다. 그 길밖에는 우리 모자가 다시 상면하는 길은 없을 터인즉, 부디 허술히 듣지 마라. 네가 어리석은 효심을 내어 백수(白首)로 이 어미를 찾아들 양이면, 칼을 물고 엎어질지언정 살아서 너를 보지는 않으리라⋯⋯. ― 134~135쪽

김병연의 모친은 아들의 신분 회복 야망을 부추기는 인물로 그 옆모습이 언뜻언뜻 그려져 있다. 그러나 그 온 모습이 드러나는 것은 길지 않은 편지를 통해서이다. 이 편지가 순탄치 못한 평생을 산 조선조 양반 여성의 삶의 결을 통째로 보여 주지는 않는다. 그러나 그 사람됨과 삶의 지향점만은 간결하나 뚜렷이 보여 주고 또 그것으로 충분하다. 글체가 옛 사람을 살려 내는 것이다.

"꽃이 임금을 위해 피고, 새가 스승의 은혜를 기려 울던가? 구름이 다스리는 자의 잘못에 따라 일고 비가 다스림 받는 자의 원망에 따라 내리던가? 노을이 의를 위하여 곱고 달이 예를 위해 밝던가? 꽃 지는 봄날의 쓸쓸함이 오직 나라 위한 근심에서이고, 잎 지는 가을밤의 서글픔은 오직 어버이를 애통히 여김에선가?" — 148쪽

유가적 충효시와 지사적 비추(悲秋) 시편을 겨냥하고 토로하는 취옹의 말이다. 오늘날의 한 문학 성향을 염두에 두고 작가가 구상한 것임이 분명하지만 논리 전개의 수사가 절묘하면서 발언자의 사람됨에 걸맞다는 이중적 기능을 성취하고 있다. 18세기의 영국 시인 알렉산더 포프가 「인간론」, 「비평론」과 같은 시에서 전개하고 있는 바 동에 번쩍 서에 번쩍 하는 기지를 연상케 한다. 기지가 기지로 드러나지 않고 은은히 내장된 동방의 변증이다. 동양의 시문에서 유례가 없는 것은 아니지만 천민 자본주의 아래의 대중문화 속에서는 찾기 힘든 고전적 격조라 하지 않을 수 없다.

문학 작품이 구현하고 있는 매력이나 특성은 몇 가닥의 정의로 탕진될 수 없다. 거칠고 생경한 말씨와 글결이 충격적인 경험을 전해 줄 수도 있고, 새 낯섦을 마련해 주기도 한다. 그러나 말을 매체로 한 문학은 출발점에서도 종점에서도 언어 예술이다. 작품의 리얼리티는 현실 속의 개연성과 문체가 어우러져 이룩하는 믿음성이다. 글결과 글체를 소홀히 하고서는 날[生] 체험의 충격성에 의존하는 기록과는 분야가 다른 소설이 힘과 기운을 얻을 수 없

다. 우리 문학에서 상대적으로 홀대받고 있는 국면에서 개성적인 노력을 계속하고 있는 작가 중의 한 사람인 이문열은 『시인』에서 의고체의 가능성을 폭넓게 보여 주고 있다. 느슨함과 긴장, 강건함과 의도적 허술함이 어울려 자재로운 상상 공간을 성취한 것이다.

우연한 만남

앞서 언급한 기억과 함께 이 소설의 뼈대를 이루고 있는 구조적 장치는 만남이다. 그것도 볼일이나 약속으로 만난 상봉이 아니라 방랑길에서의 우연한 만남이다. 그러나 우연한 만남은 떠돌이 시인의 삶에 걸맞은 것이고 그러한 한에서는 필연의 별명에 지나지 않는다. 따라서 구성상으로 당돌하다는 느낌을 주지 않는다. 강원도 백일장 직후에 마주친 관서인 노진과의 만남, 금강산 초입에서의 취옹과의 만남, 서른세 살 나던 해 초여름 다복동에서의 원명대와의 만남 등은 중요한 고비가 되고 전기가 된다.

강원도 어느 고을에서의 백일장 응시 앞뒤의 사정을 적은 제14장은 구비 전승의 전도를 다루고 있는 작품 속 절정 장면의 하나를 이룬다. 사람의 호사벽은 얘기를 꾸미고 극화하기를 좋아한다. '까마귀 싸우는 골에 백로야 가지 말라'는 교훈 시조가 정몽주 모친의 소작이라고 지어 댄다. 서양 단두대의 발명자가 단두대에서 죽었고 최초의 원자폭탄 투하자가 정신이상으로 죽었다고 소문

낸다. 모두 사실과 부합하지 않는 악의 없는 거짓 극화의 산물이다. 세상에 알려진 많은 일화들이나 삽화들이 이런 극화의 산물이다. 삶 속에서 어떤 보이지 않는 인과의 사슬을 찾고 수수께끼의 힘 앞에 놀라려 하는 여린 심성의 반응이기도 하다. 나이 스무 살에 영월에서 백일장에 응시하여 누구인지도 모르고 조부 김익순의 항복을 규탄하는 공령시를 지어 바쳐 장원에 이르지만 속사정을 알고는 방랑길에 올랐다는 속설을 작가는 물리친다. 어린 시절에 정신 외상 경험을 겪은 그가 가문의 사단을 몰랐을 리 없다는 작가의 설득력 있는 말을 반박하기는 어렵다.

모든 것을 알고 있던 김병연은 백일장 시제(詩題)를 보고 깊은 충격을 받는다. 거기서 '체제의 악의'를 발견하고 "아직도 끝나지 않았구나. 어쩌면 나의 날은 일생 오지 않을 수도 있겠구나." 하고 비명 같은 생각을 하면서 충과 효 사이에서 갈등하고 고민하는 것으로 작자는 고쳐 쓴다. 응시 포기의 충동마저 느끼나 가문 재기의 소원을 자신에게 걸고 있는 모친의 집념과 본인 자신의 신분 상승 욕망은 '전 세대의 잘못된 선택에 대한 다음 세대의 권리 행사'라는 자기 합리화를 안겨 주면서 조부 매도의 공령시를 작성케 한다. 그러나 막상 장원 급제 소식을 접하자 심경 변화가 일어난다. 소식을 알려 준 인사의 "그 자손이 있다면 얼마나 가슴 아플꼬."란 무심한 말이 전율로 왔기 때문이다. 이렇게 우연한 만남과 무심한 발언이 주인공의 행적에 큰 영향을 미친다. 시관(試官) 앞에 나서기를 그만두고 주막으로 찾아든 그는 노진과의 운명적인 만남을 갖게 된다. 충과 효 사이의 우선순위를 놓고 노진과 김병연이 교환하는 논쟁은 정치 공동체의 명령과 가족 윤리의 요구 사이에서 결단해야 하는 안티고네의 난경을 상기시키는 바 있다. 그러나 효가 충보다 먼저라고 생각하는 노진의 면박을 받고 김병연은 깊은 상처를 받는다. 그때 그가 최초의 각혈을 경험하는 것은 작가의 용의주도한 세목 배당이라 이를 만하다. 백일장에서의 사단은 병연 형제의 이주를 야기시킨다.

김병연 삶에서의 중요한 두 번째 만남은 스물다섯 나던 해의 금강산 주막에서 이루어진다. 취옹이란 이름의 은자와의 만남은 노진과의 만남에서처럼 세속의 충효 논쟁이나 개인적 상흔의 건드림으로 발전하지는 않는다. 그것은 시론에서 출발하며 넓은 의미의 인생론과 예술론으로 나아간다. 은자의 삶에 걸맞게 취옹은 시의 공리성, 유용성, 도구성을 부정한다. 시는 스스로 충족되는 것이며 "스스로를 자유하게 하고 나아가서는 남을 자유하게 하는 것"이란 취옹의 시화(詩話)는 일종의 순수시론이다. "홀로 갖추고 홀로 넉넉한" 존재의 시야말로 참다운 시라고 하는 취옹이 시를 살고 있다고 작가는 시사한다. 그것은 자연 속에서 완벽한 조화를 이루고 있다는 정경 서술에서 잘 드러난다. 참다운 시인이란 모든 것을 떨쳐 버린 존재라는 강력한 암시를 받은 김병연은 뒷날 스스로 그것을 실천하기에 이른다. 취옹의 입을 빌려 참여적 문학 이론에 대한 비판을 가한 부분은 찬부 간에 주목할 만한 대목이다.

또 하나 중요한 만남은 서른세 살 나던 해 홍경래 봉기의 근거지였던 가산군 다복동에서 이루어진다. 홍경래 휘하에서 싸웠던 상이 잔존자 원명대와의 만남에서 김병연은 새로운 사실을 듣게 된다. 조부 김익순은 단순 투항자 이상의 홍경래 대의의 공명자로 드러난다. 관군에게 재투항할 때 김창시의 목을 벤 일에 관해서도 김창시의 이탈과 관련시켜 정상이 참작된다. 원명대를 통해서 홍경래 봉기에 대한 공감을 체험한 김병연은 조부에 대한 고정관념도 바뀌어 단순한 역적의 자손이라는 체제 측이 강요한 원죄 의식에서 놓여나게 된다. 원명대는 홍경래 대의의 열의 있는 변호론자로 등장하여 현장 체험자 특유의 권위로 김병연에게 큰 충격과 영향을 준다. 이를 계기로 해서 그는 봉기의 대의에 공명하면서 민초의 편에 서는 민중 시인의 풍모를 띠게 되는 것이다.

이 밖에도 우연한 만남은 더 있다. 덕소에서의 안응수와의 만남과 뒤이은 문객 생활, 그의 문객 생활에 종지부를 찍게 하는 김좌근과의 만남을 예로 들 수 있다. 홍경래 등과 한때 어울렸으나, 그들의 대의와 구상에 실망하여 일찌감치 소매를 나누었다는 곽산의 늙은 선비와의 만남도 소홀치 않은 무게를 가지고 있다.

길 위에서의 우연한 만남이 김병연의 도정을 결정적으로 좌우한 것은 아니다. 영향이나 충고의 수용은 대체로 내부의 지향이나 충동과 부합하는 선에서 이루어지게 마련이고 그러한 면에 있어서는 주체의 선택 의지의 소산이다. 압도적인 타자의 우월성에 의해서 주체가 형성되는 경우도 있을 것이다. 그러나 주체가 내부의 상반되는 요구 사이에서 분열되어 있을 때 타자의 소리가 어느 한쪽을 편들어 영향의 수용이 이루어진다고 할 수 있다. 그러한 의미에서 이르는 바 영향은 자아 내부의 상반되는 충동 사이의 갈등 해소에 붙인 타자를 빙자한 이름에 지나지 않을 것이다.

어쨌건 출신 성분 및 가족이라는 막강한 형성력과 내부의 지향과 우연한 만남이 계기가 되어 준 타자의 영향이 혼성해서 이루어진 시인 김립의 도정을 작가는 세 단계로 구분한다. 시에 대한 기초 훈련은 과거(科擧)를 위한 사장지학(詞章之學)의 연마에서 이루어졌고 공령시(功令詩)에 능했다는 사실도 그 결과였다. 그러나 시인으로서의 출발은 본격적인 방랑과 함께 시작되었다고 적는다. 스물여섯에서 서른서넛까지가 제1기로 공고한 과체시에 기초한 정격(正格)의 시체가 많았다. 사회의식이 극히 희박한 것도 이 시기의 특징이다. 다복동을 다녀온 후 관서 지방을 떠돌던 시기가 제2기로 속칭 민중 시인이란 이름에 어울리는 파격의 작품이 많다. 마흔을 넘어서 관조와 자기 침잠의 시 세계를 보여 준 것이 제3기이다. 인간에 대한 연민과 이해가 정격(正格)의 회복을 통해 절도 있게 표현되는 시기에 해당된다. 쉰이 되던 해 지천명의 나이답게 그는 다시 변화를 보인다. 그의 시는 쓰임을 넘어선 자족적인 경지에 이르고 생활 자체가 시가 되어 굳이 문자로 시를 남기려 하지 않는 지경에 이른다. 취옹과의 만남이 줄곧 잠재 가능성으로 김병연의 삶에 지속적 감화력을 발휘해 온 것이다. 우리는 김병연의 눈에 비쳤던 계곡 가의 취옹과 아들 익균의 눈에 비친 김병연 만년의 모습이 매우 닮아 있다는 사실에 유념하게 된다. 최근의 이론가들이 어떤 소리를 하건 경험 세계와의 뜻 깊은 조응성은 문학작품의 자산의 하나이다. 이 작품은 방랑 시인을 주인공으로 했기 때문에 우연한 만남이 삶에서 갖는 엄청난 무게를 새삼 돋보이게 한다. 그것은 한편 전기적(傳奇的) 동양 소설의 한 관습이기도 하다.

생소화와 교양 체험

기억이나 우연한 만남이 작품의 구조적 장치가 되어 있듯이 반전과 전도도 플롯상으로 중요한 구실을 떠맡고 있다. 김병연에 관한 구비 전승의 수정에서 작가의 주관이 특색 있게 드러나고 얘기의 재미가 생겨나는 것을 우리는 위에서 확인한 바 있다. 이러한 전도와 수정은 조그마한 삽화를 통해서 작품 곳곳에서 이루어진다. 다복동에 들른 김병연이 원명대를 통해서 새로운 사실을 알게 되는 것은 앞에서도 눈여겨본 바가 있다. 조부에 대한 김좌근의 말이 사실과 다름을 알게 되는 것이다. 역적 김익순과 대비되어 충신으로 받들어진 가산 군수 정시가 봉기군에게 항거하다가 죽은 것은 사실이다. 그러나 거기에는 또 내막이 있었다. 악명 높은 탐관오리였던 그는 홍경래 휘하의 이희저(李禧著)와는 재물 탈취와 관련된 원혐 진 사이여서 살아남을 길이 없어 발악한 결과 충신이니 뭐니 하는 호가 났다는 것이 원명대의 말이다. 원명대의 말에 의하면 김익순은 외로운 선각자였고 홍경래는 민초들에게 희망을 주고 새 세상을 보여 주려던 시대에 앞선 혁명가였다. 김병연은 눈에서 비늘이 떨어지듯 새로운 눈으로 모든 것을 바라보게 된다.

그러나 관서 지방에서의 견문은 김병연에게 근본적인 재검토와 재평가의 계기를 마련해 준다. 원명대에 의해서 다분히 미화되어 전파된 홍경래 일파의 대의는 곽산 향반 출신의 늙은 선비에 의해서 조소와 야유의 대상이 된다. 그리고 세간 경험과 견문은 김병연으로 하여금 원명대 자신에 대한 재평가를 부과한다.

'결국 원명대는 열아홉의 설익은 나이와 무골(武骨)의 단순함으로 홍경래의 대의를 원래의 그것보다 훨씬 크고 휘황하게 받아들였으며, 다시 수십 년 외곬으로 갈고닦아 마침 찾아온 나에게 전한 것인지도 모른다. 할아버지에 대한 해석도 마찬가지다. 아무래도 원명대는 자신이 보고 싶은 것만 보고 이해하고 싶은 대로만 할아버지를 이해한 듯하다.' — 206쪽

이러한 반전과 전도에 의한 낯설게하기는 관점의 차이에 따른 이질적 평가의 결과이기도 하고 심리적 동기의 천착에서 나온 우상 파괴적이고 통념 전도적인 현실적 결론이기도 하다. 진진한 흥미의 원천이기도 하지만 동시에 이념적 편향에 의한 현실 감각의 균형 상실이나 지나친 이상화 경향에 대한 작가 쪽의 비판적 시

각의 산물이기도 하다. 원명대의 인간 이해에 대한 김병연의 뒷날의 소회는 오늘날의 급진주의 청년을 모형으로 해서 작성되었다고 해도 과언은 아니다.

기억, 만남, 전도와 같은 구조적 장치를 지닌 이 소설의 설득력은 앞서 검토한 글결과 글체에 무겁게 의존하고 있다. 그러나 설득력의 또 하나의 원천으로서 우리는 작가의 해박한 지식의 세목을 들 수 있다. 지난 세기를 다루고 있다는 사실 자체가 역사 지식을 전제로 하는 것이지만 중국 시문과 지적 전통, 지난날의 문물 제도 및 사회사에 대한 이해는 작가의 두터운 교양 체험을 실감케 한다. 번번이 예를 든 노진과의 대면에서도 충효 논쟁은 심도 있게 이루어져 작품에 리얼리티를 부여한다.

"아니 되오. 수신(修身)은 치국(治國)의 바탕, 수신의 효(孝)를 거치지 않고 치국의 충(忠)에 이르는 길은 없소. 그게 대성(大聖)의 가르침이셨소."

"그릇된 어버이는 거역함이 오히려 효를 이룰 수도 있을 터."

"그런 법은 없소. 김공도 명색 글 읽는 선비라면서 순(舜)의 대효(大孝)를 모르시오. 의붓어미의 꼬드김에 넘어간 그 아버지 고수(瞽瞍)가 몇 번이나 죽을 구덩이에 밀어 넣었지만 순임금은 한 번도 거역하신 적이 없지 않소? 자식은 어버이의 옳고 그름을 따질 수 없소."

그러는 노진의 말투에서 술기운이 걷혀 갔다. 조금씩 그의 참뜻에 의심이 일기 시작하는 눈치였다. 하지만 그는 멈추고 싶지 않았다. 오히려 은근한 결기까지 느끼며 낮부터 다듬어 온 자신의 주장을 펼쳐 가기 시작했다.

"그렇지만 나라가 있어야 어버이도 있는 법입니다."

"그것은 아니오. 충은 제도 문물을 향한 것이고 효는 사람 그 자체를 향한 것이오. 사람이 있고 제도 문물이 생겨났소." — 93~94쪽

충효 논쟁이 견고한 대상 이해와 적절한 대화 언어에 의해서 간결하게 전개된다. 이때 단순한 현학의 과시가 아니라 발언자의 실감의 뒷받침을 받고 있는 것이 설득력의 원천이 되고 있다. 충효 사이의 우선순위에 대한 사색이 전개되고 있는 제12장의 지문에서도 실감의 뒷받침을 얻고 있는 짤막한 대목에서 힘이 나온다.

군주를 어버이와 동일시하는 것, 그것이야말로 왕가의 못된 후손도 어렵잖게 신민들의 충성을 확보할 수 있게 하는 체제 이데올로기였다. 무능한들, 불의한들, 어버이를 어찌하랴……. — 74쪽

마지막 방점 찍은 대목의 실감에 의해서 그 앞의 신기할 것 없는 서술이 충전됨을 알 수 있다. 언뜻 지루할 것도 같은 작품 곳곳의 평설은 이러한 방식으로 진진한 절실성을 얻고 있다. 취옹이 전개하는 시론 내지 예술론, 몇 개의 시기로 나눈 김병연 시 세계의 개관과 성격 규정 및 소비층의 분석, 김병연의 학문적 성취를 가능하게 한 제반 조건의 검토와 같은 평설 부문은 그 대표적인

사례들이다. 소설의 지문으로서 아주 적정한 것은 아니지만 그 자체의 매력을 가지고 있다. 작가의 교양 체험을 반영하고 있는 이러한 작품 요소가 젊은 독자에게 그대로 소득 있는 교양 체험으로 수용될 것이다.

작품과 개인사

작가가 『시인』 초판 서문에 부친 글에는 우리의 눈길을 끄는 대목이 있다. 『영웅시대』 출간 이후 김병연에 대한 문학적 관심을 새로이 하고 그에 관한 구비 전승 속에 숨겨진 정치적, 사회적 의미에서 전율과도 같은 감동을 맛보았다고 하면서 이렇게 부연하고 있다.

> 그중에서도 무엇보다 먼저 내 주의를 끈 것은 그의 초기 방랑지였다. 그는 스물대여섯에 집을 나선 뒤부터 삼십 대 중반까지 줄곧 함경도와 평안도를 떠돌며 보낸 걸로 되어 있는데, 그것도 주로 홍경래가 활동의 근거지로 삼던 곳이 많았다. 다른 아무런 설명이 없어도 젊은 그의 고뇌와 절망이 어디에 근거하고 있는가를 넉넉히 짐작할 수 있게 해 주는 일이었다. 거기다가 마침내 다복동(多福洞)을 찾은 그가 자신이 김익순의 손자임을 밝히며 목 놓아 울었다는 기록을 보게 되었을 때는 절로 콧머리가 시큰해 왔다. ─ 9~10쪽

작가가 김병연에게서 자신의 일면을 발견하고 동일시의 연민과 공명을 느꼈음을 알 수 있다. "『영웅시대』는 본질적으로 아버지에 대한 부인이라는 의미를 띠는데 일반적으로 알려진 김병연의 방랑 출발의 동기도 유사하다."고 말하고 있는 대목은 김병연에 대한 이유 있는 동일시의 또렷한 국면을 명시적으로 시사하고 있기도 하다. 우리는 위에서 현대 경험의 소급적 대입이 작품에 현실성을 부여하면서 다가적(多價的) 언술의 미묘한 울림을 낳고 있음을 확인한 바 있다. 김병연이 작가 자신의 투영이라면 그 19세기 조선조 경험은 그대로 작가의 경험의 변용일 것임에 틀림이 없다.

이왕의 작품에서 드러난 이문열의 개인사적 특징은 부친의 좌익활동 및 월북과 이에 따라 강요된 불이익과 고통의 감수이다. 작가가 작품 속에서 '체제의 복수심'이라고 부르고 있는 것이 거기 해당된다. 국가에 대한 반역 행위를 범한 것으로 되어 있는 부친에 대한 착잡한 태도는 작품 속에서 충효 우위 논쟁으로 전개된다. 또 일가의 몰락과 수난을 가져온 부친에 대한 원망과 증오의 모티프는 여러 가지 형태로 이문열의 작품에서 되풀이되어 나온다. (가령 『젊은 날의 초상』의 제1부인 「하구」에는 '좌익 활동을 하다 산에서 죽은 부친에 대한 원망과 험구'를 하다가 서 노인에게 호통을 당하는 젊은이 얘기가 나온다. '자손 되어 조상 욕을 내놓고 해서는 안 되는 법'이라는 서 노인의 질타에는 벌써 김삿갓의 일화가 등장하고 있다.) 그것이 이 작품에서도 다시 모습을 드러낸다. 김병연이 시인의 길을 가게 된 데 대하여 작가는 이렇게 평설한다.

그의 유년을 상처 깊게 할퀴고 간 일문의 처참한 몰락과 그 때문에 받은 여러 자극들도 그가 내부에서 길러 내게 된 시인과 무관하지는 않을 것이다.

아직 형태도 제대로 갖추지 못한 그의 의식에 너무 세차게 와 닿아, 일부는 그 밑바닥에 본능처럼 잠재하고 일부는 허무감으로 변해 그의 감성에 어두운 그림자를 드리우게 된 그 죽음의 공포와 망명도주의 체험, 어떤 곳에서도 뿌리내리지 못하고 여기저기 떠돌아야 했던 유년기의 삶, 그러면서도 사이사이 묵은 상처처럼 그를 괴롭히던 옛 번성의 단편적인 기억들. 한 마리 막다른 골짜기로 몰린 짐승처럼 과장된 피해 의식에 쫓겨 다니던 어머니, 줄곧 생존 그 자체를 위협받으며 살아온 듯 느껴지게 하던 열악한 삶의 조건들, 죄의 사회적 유전 인자화(遺傳因子化)로 나중에는 원죄 의식까지 품게 한 연좌(連坐)의 그늘, 단순한 순응을 넘어 고정관념에 가까워진 일반의 체제 유지 감정과 하급 기관의 타성으로 끊임없이 상기되던 체제의 복수심, 그리하여 나중에는 잠재적 폭력으로만 여겨지던 국가와 법, 철들어서는 거의 부재(不在)나 다름없었던 부성(父性), 잦은 이주와 제도 밖의 배움에서 비롯된 또래들로부터의 고립감, 그리고 그 모든 것이 어울려서 빚어낸 여러 가치 박탈의 체험……. ― 69쪽

조금 길다 싶은 위의 인용문은 그대로 작가 자신의 유소년 체험을 적은 것이라 해도 틀림없다. 그의 개괄적인 연보는 거주지의 빈번한 변경을 말해 주고 있으며 '과장된 피해 의식에 쫓기던 어머

니'가 작가 자신의 모친임은 직간접으로 여러 글에서 드러나 있다. 연좌제와 관련하여 언급하고 있는 '체제의 복수심'이라는 것도 국정 문란과 기강 해이가 심하였던 19세기 조선조의 것이라기보다는 국민 조직과 통제의 기술이 발달된 우리 시대의 것이라고 해도 틀림은 없다. 작가라는 것은 본래 상상적 경험과 동일화에서 능력을 발휘하는 편이지 모든 것을 직접적 경험에 의존하는 사람은 아니다. 간접적 정보 활용 능력이야말로 더욱 소중한 작가적 재능의 구성 요소일지도 모른다. 그러나 자아 경험의 소급적 대입이 그대로 19세기 조선의 국외자, 고독자, 방랑자 시인의 허구적 전기로 결실하였다는 점에서 작가의 김병연 처리는 참으로 적정한 친화적 선택이었다고 할 수 있다.

작가의 초판 서문에는 또 젊은 날의 김병연이 출세를 위해 권문세가에서 문객 노릇을 했다는 기록을 읽고 소설 집필 구상을 다짐했다는 대목이 보인다. 또 간략한 작가 연보에는 사법고시에 응시해서 삼연패했다는 사실이 적혀 있다. 작가 자신의 강력했던 체제 귀속 의지와 신분 향상 욕구를 드러내는 부분이다. 연좌제와 관련하여 김병연과의 부분적 동일시를 촉발받았던 작가는 좌절된 청운의 뜻에 이르러 보다 전면적인 동일시의 가능성에 전율했을 것이라 추정된다. 홍경래 봉기나 취옹 시론에 의탁해서 현대의 급진주의 세력이나 참여적 문학 이론에 대한 비판을 보여 주고 있는 것도 작가의 문학 생활과 직접 연관되는 부분일 터이다.

당신이야 일평생 좋아서 떠도셨겠지만 나는 뭐고 어머니는 뭔가
요. 당신은 당신의 한을 이기지 못해서라지만 그게 새로운 한을 기르
고 있었다는 것은 모르셨겠지요. — 247쪽

부친에 대한 아들 익균의 속생각이다. 이것은 작가 자신이 부친
에 대해서 갖고 있던 생각과 비슷할 것이다. 아니 투사와 지사와
사상가와 운동가와 불고가사(不顧家事)하는 절대 탐구자들의 가
족이 안으로 매몰차고 밖으로 고결 위대한 가장(家長)에게 품고 있
던 원망의 지속적인 선율일 것이다. 작가 자신의 것이라고 생각되
는 정감 토로가 많아 이루 열거할 수 없을 지경이다. 『시인』이 넓
은 의미의 예술가 소설의 범주에 귀속되는 작품임에도 불구하고
현실 세계와 조화의 탐구라는 문제가 거의 배제된 채 국외자로서
의 사회적 소외라는 시인의 사회적 발생학만이 강조되어 있는 것
도 작가의 강박관념과 관련되는 일일 것이다.

그렇지만 『시인』이란 작품을 소재로 해서 작가 이문열의 전기
를 작성하려는 유혹에 넘어가서는 안 된다. 전기적 방법은 흔히
개인사의 사건과 작품 속의 삽화에서 조응 관계를 찾는 데 골몰
하여 그것으로 작품 연구와 분석을 대체하려고 한다. 문학 연구
와 비평에 있어서 자칫하면 걸리기 쉬운 소아과(小兒科) 질환이다.
우리가 유념해야 할 것은 김병연에 대한 작가의 동일시와 농도 짙
은 상상적 공감이 『시인』을 특별히 호소력 강한 감동적인 작품으
로 서 있게 한다는 사실이다. 작가는 스스로 잘 알고 있는 세계를

다루고 온몸으로 부딪치고, 아파 본 소재를 다룰 때, 비로소 회심작(會心作)을 낳는 것이다.

『시인』도 근대 문학의 많은 부분이 그렇듯이 위장된 자서전이라는 국면을 가지고 있다. 그러나 자기 작품을 '크나큰 고백의 단편'이라고 실토했던 괴테도 경험하지 않은 것은 적지 않았지만 경험한 대로 적지도 않았다는 말을 남기고 있다. 하나를 듣고 열을 안다는 상상력의 총기와 간접적 정보 활용 능력이 작가의 주요 자산이란 사실은 위장된 자서전의 요소가 많은 작품의 경우에도 되풀이 강조되어야 할 사항이다.

초승달과 연꽃

19세기 조선조 인물을 다룸에 있어 현대 경험을 소급 대입한다는 것은 거꾸로 말하면 옛날을 빌려 오늘을 살핀다는 뜻이 된다. 그것은 오늘의 안목과 관점으로 지난날을 해석한다는 것과 같은 뜻이고 현재와 과거의 대화라는 것과 다를 바 없다. 그런 만큼 과거보다도 현재를 겨냥한 우의적(寓意的) 국면도 두드러진다. 구체적 장면보다 간결한 요약이나 개괄적 평설의 부분에서 우의성은 더욱 현저해진다. 정치와 종교는 사람들의 격정을 발동시키기가 십상인 분야이고 따라서 정치적, 문학적 우의를 폭넓게 내장한 이 작품이 독자들에게 격앙된 반응을 촉발하기 쉽다는 것도 이해가 간다. 그러나 우리는 신앙을 달리하고 정치적 이해를 달리하는 외국인의 경우에도 도덕적 고결성이나 인품의 미덕 혹은 탁월한 개인적 능력을 인정하고 경의를 표하는 관행을 보여 준다. 가령 믿음이나 대의에 대한 지속적이고 정열적인 헌신의 기초가 되어 준 특정 종교나 정치 이념을 공유하지 않더라도 정열적 헌신 그 자체를 미덕으로 간주하며 가치 중립적 탄복을 아끼지 않을 수가 있다. 문학작품의 경우에도 토로된 신념이나 이념에 대한 유보나 반대를 곁들인 감복은 가능할 것이다. 우리는 토로된 생각에는 반대하면서도 이미지의 아름다움에 끌린다는 역설적인 문학 경험에 생소하지 않다. 술자리에서 옛 소련의 군가를 애창하곤 했던 저명한 반공주의 작가의 경우는 기이할 것도 예외적일 것도 없는 자연스러운 삽화이다.

작가는 이왕에 나온 초기 작품에서도 공리주의적 문학관에 대한 비판을 수행해 왔다. 『시인』은 시인을 주인공으로 할 만큼 다시 참여적 문학 이론에 의존한 문학 행위에 대해서 비판을 서슴지 않는다. 제2기 민중 시인 단계를 벗어날 무렵의 김병연의 자기 반성은 그대로 오늘의 한 문학 경향을 겨냥하고 있다 해도 망발은 아니다.

하지만 아니었다. 점차 세월이 지나면서 그는 자신이 온전히 그들 민초와 하나가 되었다고 믿는 순간에조차도, 가슴 한구석에서는 그러는 자체가 바로 하나의 큰 베풂인 양 뻣뻣이 고개 들고 있는 의식

이 있음을 알게 되었고, 그 가망 없는 자신의 허위의식에 괴로워하게
되었다. 그들에 대한 애정이란 것도 기껏해야 그들의 무지, 천박, 이기,
비굴 같은 약점들을 참아 주었다는 것이지 적극적으로 껴안고 같이
아파하며 뒹군 것은 아니었다. 민초들의 한을 대변했다고 믿었던 것
도 따지고 보면 자신의 세상에 대한 악의를 드러낼 구실로 삼은 것에
지나지 않았으며, 민초들의 욕구에 충실했다고 믿었던 것 또한 기실
은 대중에 대한 질 낮은 아첨이었는지도 모른다는 의심마저 일었다.
그리하여 그 시기의 끄트머리에 다가설수록 그는 결국 자신도, 방식
은 다르지만, 어리석고 힘없는 민초들의 한에 올라탄 더부살이거나
또 다른 종류의 작은 억압자 또는 착취자에 불과한 것 같다는 자괴
감에 서서히 빠져들기 시작했다. ─ 201쪽

　　어디까지나 민중 시인 김병연 자신의 자기 분석이다. 그러나 '민
중 속으로' 들어가 봉사하겠다고 생각하는 지식인들의 내면 풍경
을 보여 주고 있는 것도 사실이다. 이러한 지식인들은 우리의 오늘
에만 있는 것이 아니고 가령 19세기 러시아 문학에서도 아주 낯익
은 인물들이다. 보다 단순한 인물이 되는 데 실패함으로써 봉사한
다고 자임했던 민중들에게도 배척받는 비극적 도정은 가령 투르
게네프의 소설에서 고전적 처리를 얻고 있기도 하다. 풀뿌리운동
이나 급진주의에 대한 보수적 비판은 대체로 참여자들의 심리 폭
로를 겨냥하는 것이 보통인데 이 작품에서도 예외는 아니다. 그것
이 한결 현저하게 드러나 있는 것은 홍경래의 봉기 부분에서이다.

홍경래 봉기가 표방한 이념은 이 작품에서 공상적 사회주의의 그것으로 해석되어 원명대의 입을 통해 이렇게 요약된다.

"널리 알려지지는 않았으되, 우리는 만약 그 병혁(兵革)이 성공하면 공화(共和)까지도 꿈꾸었네. 사민(四民)의 구분을 폐지하고 전토(田土)를 새로이 나누어 이 땅에 무하유지향(無何有之鄕)이 이뤄지기를 바랐네." — 185~186쪽

국왕 유고시 대신들의 위정(爲政)과 공동 통치를 가리키는 중국 역사 속의 공화와 낙토를 가리키는 장자(莊子)의 무하유지향으로 계급과 사유재산 없는 평등주의 낙원을 떠올리게 하는 작가의 요약 솜씨는 놀랍다. 과도한 단순화라든가 지나치게 자의적인 해석이란 지적은 이 작품이 역사 아닌 문학이란 사실을 도외시하는 것이다. 원명대와의 만남을 통해서 새로운 인식의 충격을 받고 민중 시인으로 전신했던 김병연은 그러나 홍경래 봉기의 전후 사정에 소상해진 뒤 원명대의 대의 설명을 회의하고 평가절하한다. 젊은 날의 몽매한 혈기와 무골의 단순함으로 원명대가 홍경래의 대의를 과대평가하고 미화했던 것이라고 생각한다. 홍경래와 그의 추종자들도 조종의 부패한 권력자들과 다를 바 없는 것들로서 "권세와 힘을 그 무엇보다 높이 여기고 그걸 움켜쥐기 위해서는 못할 짓이 없는 것들"이란 늙은 선비의 생각을 수용하는 것이다.
그럴 듯한 대의명분의 표방과 관계없이 홍경래와 추종자들의

내밀한 동기는 권력 추구에 지나지 않으며 목적 달성을 위해서는 대의와 상충하는 수단 방법도 불사한다는 투의 관찰과 파악은 급진주의 정치 운동에 대한 보수주의적 비판에 늘 따라붙는 규격화된 관점의 적용이다. 이러한 관점은 급진주의 운동의 지도자들이 대체로 사회적 수혜층에 속하며 풀뿌리 민중의 가파른 삶에 대한 직접적이고 심도 있는 성찰보다는 자책감 섞인 추상적 내성을 통해 급진주의를 수용한다고 이해한다. 또 좌절감에서 유래한 존엄성에 대한 자신의 절박한 요구를 보편적인 이상으로 일반화하고 그걸 위해 투쟁하는 것이라고 생각한다. 그리고 심층적으로 그들의 언동을 추진하는 것은 권력에 대한 욕망과 허영과 이기심이라고 생각한다. 니체에서 프로이트에 이르는 폭로 심리학의 지지를 받고 있는 이러한 지적이 홍위병의 대난동에서 극치를 보여 준 근대 이후의 여러 혁명에 해당된다는 일면을 부정할 수는 없다. 그러나 인간 존엄성에 대한 자신의 요구와 필요를 보편적인 이상으로 일반화하는 사람이 있는가 하면 그렇지 않은 사람도 있다. 그리고 양자 사이에는 우리가 간과할 수 없는 분명한 차이가 있는 것이다. 또 권력에 대한 컴컴한 욕망, 보복과 잔학성에 대한 핏발선 충동, 출구를 찾지 못해 달떠 있는 광포한 폭력 의지가 정의로운 대의나 고귀한 이상의 원리 바로 밑바닥에서 인지된다 하더라도 그것이 곧 대의와 이상의 원리를 무효화하는 것은 아니다. 가령 위선은 악이 선과 덕에게 바치는 공치사요, 치하이다. 그러한 한에 있어서 위선은 그 나름의 인본주의적 효용이 있다. 거짓으로

라도 악이 선에게 보비위를 해야 한다면, 그 선은 얼마나 크고 장한 것이겠는가? 컴컴한 욕망과 핏발 선 충동과 사나운 폭력 의지조차 떠받들지 않을 수 없는 대의와 이상의 원리는 얼마나 장하고 소중한 것이겠는가? 진흙 속에 뿌리박고 있다고 해서 연꽃을 거부할 수 있는가? 그 비순수의 모순을 탓할 수 있는가? 흙탕 속에 뿌리박고 있기 때문에 더욱 귀하고 아름다운 것이 아닌가? 예이츠의 시를 따르면 사랑은 구린내와 지린내 풍기는 배설구에 진을 치지 않는가? 문학작품의 발생학이 작품의 가치 판단을 수행하지 못하듯이 정의로운 대의의 심리적 주소가 대의의 정당성과 타당성 자체를 덧내거나 무효화하지 못한다. 근대 이후 모든 혁명이 실제에 있어 '배반당한 혁명'이었을지도 모른다. 모든 혁명의 화살은 과녁을 피해 가게 마련이며 그러한 한에서 혁명은 언제나 함부로 쏜 화살이다. 그럼에도 불구하고 혁명의 고비마다 인류는 보다 정의롭고 사람다운 사회의 비전에 의해서 도전받았다. 또 도전과 시현에 대해 개혁과 개선으로 응답하였다. 우여곡절이 많은 대로 오늘의 우리들이 적어도 홍경래와 김병연의 동시대인들보다 더 실한 자유와 평등을 누리고 있다면 그것은 그러한 사회동력학과 무관하지 않을 것이다.

김병연이 수용한 어느 선비의 홍경래 비판이 잘못되어 있다는 것도 또 그 선비가 곧 작가 자신이라 말하고 있는 것도 아니다. 작가 자신이 그 선비에 동조하리라는 추정은 가능하다. 또 실패한 혁명에 대한 선비의 비판이 모든 혁명에 따라붙게 마련인 부정적

일면을 꿰뚫고 있다는 것을 부정할 수도 없다. 다만 고귀하고 정의로운 최고 원리의 자기 배반의 가능성과 그것이 초래하는 도덕적 암흑과 타락에 대해서는 보다 심도 있는 성찰이 요구된다는 것은 다짐해 두어야 할 것이다. 지순한 원리의 자기 배반은 참으로 비극적인 사태이고 그것은 허무주의와 냉소주의로 대처할 사안은 아니다. 우리가 작가에게 기대하는 것은 기존 관념의 관례적 허용이 아니라 새로운 통찰이며 통찰에 대한 적극적 의지다.

이렇게 말해 보기는 하지만 작가에게 너무 많은 것을 요구할 수 없다는 것도 우리는 알고 있다.『시인』이 매우 빼어난 감동적인 소설이라는 것을 인정하는 데 인색해서는 안 될 것이다. 가령 19세기 서구의 사회소설을 모형으로 할 때 이 허구적 평전은 매우 낯선 소설이다. 일탈의 주인공을 다룸에 있어 작가는 소재에 걸맞게 전범적, 표준적인 것으로부터 눈치 볼 것 없이 당당하게 일탈한다. 따라서 로맨스의 대립 항목으로 자리매김된 소설의 주요 특징으로 구상된 리얼리즘과도, 또 보다 협착하고 옹색하게 구상된 '민중적 리얼리즘'과도 멀리 떨어져 있다. 그러나 옹색하게 구상된 '답답한 리얼리즘'에 맞아떨어지는 규격품들과는 달리 이 소설은 재미있고 감동적이며 기품 있는 격조를 구현하고 있다. 작가의 주관과 해석에 공감하든 반대하든 독자들은 시와 인간과 사회와 역사에 대해 많은 것을 생각하게 된다.

"망가진 망치가 온전한 망치보다 한결 망치답다."는 것은 더러 인용되는 하이데거의 말이다. 세목의 축적이나 당대성에 대한 상대적 소홀, 구비 전승의 전도와 평설적 요약, 단 한 줄로 핵심을 건드리는 인정 기미의 포착, 고졸한 듯 자재로운 글결과 글체, 현대 경험의 과감한 대입을 특징으로 하는 이 작품은 규격화된 평면적 '리얼리즘'을 일변 비판하면서 문학의 여러 국면과 특징들을 새롭게 인지시켜 준다. 언뜻 온전치 못한 듯이 보이면서 온전해 보이는 것보다 한결 '소설'에 대해서 계시적이다. 한밤중에 떠오르는 햇덩이 비슷한 보름달보다 초승달이 더 달답다. 『시인』은 보름달 되기를 처음부터 지향하지 않은 우리 소설 속의 슬프고 간절한 절조(絶調)의 초승달이다. 벌써 잊혀져 가는 듯한 철학자는 인간을 '자유 선고' 받은 존재로 파악했다. 『시인』은 한국인이 대체로 '포한(抱恨) 선고' 받은 존재임을 재확인시켜 주는 아주 우리 것다운 우리의 소설이요, 문학이다.

아직도 가고 있는 도상(途上)의 작가

우리가 김병연의 허구적 전기요, 이문열의 위장된 자서(自敍)라 할 수 있는 소설 『시인』에서 발견할 수 있는 여러 특징과 미덕은 그의 다른 모든 작품 속에서 중첩되어 드러나 있다. 『영웅시대』와 『시인』의 혈연 관계는 작가 스스로 밝히고 있지만, 그것은 「하구」와 『변경』에서도 고스란히 발견된다. 『시인』에서 보여 준 의고체에 의탁한 현대 경험의 과거화는 패러디의 명편 『황제를 위하여』에서 시대착오 속에 살고 있는 인물의 현재의 과거화와 평행 관계에 있다. 현재와 과거의 혼용이 초래하는 다가적(多價的) 언술의 절묘한 울림은 가히 창의적 발명이라 이를 만하다. 자칫 관념적 경향으로 경사할 조짐을 보여 주기도 하는『시인』속의 우의적 성향은「칼레파 타 칼라」에서「필론과 돼지」에 이르는 일련의 작품에서 박진감을 얻고 있다. 또 예술론과 시론의 양상을 보여 주는 평설 부분의 사고는「들소」,「금시조」등 일련의 작품에서 예고된 바가 있다. 부패하게 마련인 권력과 권력 의지의 생태는『우리들의 일그러진 영웅』에서 생생한 표현을 얻고 있다. 인간 내면에 대한 지칠 줄 모르는 탐구는『사람의 아들』이후 그의 전공 영역이 되다시피 했다고 할 수 있다.

　이것은 작가 이문열이 유사한 모티프를 되풀이 작품화했다는 뜻이 아니다. 어느 작품에도 그의 작가적 특징이 과부족 없이 드러나 있으며 그것이 작가적 동일성을 확보해 주고 있다는 뜻이다. 어느 작가에게나 작품 성취의 높낮이는 있게 마련이다. 그러나 졸속을 강요당했다고 생각되는 예외적 소수를 제외하고는 대다수 작품이 품위를 유지하고 있는 것은 작가적 역량의 튼튼한 증거라고 생각된다.

　이문열은 우리 문학에서는 드물게 인간의 내면성을 깊이 응시하고 표현하는 작가이다. 초기 작품의 낭만주의 성향도 이에 말미암은 것이다. 그의 폭넓은 교양 체험은 그의 작품 읽기를 기억할 만한 교양 체험으로 끌어올려 준다. 내면성의 문학이 가지고 있는 정신 고양력과 '교양 체험'의 매력은 아마도 젊은 독자를 끌어당기는 힘의 원천이 되어 주고 있다. 그는 또 문체적 노력이 소홀히 되고 있는 우리 문학 풍토에서 말을 소중하게 다루는 작가이다. 허술하고 어눌해 보일 때조차도 고전적 견고성과 기품을 구현한 그의 문체는 그를 당대의 시인으로 떠오르게 하고 있다. 서정시를 쓴다고 시인인 것도 아니다. 문학은 언어 예술이며 언어 예술인 한에서는 언어의 탁월한 구사자가 곧 시인이다. 독일어 문화권에서 말하는 뜻으로 본다면 그는 당대의 빼어난 시인의 한 사람이다. 위장된 자서가 『시인』이란 표제를 지니고 있는 것은 결코 우연이 아니다.

이문열은 외국에서도 독자와 화제를 모았다. 그것이 그대로 작가의 우수성을 증거하는 것은 아니다. 그러나 보편적 호소력을 가지고 있다는 것은 작가의 그릇을 말해 주는 것이다. 그는 아직도 여전히 길 위에 있는 도상의 작가이다. 그의 여력 있는 미래의 가능성에 대해 우리는 꾸준한 신뢰를 보내도 좋을 것이다. 이에 대해 자중자애로써 믿음직스럽게 응답하는 것은 피해서는 안 될 작가의 몫일 터이다.

시인

신판 1쇄 인쇄 2021년 11월 5일
신판 1쇄 발행 2021년 11월 12일

지은이 이문열

발행인 양원석
편집장 최두은 **디자인** 김유진 **영업마케팅** 양정길, 강효경

펴낸 곳 ㈜알에이치코리아
주소 서울시 금천구 가산디지털2로 53, 20층(가산동, 한라시그마밸리)
편집문의 02-6443-8844 **도서문의** 02-6443-8800
홈페이지 http://rhk.co.kr
등록 2004년 1월 15일 제2-3726호

ISBN 978-89-255-7919-1 (03810)